Sunita

En bekännelse:

Personerna och platserna i denna roman är fiktiva, men de skulle kunna existera. Byn Markapalle och staden Dharampatnam kan inte hittas i någon kartbok men de skulle nog kunna ligga någonstans mellan Kolkata och Chennai på den indiska östkusten.

Beskrivningarna av natur, människor och samhällen bygger på minnesbilder från resor i området från 1960-talet och framåt. Men mycket har förändrats på senare år. Det upptäcker bokens Jag, den inte längre unge Bertil, när han långt senare i livet återvänder till Markapalle.

Viggbyholm hösten 2021

Bo Kage Carlson

Bo Kage Carlson

Sunita

Förlag: BoD – Books on Demand, Stockholm, Sverige
Tryck: BoD – Books on Demand, Norderstedt, Tyskland
ISBN: 978-91-7969-877-5

Sunita

- 1 -

Solen bränner obarmhärtigt mot väven i jeepens tak. Hettan går rakt igenom. Luften är torr och sandbemängd. Den är egentligen stillastående men fartvindenen får den att dunka hårt mot mitt ansikte. Jag är redan täckt av dammstoft efter bara några få kilometers färd på den gropiga grusvägen som går genom ett landskap som törstar efter regn. Törstar redan trots att det bara har gått några få månader sedan monsunregnen upphörde och när det återstår lika många månader tills de kommer på nytt med livgivande och renande nederbörd. Om de nu kommer. Naturen är inte lika förutsägbar längre säger bönderna i trakten. Meteorologer talar om klimatförändring medan prästerna i hindutemplen bestämt hävdar att det beror på att gudarna inte visats tillräcklig respekt.

Bakom jeepen står ett brungrått moln av torrt vägdamm som hjulen rivit upp. Det sträcker sig tiotals meter efter oss och vill inte lägga sig. Jag ser gående kvinnor med tunga bördor på sina huvuden som vänder bort ansiktena för att undgå det helvete vi vållar. Damm som bilar och motorcyklar rivit upp under torrperioden ligger som en grå hinna över trädens blad och på hustaken. Säkert sitter det också klistrat i människornas strupar.

Den allra sista sträckan fram till byn Markapalle färdas vi på en smal vägbank mellan fält där gulnad stubb vittnar om att det nyligen har odlats ris där. Paddy, som byborna säger, är områdets viktigaste gröda. Jeepen masar sig långsamt fram på låg växel. Fyrhjulsdrift gäller. Vägen är byggd för oxforor med väldiga hjul, inte för bilar eller ens jeepar. Ett par män med stora vattenkrukor på sina cyklar stannar upp och söker en plats där det går att mötas. De står i givakt när vi passerar. Folk som har råd att åka omkring i ett sånt fordon som vårt måste tillhöra överheten. Deras blickar möter min under det ögonblick det tar för oss att passera. Jag tänker att de borde se förbannade ut så som vi förpestar luften för dem. Istället ler de förläget. Det är som om de vill beklaga det besvär de har ställt till med genom att existera, ha fräckheten att vara i vägen för den säkert betydelsefulla personen i det stora fordonet.

Några småpojkar i trasiga skjortor och ingenting mer på sig vinkar glatt, när vi passerar ett träd där de har parkerats av sina mödrar som bearbetar jorden med sina hackor på fältet intill. En flicka i lappad klänning, tio år kanske, bär en flätad korg fylld med kodynga på huvudet, dynga som kan torkas och användas som bränsle vid matlagning eller bli till bindemedel när den blandas med lera och används vid husbyggen. Flickan borde vara i skolan, tänker jag. Men hon behövs säkert hemma. Barnen sätts tidigt i arbete, och om de nånsin börjar i skolan så tas de ofta därifrån så snart de behövs för försörjningen. Om inte annat så sätts de att passa småsyskon medan pappa och mamma arbetar. Om nu föräldrarna lyckas få nåt jobb. Under just den här årstiden mellan skörd och ny sådd är det lågsäsong och ont om arbete i byarna där all verksamhet är centrerad kring jordbruk.

Vägen vidgas när vi närmar oss byn som är vårt mål. Ett hindutempel skymtar fram mellan trädkronorna.

Intill den ligger en halvt uttorkad damm där några kvinnor tvättar familjens kläder och badar sig rena. För att komma åt det gråbruna vattnet har de röjt bland vattenhyacinterna som annars täcker ytan.

Kring templet ligger enkla hus som skuggas av palmer och på en öppen plats står en man med en dragkärra och säljer cigarretter och läsk. Strax intill ligger ett tehus där några män sitter och dricker chai på fat. Ett par andra sitter på huk på marken framför tehuset och samtalar. Annars ingen synbar aktivitet, ingen utöver kvinnorna som står i knädjupt vatten i dammen och dunkar kläder mot stentrappan som leder upp till templet.

Det här är mitt första besök på egen hand i en av de byar där vi hoppas kunna starta ett eller flera projekt. Jag har efter ett par månaders prövotid fått mitt eget ansvarsområde. Torrsimmet är över. Nu är det verklighet som gäller, den indiska verkligheten, långt borta från den skyddade svenska överklassvardag som jag vill bryta mig loss från. Dags att pröva mina vingar. Men det handlar också om att bevisa för mina föräldrar att mitt vägval är mer än en nyck.

Byn Markapalle ligger ungefär tio kilometer på dåliga vägar från huvudorten Dharampatnam på Indiens östkust där vi har vårt kontor. Distriktet är ett av Indiens fattigaste, ett underutvecklat område vid Bengaliska viken, långt borta från allfarvägarna och från turisternas Indien. Regionen har hamnat på efterkälken mitt i allt tal om ekonomiska reformer och snabb tillväxt. Den befinner sig på ljusårs avstånd från både IT-under och Bollywood. I den här byn ser jag inga mobiltelefoner och inga

9

bilar. En motorcykel av äldre modell står parkerad utanför tehuset, det är allt som möjligen kan tolkas som ett tecken på att människorna här har nåtts av industrisamhället. Kraftledningarna upphörde flera kilometer bort, strax utanför distriktshuvudstaden. För de flesta människorna i den här regionen handlar det om att skrapa ihop till mat för dagen och kläder på kroppen. Blir det nånsin nåt över så kanske man kan unna sig lyxen av ett par skor eller åtminstone sandaler. Den fattiga majoriteten i såna här byar bor i enkla lerhyddor med halmtak som bara nätt och jämnt står pall för monsunregnen och som skyddar dåligt mot de råkalla vintervindar som ibland sveper hela vägen hit ner från Himalaya.

Det var byar som denna som Paul Svensson, huvudläraren på introduktionskursen, beskrev när han talade inför oss blivande biståndare på väg att göra resan till U. Föredraget hade titeln *U som i utveckling eller som i underutveckling?* Det han sa då, på kursgården i den svenska sommaridyllen, kändes overkligt. Fanns verkligen den värld han talade om?

"Ni kommer att se mer skit, fattigdom och annat elände på en enda vecka än vad folk här hemma ser under en hel livstid. Det betyder inte att allt är eländes elände, det finns också en förbättringspotential och fickor av utveckling. Men i de områden i Sydasien och Afrika där ni ska arbeta är det mest underutveckling. Under halva året går minst hälften av befolkningen helt eller delvis sysslolösa. Och det finns självklart ingen a-kassa. Allt detta är förstås illa, rent av förfärligt. Men om man vänder på kuttingen och ser det ur ett makroekonomiskt perspektiv så kan man också säga att det finns en stor och viktig tillgång i form av en närmast outtömlig arbetskraftsreserv. Alltså en massa människor som längtar efter att få sysselsättning och därmed inkomster. Det är där vi kommer in med våra insatser. Er uppgift blir att se till att dessa arbetsvilliga händer får en meningsfull sysselsättning. Ni gör det genom att skapa projekt som ger både arbete och pengar. Men ni måste ha klart för er att vägen dit är lång och svår".

"Ni har hur många och viktiga arbetsuppgifter som helst framför er. När ni kommer på plats upptäcker ni säkert genast en massa saker som borde göras. Tro bara inte att ni kan klara allt på en gång. Och vänta er inte att alla kommer att applådera de projekt ni initierar. Det finns många ömma tår som ni riskerar att trampa på. För ni ska veta att det finns gott om såna som skor sig på det elände som råder och som alltså inte vill ha någon förändring. Hur kan det vara så, undrar ni. Frågan är legitim. Men så här är det. Först och främst har vi ockrarna. De frodas i elände och ser gärna att folk hamnar i deras klor. Räntor på hundra procent eller mer är vanliga. Om vi skapar alternativ försörjning och startar mikrolånsbanker så skadar vi ockrarnas verksamhet och alltså riskerar vi att möta motstånd från det hållet. Andra som kan känna sig hotade är religiösa ledare och kvackdoktorer. Bland det första ni bör göra när ni för första gången kommer ut i en by är alltså inte bara att ta reda på vilka det är som behöver bli hjälpta och som samtidigt är beredda att hjälpa sig själva utan ni måste också lista ut vilka i byn det är som kan hota verksamheten. Identifiera både vänner och fiender."

"I det här sammanhanget vill jag också ta upp frågan om vad fattigdom är. Den är till att börja med relativ. Teoretiskt sett kan den definieras som klyftan mellan människors förväntningar och deras möjlighet att få dem uppfyllda. Med våra svenska mått mätt är så gott som alla invånare i u-länderna fattiga. Undantagandes en och annan miljardär förstås. Men ni ska veta att också byns besuttna kan känna sig fattiga i förhållande till den till synes rika utlänning som dyker upp med en stor påse pengar att spendera på olika projekt. Här gäller det alltså att sikta rätt så att resurserna satsas på projekt som hjälper dom som verkligen behöver ett lyft".

"Om jag ska sammanfatta så handlar det alltså om att identifiera var behoven är störst och att iaktta stor försiktighet vid introduktion av projekt. Tänk på att våra projekt kan uppfattas som hot mot det existerande samhället, ett samhälle som bygger på traditioner. Ofta månghundraåriga sådana. Ni måste alltså vara lyhörda och smidiga för att inte i onödan utmana de lokala makthavarna. Vi biståndare får inte storma in som rabulister."

Såna tankar surrar i huvudet när jag kliver ur jeepen och går fram för att hälsa på byns ledare, den lokala överheten. Det pirrar i magen inför detta första möte med verklighetens U.

Mannen som kommer emot mig ser välbeställd ut, helt olik trashankarna som jag har sett utmed vägen och ute på fälten. Han är klädd i vitt, långskjorta och byxor, har ett par bruna lågskor på fötterna och bär en armbandsklocka. I bröstfickan skymtar tre kulspetspennor. Alltså en man som har råd att hålla sig med alla de viktiga statussymbolerna. Han introduceras som panchayatledare, det vill säga kommunens ordförande. De andra männen som kommer fram för att hälsa är klädda på liknande sätt, tillhör samma skikt av välbeställda. Några kvinnor med barn på höfterna står ett stycke bort och ser på.

Jag visas upp på panchayatledarens veranda som sträcker sig längs hela husväggen ut mot gatan. Den ligger i skugga och erbjuder behaglig svalka efter jeepfärden. Tillsammans med de andra männen i byrådet tar jag plats vid ett långbord och blir serverad chai. Ute i dammet på bygatan står andra män, som är sämre klädda och ser på. De flesta är barfota och några är nakna så när som på ett höftskynke. Efter en stund sätter de sig ner i dammet, vilar rumporna mot vaderna. Ännu längre bort ser jag en skock kvinnor och barn som nyfiket bevittnar tillställningen.

De lottlösa ute i dammet ser oberört på medan vi dricker vårt te utan att röja vad de känner. De förväntar sig ingenting, men de har svårt att slita sig. Nyfikenheten håller dem i ett järngrepp. Det är inte var dag en utlänning kommer på besök.

Männen på verandan sitter tysta och lyssnar till det jag med tolken Dipaks hjälp har att berätta. Jag betraktar deras ansikten och försöker tyda vad de tänker. Deras huvuden vajar ibland som ett slags bekräftelse på att det jag framför har gått fram. Kanske gillar de till och med åtminstone en del av vad de hör. Det verkar bra, tänker jag och brer på. Jag hoppas att Dipak förmår föra min entusiasm vidare.

13

"Vi vill hjälpa alla i byn till ett bättre liv", säger jag. "Särskilt mycket vill vi bistå de allra fattigaste, men alla kommer förstås att gynnas av de projekt som planeras..." Detta verkar inte intressera dem. De sitter tysta och ser inte ut att ta till sig det jag säger. Deras intresse växer något när jag talar om nya grödor och bättre odlingsmetoder. Men det falnar snart igen när jag återkommer till de fattiga och säger att dessa ska stimuleras att skapa kapital som de kan spara för att sedan investera. Vi kan bidra med mindre summor till dem som visar sig kunna sköta sparandet. Då blir åhörarnas ögon åter tomma. Männen kring bordet börjar se sig om. Jag får ett intryck av att de skickar menande blickar till varandra. Det jag säger är uppenbarligen inte relevant för de här männen.

Efter mitt anförande är det tänkt att det ska bli en frågestund. Till att börja med tycks ingen ha något att fråga om. Men så reser sig till sist en äldre man och visar tecken på att vilja säga något. Han tar god tid på sig. Medan han står där och tänker ser jag att det sipprar blodröd betelsaft från mungipan. Ungefär som en snusare som måste lägga prillan rätt innan han kan tala. Till slut har tankarna och betelkärnan hamnat rätt:

"Varför hålla på och spara såna där småsummor. Det är väl bättre att ni delar ut pengarna direkt utan sånt där krångel".

Ett sympatiskt mummel hörs och många nickar instämmande. Jag suckar djupt. Varken beteltuggaren eller de andra kring bordet verkar ha fattat nåt av det jag sagt. Ändå har jag ansträngt mig att trumma in sambandet mellan sparande, ny kunskap, förtroende och lån. Jag tar ny sats, ger på nytt de viktigaste skälen till att man måste visa sig förmögen att spara innan man kan få ett lån. Det gäller att skapa ett gemensamt kapital, en kassa som medlemmarna i sparklubben kan låna ur för att starta ett projekt. Jag försöker också få dem att inse att man måste föra räkenskaper och göra kalkyler. Men det märks tydligt att det jag säger inte går hem. De här männen hade hoppats på att jag skulle dela ut en påse pengar som de kunde använda utan motprestation. De är uppenbarligen inte min målgrupp. De behöver inte den typ av smålån som jag som kan förmedla. De äger mark och är därmed kreditvärdiga i banken.

Jag ger upp, dricker mitt te och låter Dipak runda av mötet. Konstaterar att mitt första försök att åstadkomma utveckling i den här byn är ett fiasko.

2

Det går betydligt bättre senare samma dag i en annan del av samma by, en samling hyddor som bebos av daliterna, de lågkastiga. Här bor människor som inte har tillträde till den nya fina brunnen i de rikas by och som heller inte tillåts besöka det innersta och allra heligaste rummet i det stora hindutemplet, byggt till Shivas ära, och som är områdets stolthet.

Den här delen av byn ser inte mycket ut för världen. Här finns inga hus med eleganta verandor och tegeltak. De bästa hyddorna är byggda av halmstrå och lera, förmodligen med kodynga som bindemedel, och har halmtak. De sämre har stommar av bambu, väggar av strämattor och tak täckta med bananblad. Ungarna är nakna eller klädda i trasor. Mödrarna har ett enkelt tygstycke svept kring kroppen och draperat över axeln. De män jag ser är gamla och krökta av hårt arbete.

"De arbetsföra männen är ute på fälten", säger tolken Dipak efter en stunds samtal med en av gubbarna. "En del kvinnor är också borta för att tvätta och städa hos andra".

De fält jag ser ligger öde. De enda som arbetar inom synhåll är några dhobikvinnor som tvättar kläder i bevattningskanalen ett stycke bort. De står i knädjupt vatten och deras mörkbruna ryggar skiner av svett och vatten. När de ser att byn har fått främmande besök rättar de till tygstyckena de har kring höfterna och drar upp dem så de skyler brösten. En av de äldre männen ropar till dem att de ska komma.

Det är som en catwalk när tvätterskorna närmar sig. De balanserar sig säkert fram på smala jordsträngar som skiljer fälten åt och bär tvätten i korgar på sina huvuden. Deras chokladbruna kroppar är insvepta i solblekta bomullstyg. En stark bild. Jag tar fram min kamera och fångar scenen. Bilden kan kanske komma till användning i biståndsgruppens tidning.

Efter en stund har det samlats en stor skara människor. De sitter på huk på marken framför byäldstens hus. De är överraskande många, mest kvinnor. Jag undrar om de är enbart nyfikna eller om de är verkligt intresserade. Efter morgonens fiasko är min ribba lågt satt. Jag talar kortfattat och låter Dipak sköta informationen. Han vet vad som behöver sägas och känner folket i byn bättre än jag någonsin kommer att göra.

Det blir tydligt att Dipak har fångat åhörarnas intresse. Han känner det tydligen, för han talar länge och entusiastiskt. Det smittar av sig och jag börjar också lägga mera glöd i det jag säger. Efteråt öppnar vi för frågor. I den här byn kommer de snabbt, inte alls lika segt som i de rikas by. Undringarna haglar, det känns bra.

"Om vi sparar som ni säger att vi ska göra, hur kan vi vara säkra på att ingen stjäl våra pengar?"

"Var får man lära sig hur man sköter försäljningen av det vi tillverkar?"

"Dom där nya grödorna som den utländske sahiben talade om, dom som ger så mycket bättre skörd, varifrån kommer dom?"

17

"Kycklingar är dyra att köpa. Hur får man pengar till sånt?

Frågorna är relevanta. Jag besvarar dem så gott jag förmår. De flesta svaren har jag i huvudet. Några får jag kolla upp i handboken som jag har med mig. Folk nickar och ler. De ser ut att vara med på galoppen. Men så kommer den fråga som det inte finns något bra svar på.

"Hur kommer penningutlånarna att agera?"

Jag försöker låta övertygande när jag svarar att de inte behöver oroa sig. Ockrarna vågar inte ställa till med bråk när de vet att de har ögonen på sig. Inombords är jag inte lika säker. Kommer de rika i Markapalle, brahminerna och rajputarna, verkligen att godta att de förlorar denna födkrok att låna ut pengar till skyhöga ränta.

Mot slutet av mötet kommer i alla fall några kvinnor fram och säger att de är intresserade. Två säger att de vill föda upp höns för att producera ägg som kan säljas på marknaden i stan. En annan vill tillverka bärkassar av juteväv. En man frågar om det är möjligt att få ett lån för att köpa en cykelricksha. Jag svarar att allt är möjligt, bara de är beredda att spara och om de visar att de vill lära sig hur man sköter affärerna. Sen lägger jag till att de måsta vara beredda på att arbeta hårt för inget är gratis. Då skrattar de, och en äldre kvinna säger att hårt arbete det är minsann nåt de är vana vid. Så som de sliter varje dag mot usel betalning.

En ung kvinna insvept i ett urblekt tygstycke har suttit i bakgrunden. När de andra pratat av sig vågar hon sig fram och undrar lite försiktigt om det är möjligt för henne att delta på något sätt. Det är tydligt att hon gärna vill men att jag ser i hennes sorgsna ansikte att hon befarar att svaret ska bli nej.

"Det blir kanske svårt, för jag har bara gått två år i byskolan", säger hon. "Hur ska jag då kunna sköta sånt som handlar om pengar och lån?"

Jag känner stark sympati och fast jag anar att det kan bli svårt slår jag an en optimistisk ton när jag svarar.

"Alla kan vara med. Vi kan säkert hitta nåt som du kan arbeta med..."

Medan vi talas vid får jag veta hon heter Sunita och att hon redan hunnit bli änka fast hon bara är tjugotvå år och att hon har två små barn att försörja. Hennes gamla föräldrar hjälper till så gott de kan, men modern har fullt upp med att sköta matlagning och barnpassning och fadern orkar inte längre arbeta mer än sporadiskt. Det låter bekymmersamt. Men sen ljusnar bilden när hon säger att familjen äger ett litet stycke mark. För närvarande odlar hon ris och lite grönsaker till husbehov på sin teg. Det hon får ut av jorden räcker inte långt och därför måste hon jobba åt andra för att få mat till familjen. Nu undrar hon om det kanske skulle gå att odla något som lönar sig bättre.

Jag ber henne visa mig tegen. Den är liten, bara en tredjedels tunnland. Den är alltså betydligt mindre än mina föräldrars sommarstugetomt. Men klimatet är ett annat här och jorden är bördig i dessa trakter. Man kan få ut betydligt mer här än vad som är möjligt på en karg ö i Stockholm skärgård, där min mor i stort sett bara odlar lite blommor och har några enstaka vinbärsbuskar som vindskydd för tre eller fyra rader jordgubbar.

"Kanske en plantskola", föreslår jag.

Det är ett av de projekt vi pläderar för som en lämplig aktivitet för kvinnor med tillgång till små jordlotter. Det kräver inga investeringar utöver de frön vi bistår med till utsäde. Däremot är det arbetsintensivt. De unga plantorna måste vårdas och vattnas. vilket kräver mycket arbete. Men det är något hos den här unga kvinnan som får mig att tro att hon är beredd att satsa hårt. Jag ser att hennes intresse är väckt.

"Plantskola, vad är det?"

"Du driver fram växter som du sen säljer på marknaden eller till odlare som behöver dem för att plantera ut på sina ägor. Det skulle passa fint på den här lilla jordlotten. Den ligger ju nära bevattningskanalen. Och när plantorna är färdiga att säljas kan vi hjälpa till med marknadsföringen..."

På kvällen när jag sitter med en flaska Kingfisher på mitt rum och försöker summera dagens händelser går tankarna naturligt till den fattigt klädda kvinnan i den trasiga sarin. Och från henne vandrar de vidare till en av Paul Svenssons ständigt återkommande teser under introduktionskursen.

"Fattigdomen är enorm och vi kan omöjligt hjälpa alla. Satsa initialt på några lovande projekt som verkar hoppfulla. Sprider vi oss tunt blir effekten oftast noll. Ett lyckat projekt däremot tenderar att smitta av sig. Alltså inte ett projekt som sipprar neråt som räknenissarna förespråkar utan ett projekt som sprider sig sidledes".

Det finns något som säger mig att den här unga änkan Sunitas entusiasm väger upp mycket av hennes andra nackdelar, särskilt hennes dåliga utbildning och låga status som dalit och änka.

Två dagar senare är Dipak och jag tillbaka i Markapalle för att träffa de kvinnor och den man som anmält sitt intresse. Det visar sig att ytterligare några vill vara med. Vi står under ett skuggträd medan jag förklarar riktlinjerna för sparklubben. Några bestämmer sig för att vara med och under mitt överinseende väljer de en styrelse. Den ende mannen utses till ordförande. Det beror delvis men inte enbart på hans kön, för det visar sig att han är den ende i gruppen som är hyggligt bra på att läsa och skriva. En äldre kvinna, hon som sa att folk i den här byn minsann är vana vid hårt arbete, utses till kassör. Hon får en kassabok och tar på sig uppdraget att varje vecka samla in en rupie från varje deltagare och att sen gå till banken inne i stan, en sträcka på tio kilometer, för att sätta in de insamlade slantarna. Jag lovar att följa med henne den första gången och hjälpa henne öppna ett konto i gruppens namn.

"Men sen får du klara dej på egen hand".

Hon svarar med ett *achcha* och runkar på huvudet för att försäkra at det ska hon nog klara. Hon är minsann inte rädd för vare sig avståndet eller för folk i stan. Hon går ju dit var och varannan dag för att sälja grönsaker på marknaden.

Efter mötet söker jag upp den unga änkan Sunita och följer med henne ut till hennes teg. Den ser inte mycket ut för världen. Torkan har fått jorden att spricka upp i kokor som är hårda som cement. Det kommer att krävas

21

mycket vatten för att väcka liv i den här marken. Vatten finns visserligen på nära håll. Problemet är bara att det måste hämtas upp från bevattningskanalen vars yta ligger nästan en meter nedanför tegen. Hur ska det gå till, undrar jag. Men Sunita vet. Hon pekar på en träställning som står ute i vattnet och en skopa som kan svingas fram och åter för att lyfta vattnet. Medan Dipak förklarar hur anordningen används drar Sunita upp sin sari till ett stycke upp på låren och vadar ut i kanalen. Hon greppar ett rep och drar ner skopan som fylls med vatten för att sedan dras uppåt så att vattnet forsar ut över fältet. Hennes kropp rör sig rytmiskt, brösten gungar fritt innanför den tunna halvsarin.

Det verkar enkelt och lätt, men jag anar att det är ansträngande. Det krävs många timmars arbete för att vattnet ska täcka hela fältet och mjuka upp jorden. Redan efter några minuter glänser Sunitas axlar och överarmar av svett. Via Dipak säger jag att jag förstår och att hon kan komma upp ur vattnet.

Lerbanken är slipprig och jag ger henne en hand för att hjälpa henne upp. Hon tvekar ett ögonblick innan hon tar den. Förmodligen har jag begått ett etikettsbrott, men det må vara hänt. Det sker ju i dagsljus och det vi gör följs av en hel skock ungar som har samlats på kanalbanken för att se vad som pågår.

Jag har vid det laget redan bestämt mig för att satsa på Sunita och att göra henne till ett av de där pilotprojekten som Paul Svensson talade sig varm för. Men nu när hon står där på den smala vallen som avgränsar hennes fält och pustar ut ser jag henne också som en attraktiv kvinna. Är det med henne som med den svenska sagans skogsrå att hon lockar, förför och förstör? Hon både lockar och skrämmer och jag minns Paul Svenssons varnande ord. Jag tränger undan tankarna och följer henne tillbaka till hennes hydda. Samtidigt funderar jag på hur hennes projekt ska utformas för att hon rimligen ska klara av arbetet.

"Vi måste välja såna plantor som klarar sig utan alltför mycket bevattning", säger jag en stund senare när vi sitter i skuggan utanför hyddan.

Hennes mor Tara kommer med vatten som hon via tolken försäkrar är rent nog för en ömtålig europeisk mage. Hon har kokat det noga, för det har hon hört att man bör göra när man har långväga gäster. Det är jag tacksam för.

"Hur ska jag börja?" undrar Sunita.

"Du bör börja i liten skala, använd hälften av din teg till en början".

"Varför inte hela?"

"Det kan bli för mycket arbete för dej, kanske du kroknar".

"Joo men..."

Hennes iver är påtaglig. Jag noterar besvikelse i hennes röst.

"Du kan utvidga senare, om du känner att du orkar..."

3

Inom ett par veckor är verksamheten igång i den fattiga delen av Markapalle. Daliterna som bor där är daglönare på fälten och sköter de smutsiga jobb som ingen annan vill utföra. De städar, tvättar och kånkar på allt som är tungt. De finns där som oumbärliga kuggar i maskineriet men behandlas som om de inte existerade. Av de välbeställda i den finare delen av byn kallas de omväxlande daliter, shudras och kastlösa. Jag väljer den minst nedsättande benämningen och kallar hyddsamlingen för dalitbyn i Markapalle i mina rapporter, men i mina tankar blir det oftast Sunitas by.

Eftersom det har gått trögt på nästan alla andra håll satsar jag hårt på den här byn. Jag bedömer att det kan innebära ett genombrott som i bästa fall sprider sig som ringar på vattnet, alltså en sån där sidledes spridning som Paul Svensson talade om. Några projekt har kommit igång bra. Tre kvinnor som syr juteväskor har redan sålt sina första packar och jag har försett dem med mer material. Deras investeringar var små från en början och det dröjer inte länge tills de har betalat tillbaka sina lån. De har redan hittat butiker i Dharampatnam som vill sälja deras väskor. Deras framgång har lett till att ytterligare två kvinnor har anslutit sig till gruppen.

Mannen som vill köpa en cykelricksha har det svårare. Här handlar det om en relativt stor investering på omkring tusen rupier. Efter en månad har han fyra rupier på sitt konto. En rupie i veckan är det mesta han kan sätta undan. Det skulle ta en livstid att få ihop den summa som behövs säger han modstulet. Jag lovar att se vad som kan göras. Ingen annan bank i världen skulle förstås ge honom kredit under såna förhållanden, men jag ser att han i alla fall anstränger sig och utverkar av min chef att han ska få sitt lån när han sparat ihop till femti rupier. Det gör målet uppnåeligt.

Samtidigt bestämmer sparklubben att det nu är dags att besluta om ett lån till de båda kvinnor som planerar att föda upp höns. De tilldelas vardera tjugofem rupier. Därmed är kassan tömd. Men samtidigt har nästan alla de ursprungliga medlemmarna i klubben fått lån. Några av de senast tillkomna spararna ser besvikna ut, men jag förklarar för dem att det snart kan vara deras tur.

Sunita hör till dem som inte fått något lån. Jag försöker få henne att förstå att jag inte vill lägga mig i sparklubbens beslut, men säger att jag ska se om det går att hitta något annat sätt att hjälpa henne utöver det utsäde hon redan fått. När hon tar mig med ut till sin lilla odling får jag en idé. Plantorna som kommit upp är sköra och skulle behöva skyddas mot den starka solen och mot fåglarna som attackerar dem. Jag minns att jag sett några plastrullar i en skrubb inne på kontoret och bestämmer mig för att de kan komma till användning här.

Dagen därpå, som är en söndag och en ledig dag för både Dipak och Mohan, kör jag för första gången själv jeepen ut till Markapalle. Från vårt förråd har jag letat fram en stor rulle plast som jag tar med mig ut till Sunita.

Jag parkerar vid postkontoret och går sedan med den stora rullen på huvudet vilket väcker stor munterhet bland folk i byn. Jag tänker på uttrycket *mad dogs and Englishmen*. Ser de mig på det sättet? De undrar nog hur jag ska lyckas med balansgången på den smala gångstigen mellan fälten. Kanske är de också nyfikna på vart jag är på väg och vad det är jag bär på. Men det är sånt jag bara kan gissa, för jag förstår fortfarande inte många ord på telugu, det lokala språket. En hel skock med ungar och några vuxna följer efter för att se vad som är på gång.

När jag är nästan framme får Sunita syn på mig och springer mig till mötes. Hon befriar mig från bördan och visar mig en plats i skuggan där jag kan pusta ut. Hennes mor Tara kommer med vatten i ett glas och jag dricker girigt för att återställa vätskebalansen. Medan vi sitter där använder jag teckenspråk för att förklara för Sunita hur plasten kan användas. Vi saknar visserligen ett gemensamt språk men när jag visar en bild av plast utspänd över ett svenskt jordgubbsland nickar hon ivrigt till tecken på att hon förstår.

Sunita går före på vallen mellan tegarna. Hon går lekande lätt på sina bara fötter oberörd av den tunga bördan på huvudet. Den korta sarin fladdrar kring benen. Jag klampar efter i mina tunga kängor och har svårt att hålla balansen på den smala vallen. Men till slut är vi framme vid fältet där plantorna sticker upp ur myllan.

Det är stekhett ute på fältet. Medan vi arbetar med att spänna upp plasten rinner svetten ner över ryggen. Min skjorta är plaskvåt och det fina dammet från leran lägger sig som en grå hinna över huden. Det stramar i kinderna och halsen känns kruttorr. Sunita ser med beklagande på mitt nersmetade ansikte. Sen pekar hon ivrigt ner mot vattnet i kanalen och visar med gester att jag borde skölja av mig. Medan jag försiktigt hasar mig ner för banken och skopar vatten över händer och ansikte går hon själv rakt ut i vattnet och doppar sig helt och hållet. När hon kommer upp är hon drypande våt. Hon är vacker med håret som hänger ner över nakna skuldror. Sarin smetar hårt åt kroppen och bröstvårtorna lyser mörka genom det tunna våta tyget. Jag kan inte ta blicken ifrån henne och kanske märker hon det för hon drar lite i sarin för att få den att skyla bättre.

Varningsklockor ringer på nytt. Här står jag nu inför en av de frestelser som vi har varnats för av biståndsveteranen Paul Svensson under introduktionskursen.

"Ni kommer att utsättas för frestelser. Jag talar här delvis av egen erfarenhet. Det jag nu säger gäller särskilt er som kommer ut i områden där missionärer och viktorianska ämbetsmän ännu inte drivit igenom att kvinnor ska skyla sina behag. Men ni måste vara medvetna om att dessa unga kvinnor är hårt bevakade av sina familjer. Till och med ett oskyldigt närmande kan misstolkas. Att föreslå sex kommer att leda till katastrof. Ett sånt snedsteg kan innebära att ett projekt havererar och ovanpå det till att biståndsarbetaren kallas hem. Vilket i sin tur innebär slutet på hans karriär".

När vi kommer tillbaka till hyddan insisterar Tara på att jag måste stanna och dricka chai och äta de sötsaker hon dukat fram. Jag förmodar att hon har skickat något av barnbarnen till butiken i den rika delen av byn för att handla. Det känns inte bra, för jag vet hur knalt de har det, men inköpet är gjort och gesten förtjänar att bli uppskattad. Därför tar jag för mig av både te och kakor och ler för att visa att jag gillar gästfriheten.

Efter besöket i Sunitas by kör jag ner till stranden som ligger öde i middagshettan och vandrar i vattenbrynet. Det fläktar skönt från havet, bränningarna dånar in mot vit sand. Långt ut skymtar jag fiskebåtar som höjer sig och sänker sig i vågdalarna. Ensamheten är en lisa för själen. En välbehövlig sådan.

När jag kommit ett stycke bort tar jag av mig mina svettiga och dammiga kläder och vadar ut i bränningarna. Det är strömt och vågorna som väller emot mig är mer än meterhöga. Men när jag väl kommit igenom dem är havet lugnare. Jag ligger en lång stund och flyter i de mjukt böljande vågorna innan jag låter en som är extra kraftig föra mig tillbaka in mot stranden.

Det här är min första lediga stund efter ankomsten två månader tidigare och jag njuter i fulla drag där jag ligger på min handduk och soltorkar. Mycket har hänt. Mitt arbete har kommit igång. Inte i högt tempo, men vissa framsteg har jag ändå gjort. Jag känner därför att jag har rätt till detta sybaritiska frossande i sol, vatten och ensamhet.

Samtidigt är jag medveten om att det finns hur många arbetsuppgifter som helst som pockar på att bli utförda. Nöden är stor bland daliterna i Markapalle liksom i många andra byar i distriktet. Förbättringsmöjligheterna är många men det krävs stora insatser. Jag inser att jag tar på mig ett stort ansvar när jag nu går in och rör om i människornas liv.

Men det jag tänker allra mest på är Sunita, leende och frestande som hon var för en stund sen när hon stod ute i vattnet i sin tunna bomullssari. Mycket nära men ändå oåtkomlig.

Mot skymningen återvänder jag till Markapalle och parkerar jeepen på den öppna planen framför templet. Ett stycke bort ligger ett stort hus som jag lagt märke till och som jag är nyfiken på. Enligt Dipak står det öde sen många år. Familjen som bodde där har flyttat till Delhi. Min tanke är att det kanske är möjligt att hyra huset för att på så sätt komma närmare mina projekt. Jag känner också att jag vill komma bort från kollegorna på kontoret och det tomma snack som fyller fritiden för dem som bor ihop inom den slutna värld som komplexet utgör. Det råder en dålig för att inte säga deprimerande stämning på kontoret. Chefen Assar Nygren är svag och dricker lite väl mycket. Han orkar inte driva några nya projekt utan sitter mest tillbakalutad i väntan på att han ska nå pensionsåldern. Detta har smittat av sig på de övriga svenskarna. Det är framförallt därför som jag vill flytta ut till Markapalle även om det skäl jag anför är att jag tror att mitt arbete kan bli mera effektivt om jag finns nära de projekt jag driver.

Under de kommande dagarna frågar jag runt bland folk i omgivningen och får fram namnet på ägarna till huset och får veta att de är villiga att hyra ut det. Sen går det fort. Assar går omgående med på idén. Han är förmodligen glad över att slippa se mig dagligen.

Två veckor senare flyttar jag in i huset som kommer att bli mitt hem under resten av tiden i Indien. Därmed börjar ett nytt skede i mitt liv som biståndsarbetare. Jag befinner mig nu i eller i vart fall i närheten av den värld jag är satt att förändra. Dessutom skapar jag åtminstone ett arbetstillfälle i byn. Jag anställer nämligen Sunitas mor Tara för att få hjälp med städning, tvätt och matlagning. Det låter kanske lyxigt, men i en omgivning utan el och snabbköp runt hörnet krävs mycket tid att hålla igång även ett litet hushåll.

Flytten innebär också, och framförallt, att jag ständigt befinner mig i närheten av Sunita. Om jag balanserar på de smala jordvallarna mellan risfälten är det bara ett par hundra meter till hennes teg. Jag gör mig ofta ärende dit. Hon lyser upp när jag kommer men vi är sällan ensamma vare sig hon arbetar med sina plantor eller står i bevattningskanalen och fyller hinkar med vatten som hon sen bär på en påle över sin axel till sina plantor. Det är ett tungt arbete och jag funderar över hur det ska kunna göras enklare och mer effektivt. Men en pump är dyr i inköp och arbetsbesparingen är liten eftersom pumpen måste vevas för hand så länge byn saknar el.

All verksamhet är arbetsintensiv. Det är en av de lärdomar jag drar av att se Sunita och de andra byborna i arbete. Jag inkluderar de andra, både för syns skull och för att freda mitt samvete, vilket förstås är dömt att misslyckas. Det jag inte kan dölja för mig själv går heller inte förbi den täta omgivning jag befinner mig i. Byn har tusen ögon, minst. Folk undrar avundsjukt, förmodar jag, varför jag ägnar mig så mycket åt just den där fattiga dalitänkan och hennes ynka teg. Kvinnorna som tvättar i bevattningskanalen ser oss på fältet. De stannar upp i sitt arbete och vänder sig mot varandra för att kommentera. Deras och de andra bybornas blickar är menande. Jag uppfattar dem inte som direkt illvilliga, snarare som nyfikna. Vad de säger vet jag inte men det är uppenbart att det är mig och Sunita de skvallrar om.

Ett annat givet samtalsämne för byborna är förstås att jag har börjat ge Sunita lektioner i engelska. Hon kommer till mig en stund varje kväll och vi sitter på verandan med en nybörjarbok som jag har tiggt mig till från en skollärare som ibland arbetar extra på kontoret inne i stan. Lektionerna sker alltid inför öppen ridå på min veranda och jag ser dessutom till att det alltid sker när hennes mor Tara är på plats. Det har blivit rutin att hon stannar för att diska upp efter middagen medan jag ger Sunita hennes dagliga dos av engelska. Sen går de tillsammans tillbaka till sin palmbladshydda medan jag slår mig ner med en bok eller med mina tankar och dricker kvällens enda Kingfisher. Jag är noga med detta att det bara blir en. Inne på kontoret ser jag gott om exempel på vad som kan ske med ensamma män som inte har något annat än flaskan och en dos uddlöst pladder att ägna sig åt om kvällarna.

4

Brevet från Eva har varit på väg länge och bär spår av att
ha passerat genom många händer. Det ligger och väntar
på mig på ett bord i hallen när jag kommer tillbaka hem
efter en veckolång tjänsteresa i distriktet tillsammans
med Mohan och tolken Dipak. Vi har besökt flera byar
lite längre norrut längs kusten för att sondera möjlighet-
erna att starta verksamhet där. Jag är trött men ändå ivrig
att få läsa brevet som Tara, Sunitas mor och min alltiallo,
har lagt överst i brevhögen som hon hämtat från post-
facket inne i byn. Varför hon lagt det överst är oklart.
Tara är analfabet men kanske har hon tyckt att brevet
känns viktigt eftersom det skiljer sig från den vanliga af-
färskorrespondensen.

De bangladeshiska frimärkena och den vackra hand-
stilen säger mig omedelbart att det är från Eva. Ett efter-
längtat brev som väcker till liv minnen från de fyra som-
marveckor vi hade tillsammans på kursgården före avre-
san. Jag vill vara ostörd när jag läser det och dröjer där-
för med att öppna det tills Tara har diskat upp efter mid-
dagen och tills jag har gett Sunita hennes dagliga lektion
i engelska.

När mor och dotter har gått slår jag mig ner på veran-
dan, tänder en fotogenlampa, öppnar en flaska King-
fisher och börjar läsa. Det är ett relativt kort brev. Hon
skriver att hon har kommit i ordning, att hon trivs bra
med sina arbetsuppgifter och att det känns bra att kunna
göra nytta. Jag snabbläser ett avsnitt där hon beskriver
sina arbetsuppgifter som är mest administrativa. Det är
inte sånt jag vill veta.

Först i den sista passusen kommer hon fram till det jag hoppats få läsa. Hon saknar mig och allra sist skriver att hon vill att jag ska komma på besök. Hon vill alltså ha en fortsättning på vår korta romans under introduktionskursen.

"Så nära och ändå så längt bort, nog kan du väl utverka några dagars ledighet och komma hit på besök."

Jag lägger ifrån mig brevet, lutar mig bakåt i korgstolen och minns.

Den svenska sommaren utanför kursgårdens fönster är förledande skön. Ängen ner mot sjön är frodigt grön, lätt uppblandad med blommornas färgklickar i olika nyanser av blått, gult och rött. Bara några få molntussar långt borta, i övrigt en klarblå himmel. Fastän det är tidigt på dagen har det fina vädret lockat några barn ner till badbryggan. Samma brygga där Eva och jag för bara en liten stund sedan tog ett dopp efter vår joggingrunda. Ungarnas skratt och plaskande tränger in genom lektionssalens öppna fönster och distraherar.

Jag vänder blicken mot föreläsaren och försöker koncentrera mig på vad han har att säga. Men det är svårt både för mig och de andra i den lilla gruppen av blivande biståndsarbetare att tänka på problemen i världens fattiga länder när man befinner sig i denna somriga omgivning. Föreläsaren Paul Svensson får verkligen anstränga sig till det yttersta för att få oss att ägna våra tankar åt de samhällen vi kommer att möta och de kulturkrockar som väntar oss.

"Det gäller att smälta in, så gott det nu går, och att visa vederbörlig hövlighet mot dem ni möter. Ni känner säkert till det gamla talesättet om att ta sedan dit man kommer. Fullt ut går det naturligtvis inte men ni måste i alla fall måna om att inte väcka anstöt med utmanade klädsel och en livsstil. Det som är okej här hemma är det kanske inte i de byar och samhällen där ni kommer att verka. Jag har givetvis ingen invändning mot era bara ben och tunna linnen här och nu. Men ute i fält krävs en mera skylande klädsel. Detta med passande klädsel skiljer sig från ett samhälle till ett annat. Vad jag vill säga är bara att det gäller för er att vara uppmärksam på klädnormen och på alla andra normer i den omgivning ni planteras in i som en främmande invasiv art."

Föreläsaren gör en paus och kastar en blick ut över salen innan han fortsätter.

"Det här med anpassning är inte lätt. Tro mej. Även om vi verkligen anstränger oss att bo och leva enkelt när vi är ute i fält så är förutsättningarna olika mellan oss och dom. Våra löner och andra villkor är på en helt annan nivå än deras inkomster. Våra möjligheter att bli helt accepterade är alltså små, oavsett om det gäller livet i en by eller i en storstadsslum. Det bästa vi kan hoppas på är att våra insatser uppskattas och att vi i alla fall inte stöts bort."

"Låter det här pessimistiskt? Kanske, men jag vill i alla fall att ni ska vara förberedda. Bättre förberedda än jag var när jag for ut första gången för en halv evighet sen".

"Några av er kommer kanske som jag att tillbringa resten av era yrkesverksamma liv i biståndssvängen medan andra kanske avskräcks efter en vända. Hur som helst så måste ni inse att ni är gäster och främlingar i den värld ni transplanteras in i. Ni är där under några år, en mycket kort tid sett med bybornas ögon. Den traditionella byn där de och deras förfäder levt och verkat i generationer har stabila strukturer. De förväntar sig att livet ska fortgå så i fortsättningen också. Vi som kommer utifrån och vill förändra deras liv måste förstå detta och inse att det gäller att gå varsamt fram och att anstränga oss till det yttersta att visa att de förändringar vi föreslår kommer att leda till ett bättre liv för dom. Sett ur bybornas perspektiv är våra förslag kanske oacceptabla av skäl som vi inte förstår, fast vi själva är till hundra procent övertygade om att dom är både rationella och genomförbara. Detta att försiktigt bryta igenom vallen av passivt motstånd är viktigt och det särskilt när man startar ett nytt projekt eller börjar arbeta i en by som inte tidigare varit föremål för någon biståndsverksamhet".

"Det finns som jag redan nämnt stabila sociala strukturer i nästan alla samhällen. Ofta är dessa hierarkiska och dom som finns högst upp känner sig ofta hotade av de insatser vi vill göra. Vi måste alltså vara medvetna om att vi riskerar att möta motstånd. Det vi gör kommer ju att förändra den traditionella balansen mellan rika och fattiga i lokalsamhället.

"Den kommer ofta också att påverka förhållandet mellan man och kvinna. Många projekt syftar ju just till att stärka kvinnans ställning."

"Motståndet kan komma från religiösa ledare som är rädda för att förlora greppet om sin flock. I andra fall är det penningutlånarna som känner sig hotade av att vi erbjuder lån som är avsevärt billigare än deras. I många byar finns allianser mellan religiösa ledare, ockrare och politiker. Det gäller att vara uppmärksam på hur dessa traditionella krafter samverkar".

"Det handlar också om vårt personliga agerande. Frestelserna är många men kom ihåg att utomäktenskapliga förbindelser är oacceptabla…"

Medan jag läser Evas brev erinrar jag mig det replikskifte som följde mellan henne och föreläsaren under frågestunden efteråt. De etiska problemen som kändes avlägsna då har kommit närmare nu. Sunita är hela tiden närvarande i den värld jag befinner mig i.

Föreläsaren hade just gett oss ett par exempel på projekt som gått i stöpet på grund av brott mot dessa ibland svårtolkade etikettsregler. Framförallt handlade det om sex. Eller snarare om kravet på total avhållsamhet. Evas reaktion spetsade till frågan:

"Så du menar att vi måste leva i celibat då?"

Föreläsaren slår ut med händerna.

"Det vore kanske för mycket begärt, särskilt för dom av er som ska vistas ute i fält under flera år. Självklart har ni rätt till ett privatliv, men det kan aldrig bli lika privat som hemma i Sverige. Låt oss säga att ni måste vara mycket diskreta".

"En uppmaning till hyckleri alltså."

"Om du så vill. Jag skulle snarare kalla det en anpassning till den miljö där du är en tillfällig gäst. Du och flera andra har frågat om klädsel. Jag vill passa på att upprepa det svar jag gav nyss att det som gäller är att den måste anpassas till den rådande normen. Provokativ klädsel och sex anses ofta hänga ihop."

"Bad? Måste man bada med kläderna på?"

"Glöm det där med sol och bad. Ni är inte turister utan utsända för att utföra ett arbete. Bad kan ni i bästa fall ägna er åt på turisthotell, om det nu finnas något i närheten. Annars får ni avstå tills ni återvänder hem".

Senare samma dag på badbryggan nedanför kursgården. Eva och jag är ensamma kvar. De andra har dragit sig tillbaka till trädgårdens skugga. Eva ligger på mage med den vita bikinibyxan hoprullad till en smal tråd mellan skinkorna. Plötsligt utbrister hon rakt ut i tomma intet.

"Fan också, varken sex eller bad. Vad har jag gett mej in på…"

Hon vänder sig mot mig och gör en grimas. Hon har rest sig på armbågarna. Brösten dinglar fritt. Hon har små bröst, lika bruna som resten av henne. Ett resultat av två veckor på Mallorca, har hon berättat.

"Och ingen alkohol heller", säger jag – mest för att fylla tomrummet.

"Fast det är nog mindre riskabelt att smygsupa än att ha sex vid sidan om."

Hon sätter sig upp och sträcker sig efter bikinitoppen. Sen rycker hon på axlarna och låter den ligga.

"Det är väl okej nu när vi är ensamma på bryggan, bara du och jag. Nere på Mallis solade förresten nästan alla topless".

Jag nickar stumt. Vi har hon sagt. Hon är förti, arton år äldre än jag. Men jag upplever trots åldersskillnaden mer gemenskap med Eva än med någon av de andra på kursen fast några ligger närmare mig i ålder. Vi joggar tillsammans om morgnarna och vi slår oss oftast ner bredvid varandra vid matbordet. På hennes förslag jobbar vi också ihop med ett grupparbete.

Hon har efter många år som snabbköpskassörska börjat plugga på folkhögskola efter sin skilsmässa två år tidigare och hon är full av entusiasm inför den nya värld som har öppnat sig för henne. Hennes kunskaper i socialantropologi och mina i nationalekonomi visar sig vara en bra kombination. Hon har på folkhögskolan skaffat sig kunskaper i frågor som rör u-länder men har svårare att formulera sig. Där kommer min träning i akademiskt uppsatsskrivande väl till pass.

Hon har rest sig upp, tänjer på kroppen.

"Puh så varmt det är. Dags för ett dopp. Kommer du med i?"

Hon står på yttersta bryggkanten redo att dyka i. Utan att vänta på svar försvinner hon ner i vattnet. Jag reser mig och som dragen av en magnet följer jag efter. Ett stycke ut ligger hon och väntar på mig. Jag simmar emot henne och där ute, där vi är skymda av vassen lägger hon armarna kring min hals och drar mig till sig.

Det blir bara en snabb kyss, sen skjuter hon ifrån.

"Försten ut till bojen".

Bojen ligger och skvalpar ett stycke ut i sjön, en markering att där är det segelbåtsdjupt. Förmodligen en relikt från den tid då kursgården var sommarnöje för en grosshandlarfamilj, som med tiden gick under till ackompanjemang av diverse avslöjanden om fiffel.

Hon är en duktig simmare, är långt före mej när vi rundar bojen och redan uppe på bryggan när jag kommer upp för stegen. Hon har dragit av sig bikinibyxan och står naken i solen. Jag sneglar upp mot huset. Hoppas ingen ser oss tänker jag. Hon ser min blick och skrattar åt min oro. Det är sån hon är. Hon verkar road av att utmana. Jag är både förvirrad och attraherad när jag tar de sista stegen upp på bryggan.

"Så här skulle man alltid få vara".

Hon står med händerna sträckta mot skyn. Vacker och provokativ. En hel evighet står hon så innan hon böjer sig ner och drar på sig en tunn bomullsklänning.

Innan vi lämnar bryggan möts vi på nytt i en kyss, längre nu än den ute i vattnet. Det är fortfarande Eva som tar initiativet. Så är det också efter middagen några timmar senare. I vart fall är det så jag minns det när jag nu sitter med hennes brev i min hand i en bungalow som är alldeles för stor för en person och så ödslig att den känns kvävande.

Det har gått tre månader sen vi skildes åt efter kursen, ytterligare en månad sedan vi var tillsammans senast under ett par dagar före min avresa från Stockholm. Då hoppades hon fortfarande på att bli stationerad i Indien och att vi skulle vara nära varandra, men riktigt så blev det alltså inte. På omvägar har jag fått veta att hon till slut hamnade i Dhaka och hennes brev är en bekräftelse på detta. Retfullt nära enligt den stora Sydasienkartan som hänger på väggen i mitt arbetsrum men i praktiken ett par dagsresor bort. Särskilt nu när hon har placerats i en by ute i deltat långt söder om Dhaka för att arbeta med familjeplanering.

Hon skriver att hon trivs bra där, att arbetet känns viktigt och att kollegerna är okej.

"Men jag saknar dig, min käre knullkompis".

Det är ett ord hon ofta använt om vår relation. Eller som hon sa den sista natten på ett hotell i Stockholm.

"Vi vet ju att det här inte kan leda till något, men vi har i alla fall haft det skönt tillsammans".

Evas vokabulär bär på ett arv från hennes tonårstid på det sena sextitalet och tidiga sjuttitalet, när allt skulle stöpas om. Det mesta ifrågasattes och allt bestående utsattes för protestdemonstrationer. Nu på nittitalet har radikalismen tonats ner, men Eva tycks inte ha märkt det. Eller om hon har det, så är hon ute för att utmana. Hon verkar se det som en rolig lek att provocera och ifrågasätta. Det gäller hennes klädsel liksom hennes politiska synpunkter. Hon menar att det är en självklarhet för den som vill förändra världen att kritisera den rådande världsordningen.

Viljelöst men inte ovilligt blir jag under de fyra kursveckorna en del av denna utmaning. Vi gör inget för att dölja vår relation och jag märker att den får ett och annat ögonbryn att lyftas. Kanske är det därför organisationen ser till att vi hamnar på så stort avstånd. Ett hundratal mil landvägen, något lite mindre fågelvägen över Bengaliska viken.

I avskedets stund sa hon att även om det aldrig kunde bli nåt bestående mellan oss så vill hon att vi ska hålla kontakten. Det har dröjt länge. Jag hade så när gett upp hoppet om att höra ifrån henne men nu har till sist kontakt alltså etablerats och i slutet av brevet skriver hon att hon vill att vi ska ses igen.

Är det möjligt för dig att komma till Dhaka på några dagars ledighet? Kanske kan du med lite smart prat övertyga din chef om att det är ett studiebesök?

5

Flygplatsen i Dhaka är kaotisk med hundratals fixare som ropar och viftar med händerna för att få min uppmärksamhet. Några drar i min skjorta för att få mig med till just deras hotell i just deras taxibilar. Jag är beredd för Eva har förvarnat mig i sitt brev med instruktioner om hur jag ska ta mig från flygplatsen till gästhuset där hon väntar. Jag spjärnar alltså emot fixarnas attack och stegar envetet rakt fram mot en babytaxi, samma slags motoriserad trehjuling som jag är van vid från Indien. Föraren säger att han vet ett bra hotell, speciellt pris för mig, för det ägs av hans kusin. Han ser lite dyster ut när jag ger honom adressen till gästhuset men är nöjd med priset på två dollar som vi kommer överens om. Senare förstår jag att det är ett kraftigt överpris men det är så det är. Utlänningar betalar *the white face price*, en taxa som är betydligt högre än vad lokalbefolkningen avkrävs.

Gästhuset ligger i en oas och omges av en hög mur som byggts för att freda utländska biståndsarbetare och experter. Nära men ändå avskilt från det omgivande gyttret. Det är ett pampigt hus. Fram till 1971 ägdes det troligen av någon av de rika pakistanska familjer som tvingades fly i samband med befrielsekriget som utkämpades för att skapa ett Sonar Bangla, ett Gyllene Bengalen.

I receptionen finns ett meddelande till mig från Eva. Hon beklagar att hon inte är på plats för att ta emot. Hon sitter i ett viktigt möte på svenska ambassaden men lovar att komma tillbaka så snart hon kan komma undan.

Mitt rum är stort, tungt möblerat och har en stor fläkt i taket med blad som svingar sig runt i ett lojt tempo. Jag

duschar, byter om och slår mig sen ner i den luftkondit-
ionerade salongen på bottenvåningen och beställer en
kopp te i väntan på att Eva ska dyka upp. Jag bläddrar
förstrött i de engelskspråkiga tidningar som ligger på
bordet. De har nyligen tagits över av regimen och funge-
rar nu i huvudsak som maktens megafoner. Det Sonar
Bangla, som frihetskämparna offrade sina liv för skiner
inte längre lika klart som under den euforiska perioden
närmast efter befrielsen. Det har jag läst mig till i den
betydligt friare indiska pressen.

Eva ser sval ut i sin orangea långskjorta som når till
knäna och ett par vita bomullsbyxor. Jag känner knappt
igen henne när hon kommer in genom dörren tillsam-
mans med några av sina kollegor. De är inbegripna i nå-
got slags eftersnack till det möte de har deltagit i. Så får
hon syn på mig och bryter sig loss.

Jag reser mig upp och hon går in i min famn. Men
bara för ett kort ögonblick. Hon skjuter mig milt ifrån sig
och viskar:

"Senare, när vi är ensamma".

Jag nickar att jag förstår, betraktar hennes klädsel.

"Så du har tagit till dig det lokala modet".

"Standardklädsel för kvinnliga biståndare", säger hon
med en grimas. "Egentligen borde jag ha en sjal också
för att inte fresta någon med mina nakna öron. Men där
går gränsen…"

Hennes grimas får mig att skratta. Nu känner jag igen
henne på riktigt. Ifrågasättande och utmanande. En ver-
bal protest i alla fall även om hon har tvingats anpassa
sin klädsel.

Eva tar till en vit lögn när hon introducerar mig för
sina kollegor som står kvar vid portierlogen och nyfiket
följer vårt möte.

"En god vän från Sverige som arbetar på ett projekt i Indien. Han är här för att studera det jag håller på med. Jag ska visa honom runt under några dagar."

Alla är engelsktalande, alla medelålders män. Biståndare och ambassadfolk. Vi skakar hand, växlar några artighetsfraser. Sen drar Eva iväg med mig. I trappan upp till övervåningen tar hon min hand.

"Jag har längtat efter dej..."

"Dina kollegor då, vad säger dom nu då när du smiter iväg från dom..."

"Äsch dom..."

Hon tar mig med in på sitt rum som ligger i direkt anslutning till mitt. Väl innanför dörren kysser vi varandra. Inom loppet av sekunder har hon skingrat mina farhågor om ett svalt och avvaktande mottagande. Hon är ivrig och kommer snabbt ur kläderna. Hon har heller inte så mycket att ta av, fortfarande ingen behå och bara en pytteliten trosa under de tunna bomullsbyxorna.

Jag blir stående och betraktar henne fascinerat. Sommarens solbränna sitter i. Hon håller fram händerna-

"Men kom då... se till att få av dej paltorna nån gång."

Senare på kvällen sitter vi på verandan och njuter av kvällsbrisen. De engelsktalande kollegorna har kommit förbi, hälsat diskret men har sedan satt sig vid ett bord ett stycke bort.

"De har tydligen fattat galoppen", säger hon med ett okynnigt leende.

Jag har hällt upp whisky ur flaskan jag köpte i taxfributiken i våra glas, men har sen gömt den under bordet.

"Tror du att dom upptäckte vad som finns i glasen?"

"Än sen då. Dom flesta här har tillgång till alkohol även om den inte tillåts officiellt. Alla i biståndssvängen känner nån på sin ambassad som kan skaffa. I värsta fall får man köpa hembränt".

"Jag trodde lagarna här var lika strikta som i Saudi".

"Det mesta är förbjudet men ingen bryr sig. Blir man ertappad går det alltid att muta sig fri. Så är det i alla fall för män".

"Men inte för kvinnor?"

"Inte alltid i alla fall. Ta till exempel sex utanför äktenskapet som är strikt förbjudet. Officiellt gäller lagen både män och kvinnor, men jag har aldrig hört talas om nån man som blivit straffad för otrohet. Det är faktiskt det enda jag har problem med, detta förbannade hyckleri, och så förstås det påtvingade celibatet. Annars är allt perfekt. Det här uppdraget är det bästa som hänt mej. Tänk om jag hade haft kraft nog att bryta mej fri tidigare från både äktenskapet och ungarna och från det där jäkla skitjobbet som snabbköpskassörska".

Vi blir kvar i Dhaka ett par dagar medan Eva avverkar några viktiga möten. Mellan varven hinner hon visa mig några av de projekt som svenska biståndsarbetare driver. Jag får träffa läkare, sjuksköterskor och socialarbetare som arbetar i slummen och med kampen mot kolera och andra vattenburna sjukdomar. Hon ordnar också med ett besök hos den berömde Mohammed Yunus på hans barfotabank Grameen Bank för att diskutera smålån till fattiga människor. Att starta en liknande bank är något vi har diskuterat i Dharampatnam. En rapport om mötet med Yunus ger mig i alla fall något att komma med om min resa till Dhaka skulle ifrågasättas.

Eva lever i en betydligt mera dynamisk tillvaro än jag i min betydligt mera småskaliga biståndsvärld. Medan vi sitter på gästhusets veranda och dricker våra sundowners säger jag:

"Ditt liv här i Dhaka gör mig avundsjuk. Min tillvaro är så endimensionell jämförd med din. I min by finns inga ekonomiska experter att utbyta idéer med. Jag möter inga ministrar eller ambassadörer. Min chef är en alkoholiserad föredetting som har fått ett reträttjobb där han gör så lite skada som möjligt. Visserligen ger det mej fria händer men jag får heller inget stöd när jag kommer med förslag och ingen hjälp för att komma åt korruption och orättvis behandling av dom kastlösa".

"Okej. Jag tror jag förstår. Men du ska veta att det är ungefär lika illa här. Fast på ett annat sätt kanske. Eftersom politikerna är beroende av det utländska biståndet ger de oss sitt stöd i ord, men däremot inte i gärning. Du ska få se när vi kommer ut till byn där jag jobbar..."

Evas by ligger i väglöst land. Vi reser dit ombord på en flodbåt. Deltalandskapet vi passerar igenom är något helt annat än det jag omges av i min indiska by. Flodarmar slingrar sig fram mellan byarna, som ibland bara är små holmar med hyddor ute bland risfält som fortfarande ligger under vatten efter den senaste regnperioden. Båten vi åker med för oss söderut genom deltat till en liten stad med ett kolerasjukhus. Eva har besökt det tidigare och kommer att bli stationerad där en tid för att skriva en rapport om verksamheten.

Vi sitter på övre däck i första klass, avskilda från myllret av människor som stiger av och på i byar vi passerar. Alla har stora packningar, somliga har också med sig får och höns. Ute i flodfåran möter vi en stor öppen båt tungt lastad med kor som står fjättrade vid relingen och glor med tomma ögon mot oss.

"Korna har smugglats in från Indien för att slaktas här".

"Varför?"

"Det fattar du väl. I det hinduiska Indien är det förbjudet att slakta kor. Därför säljs dom till muslimer som smugglar dom över gränsen till det muslimska Bangladesh för att slaktas och ätas här. En genialisk affärsidé". Jag kan inte låta bli att skratta. Jag har haft anledning att undra över vad som händer med alla gamla magra kor jag ser i och kring Markapalle. Men ingen har kunnat eller velat besvara mina frågor.

"Snacka om nytta av bilateral handel. Indien blir av med ett religiöst problem och Bangladesh får ett proteintillskott".

Kolerasjukhuset har högsäsong och är fullbelagt. Vi har kommit under en av årets två envist återkommande sjukdomstoppar. Patienter som inte får plats inne i salarna ligger i snörsängar som placerats ut på gården. En gammal man sitter och svingar en viska över ett litet barn för att hålla flugorna borta. En sjuksyster skedmatar en patient med vätska. En annan ansluter en droppflaska till armen på en patient. Annars förekommer ingen märkbar aktivitet.

Scenen förundrar mig. Jag har läst skildringar av panik och folk på flykt när koleran slog till i Stockholms och andra europeiska storstäders slumområden på 1800-talet. Men här råder ett välordnat lugn. Nya patienter strömmar till. En eländigt mager barnakropp förs in på bår. En läkare tillkallas snabbt och undersöker den till synes livlösa flickan.

"Varför kom ni inte till oss tidigare?" säger han till flickans mor.

"Vi försökte med lokala medicinmän..."

Den unge läkaren suckar djupt och skakar bedrövat på huvudet. Sen vänder han sig mot Eva och mig och kommenterar bittert:

"Det är så det är. De går till kvacksalvaren i byn för att få hjälp eller också köper de dyr men verkningslös medicin på apoteket. Det är först när patienten är nästan döende som de kommer hit. Ändå lyckas vi rädda de flesta. Botemedlet är både billigt och effektivt. De förlorar vätska och behöver tillföras vatten tillsammans med salt och socker. Det är egentligen allt som krävs, fast här på sjukhuset använder vi en specialblandning ORS som dessutom innehåller lite andra ingredienser, men allt som allt kostar en dos mindre än en thaka."

Några ören alltså för att rädda ett liv. Och vården i sin helhet kostar säkert bara någon ynka procent av vad den skulle kosta i Sverige. Här är det inte tal om enskilt rum. Här står bäddarna sida vid sida. Läkarnas och sjuksystrarnas löner är också väsentligt lägre än i väst.

Vården är också uppsökande. Tillsammans med den unge läkaren och två sjuksystrar åker vi i båt ut till en av de byar där kolera har brutit ut. Flera människor är svårt sjuka och några små barn är mycket illa däran. En liten pojke så svårt sjuk att han omedelbart måste föras till sjukhuset för att han ska få dropp. En av sjuksystrarna återvänder till det stora sjukhuset med pojken och hans föräldrar medan läkaren och den andra sjuksystern fortsätter att behandla de övriga patienterna.

"Vad finns det för hopp om att rädda livet på den där svårt sjuke pojken?" frågar jag läkaren när han tar sig tid att dricka en kopp te.

"Ganska goda trots allt. Vi klarar livet på 98–99 procent av de patienter som kommer in till sjukhuset. Förutsatt att de inte också lider av någon annan svår sjukdom…"

"Men under utbrotten i Europa på 1800-talet dog ju folk som flugor", invänder jag.

"Jo, men idag vet vi mycket mer om hur de kolerasjuka ska behandlas. Problemet nu är spridningen. Den har vi inte lyckats stoppa. Se dej om så förstår du varför det är så."

Han pekar mot byns brunn som ligger så lågt att förorenat flodvatten vid högvatten strömmar in i den. Den ligger även nu bara halvannan meter över vattenytan. Enligt läkaren var hela byn satt under vatten när det var som värst för några månader sedan. Invånarna tvingades då fly tillsammans med sina djur. Men så fort vattnet drog sig tillbaka återvände de.

"Varför?"

"De har ju inget val..."

Efteråt sitter vi tillsammans med byäldsten och hans närmaste män. Kvinnor och några barn står på lite avstånd och ser nyfiket på. Jag ställer min fråga också till honom.

"När ni vet att vattnet är dåligt, varför dricker ni det då?"

"Vad kan vi göra. Vad ska vi dricka?"

"Ni måste koka vattnet", förklarar läkaren.

"Det går åt mycket brännved och den är dyr..."

"Jag vet men den är billigare än de värdelösa mediciner ni köper från kvacksalvarna".

Männen omkring oss skruvar på sig. De har en annan uppfattning än läkaren om de lokala medicinmännen, som ofta dessutom är lierade med mullorna. Till sist säger en:

"Kolera är Allahs straff".

Läkaren suckar djupt och ger upp. På vägen tillbaka till sjukhuset säger han;

"Ni ser ju själva hur det är. Folk tror inte på några vetenskapliga förklaringar. Men numera accepterar de i alla fall att våra doser av ORS botar. Så det finns hopp".

Medan Eva arbetar med att samla in uppgifter för sin rapport strövar jag omkring på marknaden i den lilla deltastaden. Det är en ovanlig lyx att ha tid över för att ta in nya intryck och för reflexion. Jag njuter i fulla drag av dofter och färgprakt. Där finns kryddor som formats till pyramider på enkla salubord, säckar med ris och rotfrukter, berg av bananer. Fiskar av ett slag jag aldrig tidigare sett säljs av kvinnor som sitter på marken strax intill. Från en butik utanför marknaden strömmar musik på hög volym för att locka folk att köpa musikkassetter. Jag slår mig ner på en stol hos en chaiwala och njuter av en kopp sött te med mycket mjölk. Mycket av det jag ser här finns säkert också på den stora marknaden som ligger granne med vårt kontor i Dharampatnam. Det är bara det att dit har jag sällan tid att gå för att ta del av utbudet och folklivet. Där är det arbete som gäller.

Jag berättar för Eva om min dag i marknadsmyllret och frågar hur hon upplever det. Är hon precis som jag så upptagen av sitt arbete att hon inte har tid att bekanta sig med den miljö vi har till uppgift bistå?

"Ja, vår ställning som nåt slags officiell person gör att vi inte kommer nära det liv som pulserar runt omkring oss. Du minns väl vad han sa, den där föreläsaren på kursgården om hur svårt det skulle bli att bli en del av de samhällen som vi skickades ut till".

"Jag vet..."

Så berättar jag om huset jag hyrt för att komma nära folket som jag arbetar med.

"Det låter underbart. Så skulle jag också vilja bo, men du ser ju själv hur jag har det i Dhaka. Som kvinna måste jag bo innanför skyddsmurarna. Det innebär att jag är ständigt omgiven av kolleger och att jag ser samma människor på jobbet som på fritiden. Var tacksam för det du har."

"Joo, visst har jag det bra på många sätt."

"Men? Du låter inte helt nöjd…"

"Inte helt. Jag är visserligen närmare människorna än om jag skulle bo med kollegorna inne i stan. Men socialt är det verkningslöst. Huset är alldeles för stort, ett sånt som bebos av rikt folk. Dessutom ligger det i den rika delen av byn och jag har anställt en kvinna som sköter markservicen åt mig och som sköter inköpen på marknaden. Jag bor alltså på samma nivå som byns ledarskikt, inte i närheten av hur byns fattiga lever."

"Nu är du riktig jäkla naiv, Bertil. Du inser väl själv att du inte skulle kunna fungera om du försökte bo i en hydda. Du bor i alla fall i närheten av dom du försöker hjälpa. Själv lever jag ju som du har sett så gott som helt isolerad från lokalsamhället. Mitt umgänge utöver biståndarna utgörs av diplomater och utländska affärsmän."

Vår tid rinner iväg. Vi töjer på den sista natten tillsammans och somnar i varandras armar i gryningen, när det är bara några timmar kvar tills mitt plan ska gå. Det känns som en oändligt lång evighet till sommaren när vi kanske får tillfälle att träffas på nytt under semestern hemma i Sverige.

På väg ut till flygplatsen säger Eva:

"Jag kanske kan utverka en veckas ledighet och komma över till dej…"

"Vore underbart", säger jag spontant. "Jag har ju gott om plats i huset".

Men jag är strax därpå osäker på hur det skulle fungera. Min tid i Dhaka har inte vållat några svallvågor i den toleranta utlänningsmiljö där Eva lever. Men jag ser framför mig det uppseende det skulle väcka i en så liten by som Markapalle om hon kom på besök hos mig. Vi måste hitta ett annat sätt att ses. Kanske en rundresa för att se lite av Indien, föreslår jag. Det förslaget nappar hon omedelbart på.

Vi tar ett ömt farväl i avgångshallen, så ömt man kan tillåta sig i ett land där varje beröring mellan man och kvinna i det offentliga rummet kan väcka anstöt. En kram, en lätt kyss, några ord om att vi hoppas att det ska bli av, det där besöket vi talat om. Men inga löften, inga band. På så sätt skiljer sig vårt farväl den här gången inte nämnvärt från det vi tog några månader tidigare på Arlanda.

6

När jag återvänder från Bangladesh inleds en svettig period. Framförallt handlar det om att hantera en akut brist på vatten i hela distriktet, vilket hotar flera projekt. Det gäller att handla snabbt för att rädda de verksamheter jag startat och också för att minska risken för svält i byn. Utan vatten ingen skörd. Vi drar därför igång flera mindre brunnsprojekt och ger lån till inköp av pumpar i några av byarna. Det lindrar bristen något, men vad som behövs är stora bevattningsprojekt som garanterar ett konstant tillflöde av vatten.

Hela regionen är inne i en osedvanligt lång torrperiod. Fyra månader har gått sedan sommarens monsunregn upphörde och vintermonsunen dröjer. Grundvattennivån har sjunkit så mycket att många brunnar i distriktet har sinat helt. I några byar närmast havet har vattnet förorenats av salt och kan inte längre drickas. I tempeldammen har vattennivån sjunkit mer än en meter, vilket gör livet hårt för tvätterskorna.

Problemet är inte nytt men det är värre än vanligt. Jag noterar att livet i byn har gått ner på lågvarv. Den magra skörden är inhämtad. Det lönar sig inte att så på nytt förrän det kommer regn. Det betyder i sin tur att det är ont om arbete för daglönarna. Det är alltså stor risk att det kommer att dröja länge innan krisen är över.

De uttorkade åkrarna och vattenbristen står i bjärt kontrast mot vad jag såg i deltalandskapet i Bangladesh. I byarna som jag besökte där gällde det att freda sig mot de årliga översvämningarna, men här på den indiska östkusten som ligger i regnskugga råder det nästan alltid brist på vatten. Undantaget är monsunperioden.

Men i området kring Dharampatnam finns det ändå visst hopp om förbättring, åtminstone på sikt. En stor flod som får sitt vatten från bergskedjan Western Ghats rinner förbi i närheten och släpper ut mängder med vatten i Bengaliska viken. Det finns redan en grävd kanal som leder vatten från floden till byn, men den har slammat igen och under torrperioderna minskar flödet betänkligt. Det här året verkar det som om den kommer att torka ut helt. För flera av de projekt jag dragit igång, inklusive Sunitas, skulle det innebära en katastrof om flödet stannade av.

Även en del av Markapalles storbönder har drabbats. Där ser jag mitt i eländet en öppning som jag kan utnyttja. Byns rika har tidigare varit ointresserade av mitt förslag om att rensa kanalen från växter och att gräva ur den. De har hellre satsat på att borra brunnar för att kunna bevattna sina åkrar. Men nu när även dessa brunnar har börjat sina är de nu mottagliga när jag föreslår att de ska medverka till att flödet i kanalen förbättras. De sista resterna av deras motstånd mals ner när jag säger att det finns möjligheter till bidrag för detta projekt.

Min chef Assar går motvilligt med på att jag skickar en nödsignal till Stockholm. Efter några samtal fram och åter får jag besked om att vi kan få ett tillskott som täcker drygt hälften av kostnaderna för projektet. Det handlar om småpengar, ungefär tjugo tusen kronor, och jag har svårt att hålla tillbaka min ilska över den långsamma beslutsgången, men biter ihop och kan alltså till sist meddela Markapalles byledare att summan finns.

Sen följer ytterligare en svettig tid innan jag får byns storbönder att själva bidra till finansieringen. Det gnölas över att projektet kommer att gynna de kastlösa mest fast de inte bidrar med en enda paisa. För att bryta ner motståndet gör jag klart för byrådet att om byns fattigbönder inte kan dra nytta av det här bevattningsprojektet så blir det inget bidrag från Sverige, för det har mina chefer bestämt. Då går byrådets medlemmar till sist med på att punga ut.

Bland byns fattiga tas projektet emot som en gåva från gudarna. Dels kommer de att få vatten och dels får många av dem arbete under denna period på året mellan skörd och sådd när det råder stor sysslolöshet bland daglönarna.

Sunita är entusiastisk över bevattningsprojektet. Det hjälper henne visserligen inte under rådande torka men det ger hopp inför framtiden.

Hon är ett energiknippe. Efter dagens slit med odlingen i brännande solsken kommer hon varje kväll för att få sin lektion i engelska. Hon har nu också lärt sig det latinska alfabetet och kan själv traggla sig igenom den lärobok jag köpte medan jag bytte från flyg till tåg i Calcutta. Den nya boken, *English for Grownup Beginners*, är betydligt bättre lämpad för henne än de ganska barnsliga texterna i de böcker vi hade till en början. Den ger henne ett ordförråd som bidrar till att vi från och med nu kan börja konversera som vuxna. Hon kan berätta vad som händer i byn, vilket förbättrar min förståelse av varför folk agerar som de gör. Jag får veta vem som ska gifta sig med vem och varför storbonde X ligger i fejd med storbonde Y. Hon kan nu också hjälpa mig att tala om för Tara vad det är jag vill få uträttat i huset.

Sunita frågar mig om min resa. Jag kallar den för ett studiebesök och säger att det är viktigt att lära sig hur folk lever och arbetar i andra länder. Jag nämner inget om

Eva utan håller mig strikt till vad jag har sett av livet i det bengaliska deltalandskapet. Särskilt intressant blir det när jag berättar att man åker båt mellan byarna och att risfälten ofta står under vatten.

"Om jag levde där skulle jag inte behöva bära vatten", kommenterar hon.

"Men istället skulle du bli tvungen att bygga vallar för att skydda dej och dina odlingar mot översvämning".

Hon nickar eftertänksamt. Sen säger hon:

"Kanske det är bäst här. I alla fall senare när din kanal blir klar".

"Det är inte min kanal", invänder jag.

"Utan dej skulle den inte ha blivit av. Du tror väl inte att dom i byrådet annars skulle ha gjort nåt som är till nytta för oss daliter..."

Så är det. Det har behövts en utomstående kraft för att få de lite större jordägarna att förstå att samarbetet gynnar alla.

Jag har ingen erfarenhet av att driva ett så här stort projekt och inser att jag behöver hjälp. Jag vänder mig alltså till min chef Assar och ber om en tekniskt kunnig medarbetare som kan bistå med genomförandet av arbetet. Till min stora överraskning får jag ett snabbt och entusiastiskt svar. Assar vaknar till ur sin dvala och bestämmer sig för att själv komma ut till Markapalle för att ta över ledningen av projektet. Det var inte riktigt vad jag hade tänkt mig, men jag sväljer förtreten, för jag känner att det kan gynna mig på sikt att hålla god min. Det ger mig också tid att ägna mig mer åt en del eftersatta projekt i byarna utanför Markapalle.

Fast i grunden är jag missnöjd med chefens ankomst till Markapalle eftersom den vänder upp och ner på mitt liv. Framförallt ockuperar han ett av rummen i villan där han inrättar ett kontor. Han använder dessutom Tara som en personlig tjänarinna. Inte så att han behandlar henne illa men den omsorgsfulla marktjänst som jag har vant mig vid är som bortblåst. Allra värst är att hans närvaro i huset gör att Sunita inte kan komma för sina lektioner lika ofta som förr.

Ändå måste jag medge att Assar driver projektet på ett bra sätt. I stort sett i alla fall. Han har den pondus som behövs i förhandlingarna med byrådet och han har vana vid att sköta stora projekt. Däremot ogillar jag att han driver på daglönarna för hårt.

"Tänk på att det är ett tungt jobb", försöker jag.

"Dom är vana vid värre och vi betalar bättre än vad dom brukar få."

Det är förstås korrekt, men det går emot mitt sätt att hantera arbetskraften i byn. Min policy är att hellre betala lite för mycket och jag brukar se genom fingrarna med att pauserna ibland blir långa när arbetet är tungt. Men nu är det Assar som styr. Jag drar mig alltså undan och jobbar på med mina andra projekt.

Jobbet med bevattningskanalen är i sitt slutskede när Assar Nygren kallar in mig på sitt kontor.

"Det har kommit en inbjudan till en konferens i New Delhi. Jävligt illa tajmat som du förstår. Jag har ju häcken full…"

Jag ser frågande på honom.

"Så jag tänkte att du kanske kunde åka dit i mitt ställe."

"En konferens om vad då?"

"Nåt jävla tjafs om att vi måste samarbeta bättre med svenska företag och lite sånt. Läs själv!"

Han skjuter över faxet till mig. *"Bör vi dra åt samma håll?"* lyder rubriken. Initiativet handlar om att svenskt näringsliv söker närmare samarbete med de biståndsorganisationer som verkar i Sydasien. Man hoppas att det ska resultera i en policy som gynnar utvecklingen i mottagarländerna samtidigt som det leder till ökad svensk export. Detta gör mig misstänksam. Särskilt när jag läser en bilaga där företrädaren för ett svenskt storföretag skriver att det är dags att anpassa svenskt bistånd till de villkor som gäller för amerikanska, tyska och franska aktörer, det vill säga att främja givarlandets export.

"Deras våta dröm", suckar jag.

"Jag vet, men som du säkert förstår, så är det inte vi som arbetar ute på fältet som styr. De stora besluten fattas långt över våra arma huvuden. Och nu har SIDA och våra egna hövdingar gått med på att ställa upp."

"Jo, men vad vill du att jag ska bidra med? Jag har ju bara varit här några månader och har ingen överblick över verksamheten Det är ju du som är chef..."

"Nån måste åka. Och jag har som du säkert förstår inte tid. Det här bevattningsprojektet måste ju slutföras. Du däremot har väl inget som står i vägen just nu."

"Inte akut precis..."

"Bra. Då säger vi det. Du åker i mitt ställe".

Assar reser sig upp. Sessionen är över. Kanske ser han att jag fortfarande är tveksam. För att sätta stopp för en eventuell invändning lägger han en arm om mina axlar och föser mig milt mot dörren. Där ger han mig en cheflig klapp på axeln och så rundar han av med att säga:

"Ta det som semester, grabben. Åk dit, ät gott och njut av lite miljöombyte. Om dom ber dej prata så kan du ju alltid säga nåt om den där tjejen med plantodlingen eller nåt sånt. Snygg donna förresten. Pratar skaplig engelska också. Visa bilderna på henne i arbete ute i leråkern för dom på konferensen. Det går säkert hem hos gubbsen..."

7

I New Delhi väntar en glad överraskning. Eva är också inbjuden till konferensen. Hon ska tala om sitt arbete i byarna i det bengaliska deltat. Jag tvärstannar och ser häpet på henne när vi möts i lobbyn på hotell Ashoka. Det har gått tre månader sen vi skildes åt i Dhaka och jag hade inte väntat mig att få se henne förrän till sommaren, om ens då.

Hon är strålande vacker, elegant klädd i en salwar khamiz. Jag tvekar först hur vi ska hälsa eftersom hon står i sällskap med andra, men Eva vänder sig mot mig med öppna famnen så det är bara att kliva in i den.

"Bertil och jag gick på kurs tillsammans", säger hon sen och introducerar mig.

"Och så fick jag god hjälp av Eva när jag gjorde ett studiebesök i Dhaka. Utan hennes kontaktnät skulle besöket ha varit svårt att genomföra".

Så har vi etablerat oss inför de andra konferensdeltagarna som kollegor och goda vänner. Självklart hoppas jag på mer. Frågan är om Eva också gör det. Trots den där välkomstkramen är jag osäker på var vi står. Under de tre månader som gått sedan Dhaka har hon inte hört av sig. Inga svar på de tre brev jag skickat.

Men på väg in till den gemensamma middagen drar hon mig åt sidan och viskar.

"När vi har genomlidit den här jäkla middagen smiter vi. Jag har rum 376".

Middagen börjar som en stel tillställning, som det ofta blir när människor som inte känner varandra, uppmanas att ta tillfället i akt att bekanta sig. Chefen för regionkontoret Axel Stark inleder med ett välkomsttal som väl är avsett att få oss att känna gemenskap men som kommer att få rakt motsatt resultat,

"Det jag säger nu är oss emellan, strikt konfidentiellt alltså."

Han gör en paus, dricker en klunk vatten och blickar ut över de församlade biståndarna.

"Som ni vet blåser det högervindar där hemma. Viss motvind alltså. Det gäller då att vi från vår sida handlar smart så att vi inte utmanar alltför mycket. Oss emellan så finns det somliga bland dom företagare som deltar i den här konferensen som tycker att bistånd är onödigt. Ja, ni såg ju utskicket. Utan att nämna namn så vill jag uppmana er att ligga lite lågt och att tänka efter före innan ni yttrar er. En dos diplomati skadar aldrig".

"Vafan kom vi hit för då om vi inte får säga vad vi tycker".

Det är Eva som höjt rösten. Inte helt oväntat tänker jag. Huvuden vänds mot henne när hon fortsätter.

"Är det inte lite dyrt att ta hit oss om vi bara ska agera statister. Det är ju inte helt gratis att flyga business och bo på lyxhotell. För att inte tala om allt arbete som inte blir gjort när vi är borta från våra verksamheter."

Axel Stark har stelnat till vid avbrottet, men samlar raskt ihop anletsdragen igen. Han till och med ler när han vänder sig mot Eva för att svara.

"Vad gäller finansieringen så kan jag lugna dej med att näringslivet står för fiolerna…"

"Mutor alltså".

Axel Stark hör inte, eller låtsas inte höra Evas sarkasm. I alla händelse fortsätter han oberört.

"Sett ur deras synpunkt, näringslivets alltså, så är konferensen en investering. Dom visar god vilja genom att betala kostnaderna och i gengäld så hoppas dom förstås på klirr i kassan i form av ökad export. Ur vårt perspektiv kan den här konferensen i bästa fall leda till lite ökad förståelse för att vår linje som ju är att bistånd gynnar både givare och mottagare. Jag hoppas att dom ska förstå att ett globalt välstånd på sikt gynnar också det svenska näringslivet".

Eva vägrar ge upp.

"Du vill alltså att vi ska tiga och agera nickedockor?"

"Nja, det var förstås inte det jag menade. Yttrandefriheten är ju grundlagsfäst. Utan att vara jurist förmodar jag att den gäller här också fast vi befinner oss utomlands. Inga munkavlar, självklart inte. Vi har ju som vår policy att det ska vara högt i tak. Helt klart har ni rätt att säga vad ni tycker, men jag vädjar till er att vara lite diplomatiska i ert ordval. Vi kan väl i alla fall enas om att det ska bli en mjukstart när vi möter vår motpart i morgon? Skål för det mina vänner!"

Därmed sätter han streck för fortsatt diskussion. Vi ägnar oss åt den goda indiska maten och åt småprat tills det blir dags att bryta upp.

Axel Stark reser sig upp och klappar i händerna för att få uppmärksamhet.

"För dom som så vill finns det möjlighet till fraternisering i baren. Om jag inte misstar mej så kommer en del av våra vänner från näringslivet att söka sig dit".

Ur ögonvrån ser jag att Eva gör sig redo att avvika.

"Jag är dödstrött efter resan, var uppe i ottan för att ta första morgonplanet", hör jag henne säga.

Mina bordsgrannar föreslår att jag ska följa med till baren för att få mig en sängfösare, men när jag skakar på huvudet och säger att jag behöver en god natts sömn accepteras det som en fullgod ursäkt.

Eva har lämnat dörren öppen och ligger redan avklädd i sängen när jag kommer.

"Gud vad jag har längtat efter det här", säger hon när jag kryper ner till henne.

Jag vet inte om jag kan tro på det hon säger. Tre månader har gått efter mitt besök i Dhaka. Jag har skrivit tre brev och hon noll. Men för stunden spelar det ingen roll. Jag vet att jag måste acceptera de villkor hon har satt upp. Tre gånger har jag hört henne säga att vi har det jättefint när vi är tillsammans men att vi inte har någon framtid ihop. Först på kursgården, sen när vi sågs i Stockholm strax före min avresa och på nytt i Dhaka. Och jag förmodar att hon kommer att säga samma sak igen efter den här konferensen.

Men kyssar och smekningar och extas driver snart bort de dystra tankarna. Det är nuet som gäller och i nuet är jag mer än villig att acceptera henne villkor.

Vi äter frukost på rummet.

"Som om vi vore ett älskande par på en kärleksresa", säger jag.

"Ja, även om konferensen känns meningslös så får vi i alla fall njuta av varandra".

Sen lägger hon till;

"Men jag ser faktiskt fram emot det andra också"

"Hurså?"

"Jag ser den här konferensen som en chans att säga vad jag tycker".

"Det har du ju redan gjort".

"Du menar det jag sa till den där tönten Stark vid middagen. Han är en jäkla nolla. Idag, när vi möter näringslivsgubbarna, kan jag säga det direkt i ansiktet på den verkliga fienden".

Jag skakar på huvudet.

"Är det så smart?"

"Så du tycker jag ska sitta still i båten?"

"Nja... men nog ligger det något i det där som Stark sa om att man kan nå längre med diplomati."

Eva skakar på huvudet.

"Du, det finns faktiskt gränser för hur platt jag lägger mej".

Längre kommer vi inte. Jag är alltså fylld av onda aningar när vi en stund senare gör vår entré i konferenslokalen och möter den svenska näringslivsdelegationen och de inbjudna indiska gästerna.

Redan klädseln visar vem som är vem på konferensen. Mörka kostymer och svarta lågskor står mot hemvävt och chappals när vi samlas i konferenssalen och blir presenterade för varandra. Under fraterniseringskaffet förstärks sedan mina farhågor om djup och varaktig söndring. Det blir genast tydligt att näringslivet tänker driva sina försäljningsargument som står i bjärt kontrast mot biståndarnas målsättning om förbättrad livskvalitet för folket ute i byarna.

Ändå blir den första dagen i stort sett den mjukstart som Axel Stark vädjat om. De motsättningar som finns lindas in i diplomatiska formuleringar. Eva är inget undantag. När det blir hennes tur att redogöra för ett projekt på gräsrotsnivå beskriver hon sakligt och utan att använda sig av utmanande vändningar situationen i sina byar i det bengaliska deltat. Hennes lista på nödvändiga förbättringar går också hem. Det är, kommenterar en av kostymerna, en självklarhet att rent dricksvatten och skydd mot översvämningar är rimliga krav.

Men nästa dag hettar det genast till. Eva hamnar omgående i en ordduell med en företagare som menar att enda anledningen för Sverige att ge bistånd till fattiga länder är att skapa förutsättningar för ökad svensk export.

"Vi kan inte fungera som nåt slags soppkök åt hela världen. Vi har inte råd att agera som en frälsningsarmé på den globala arenan. I alla händelser måste vi se till att få inkomster från vår export som betalar för den här extremt dyra verksamheten. Eller menar ni att vi ska låna pengar för att sen skänka bort dom".

Eva går genast i svaromål.

"Export av vad då, om jag får fråga? Om du har planer på att kränga bilar till folk i mina byar i Bangladesh så får du sätta pontoner på dom för det finns inga vägar att köra på och inte plats att dra fram några heller. Eller menar du att dom ska asfaltera risfälten för att bygga autostrador. Glöm det! Det råder redan nu en skriande brist på odlingsbar mark. Och om du vill sälja TV-apparater så får du se till att dra fram el först om dom ska kunna kolla vad som visas på dumburken".

"Okej men på sikt då när välståndet har tricklat ner till dina gräsrötter".

"Låt oss tala om nuet. Vad folk i mina byar behöver under överskådlig tid framöver är sånt som svensk industri inte kan producera. Inte till konkurrenskraftiga priser i alla fall. Dom behöver cyklar och små traktorer, billiga såna. Vad svenska företag kan göra är att sälja produktionsmedel och dela med sej av tekniskt kunnande för att på så sätt hjälpa Bangladesh att bygga upp företag så att dom kan producera såna varor som dom behöver. Det som finns i överflöd är billig arbetskraft. Men när det gäller köpkraft så är den ytterst begränsad".

En annan näringslivsman viftar ihärdigt med handen.

"Jag tycker vi kan glömma Bangladesh. På den punkten håller jag med Eva Strandberg. Det hon nyss sa visar ju att Bangladesh inte är något attraktivt exportland för Sverige. Därför är det bortkastade pengar ur ett svenskt perspektiv att satsa på dyra projekt där. Låt oss istället satsa på Indien. Här har vi en miljardmarknad. Man behöver bara gå ut på gatorna här i New Delhi för att med egna ögon se hur snabb tillväxten är".

Eva går genast till motattack.

"Jag förstår att du vill glömma Bangladesh. Men nu är det faktiskt så att i det landet bor över hundra miljoner människor som vägrar att tillåta en förintelse av det slag du tycks förespråka."

"Vem har talat om förintelse?"

"Kalla det vad du vill, men tänk själv vad som kan hända där om dom inte kommer med på båten. Om dom inte får ta del av utvecklingen. Folk kommer sannolikt att fly undan svält och död och skapa kaos i hela regionen. Kanske kaos hemma hos oss också när flyktingströmmarna når hela vägen till Sverige."

Spänningen stiger i konferenssalen. Eva kastar en blick mot mig. Jag är osäker på vad hon menar att jag ska göra, men tydligen vill hon ha stöd. Jag gräver i mina papper och hittar en tabell med fakta över konsumtionen i Indien som publicerats i en facktidning.

"Jag tror vi behöver nyansera bilden av den indiska konsumtionen", säger jag och reser mig upp.

När jag ser att jag har fått konferensdeltagarnas uppmärksamhet fortsätter jag:

"Det där med en miljardmarknad är faktiskt inte sant. Det är bara en bråkdel av Indiens befolkning som över huvud taget konsumerar annat än det som producerats inom landet. De flesta köper bara det som finns på den lokala marknaden. Jag vet inte om ni har besökt en sådan, men det har jag och jag kan försäkra er att där säljs inga bilar och inga TV-apparater. I byn Markapalle där jag bor säljs i stort sett bara det som produceras inom byn. Nödvändiga basvaror som ris, grönsaker och kryddor. Fisk kan vi köpa från en by nere vid kusten några kilometer bort. I den närliggande staden Dharampatnam som har bortåt 50 000 invånare är utbudet något större. Där har jag till exempel kunnat köpa en indisktillverkad cykel, och kläder som tillverkats i Indien eller kanske importerats från Kina. Bilarna ni ser på gatorna här i New Delhi är också av inhemsk produktion, visserligen licenstillverkade men inte desto mindre hopsatta av indiska arbetare till löner som är en bråkdel av vad svenska företag betalar sina anställda.

Jag håller upp artikeln jag hänvisar till.

"Här finns fakta som visar att vi inte ska se Indien som en miljardmarknad för svenska varor. Dom som kan köpa importerade dyra varor från väst är en ekonomisk elit på kanske 40 eller 50 miljoner. Inte illa det heller förstås men kanske inte fullt så lockande som den där miljardmarknaden som ni och många andra talar om".

"Du är alldeles för pessimistisk", hör jag någon säga.

"Kolla utbudet i butikerna häromkring", säger en annan.

Det är lätt att bemöta dessa invändningar.

"Och vilka har råd att handla i dom butikerna? Knappast en arbetare som i bästa fall tjänar några hundra svenska kronor i månaden. Om ni åker ut i slummen så kan ni själva förvissa er om hur folk bor och vilka varor dom köper. Och ute i byarna har man som jag sa helt andra prioriteringar än att köpa dyra importvaror. I min by till exempel har man vare sig el eller rinnande vatten. Och ni ska veta att ungefär hälften av Indiens befolkning arbetar i jordbruket och bor i byar av samma slag som den jag verkar i".

Jag gör en paus för att hämta andan. Då tar Eva tillbaka initiativet,

"Nu har min kollega redogjort för hur det egentligen står till i hans indiska by så nu tycker jag det är dags att återvända till det jag pratade om förut. Låt mej därför ställa en fråga: Är det för att marknadsföra era prylar vi biståndare är här eller är det för att förbättra livet för fattiga, svältande, sjuka och illitterata människor i den här delen av världen?"

Någonstans från den kostymklädda delen av rummet hörs en röst som kallar det Eva sagt för jävla marxism. Hon kastar en arg blick åt det håll varifrån rösten hörts men väljer att i övrigt ignorera kommentaren. Det är omöjligt att ta folk på allvar som tycker att allt till vänster om extremhögern är kommunism.

Lunchen blir långtifrån den förbrödring som det var tänkt. Biståndarna slår sig ner vid ett bord, företagarna vid ett annat. Bara vid honnörsbordet talar de båda sidorna med varandra. Förmodligen under civiliserade former. I vart fall ser det så ut från vårt bord, där jag sitter tillsammans med Eva.

"Tack för eldunderstödet", säger hon.

"Det var så lite. Rätt skönt att få det sagt..."

Hon skrattar till.

"Jag slår vad om att vi kan räkna med en åthutning av vår chef".

"Jag är inte beredd att sätta emot".

Hon får rätt. Efter lunchen tas vi åt sidan av Axel Stark.

"Jag förstår att ni kände er provocerade, men var det inte rätt onödigt att ta i så där hårt?"

Eva rycker på axlarna.

"Jag kände att det som sas från deras sida var en massa dravel och att det måste bemötas".

Jag passar på att gå in i diskussionen där.

"Och det var ju inte korrekt det där han sa om Indien som en miljardmarknad. Därför kände jag att jag be-

66

hövde lägga saker och ting till rätta. Det borde vara bra för dom att få en korrekt bild av hur det ligger till".

Axel Stark ser sig oroligt om. När han svarar är hans röst vädjande.

"Jojo så är det. Och jag har ingen invändning i sak, men det hade kanske varit smartare om ni hade valt era ord med lite större omsorg."

"Gäller detsamma för den andra sidan?"

"Ledaren för delegationen har i alla fall lovat att tala med de sina".

Stämningen förbättras betydligt. Det blir inga hårda ordväxlingar under eftermiddagens session. Och när det på konferensens sista dag blir dags för mig att berätta i ord och bild om verksamheten i min indiska by känner jag att jag har publiken med mig. De flesta i alla fall.

Det går ett sus genom salen när jag visar bilderna av Sunita i arbete på sin teg. Först ett foto som jag tog vid vårt första möte när hon stod i fältet med lera upp till vaderna och var klädd i en fransig bomullssari som nätt och jämnt skylde hennes bröst. Och därefter en relativt nytagen bild där hon står vid sina drivbänkar med rader av plantor färdiga för avsalu. På den andra bilden är hon också betydligt bättre klädd. Hon har en blus på sig under sin sari och ett par chappals på fötterna.

"Det är mindre än sex månader mellan de här båda bilderna", säger jag. "En betydande förändring för denna kvinna. En ung änka som har två barn att försörja. Parentetiskt kan jag berätta att hennes mor dessutom numera har sin försörjning garanterad eftersom hon arbetar som ett slags alltiallo som sköter markservicen åt mig.

"Så svenska skattebetalare har bidragit till att denna kvinna fått en ny garderob och att du har fått en piga som håller rent åt dej. Är det vad du har att komma med".

Jag känner igen rösten. Det är samme man som dagen innan kom med anklagelserna mot Eva om jävla marxism. Egentligen skulle jag vilja be honom fara åt helvete men jag lägger band på mina känslor. Utan att höja rösten svarar jag:

"Sunita är bara ett exempel. Mitt bästa, det måste jag medge, men det finns andra också som har gynnats av vår insats i den här byn. Just nu håller ett dussin arbetslösa män på att gräva ur en igenvuxen bevattningskanal som kommer att ge bönderna i byn möjlighet att ta ut två skördar per år istället för en. Det ger i sin tur en hel del arbetstillfällen. Ett tiotal kvinnor i byn har startat olika mindre projekt. Tre föder upp höns för att få ägg till avsalu och ett par tillverkar väskor av juteväv. Enkla arbeten som de kan sköta samtidigt som de håller uppsikt över sina barn. Bysmeden har fått så mycket arbete med rördragning i samband med bevattningsprojektet att han måste anställa en granne som hantlangare. Jag räknar med att smeden kommer att få ytterligare uppdrag senare i andra byar när vi startar nästa projekt. En annan man i byn har just fått ett lån beviljat och ska inom kort köpa en cykelricksha för att transportera varor in till stan. Vi har också en del småskaliga odlingsprojekt som jag hoppas komma igång med under monsunperioden som inleds om ett par månader. Dessutom innebär den ökade tillgången på vatten att flera av de större bönderna, dom som har tio hektar mark eller i något fall femton kommer att behöva anställa folk för arbetet på fälten."

En röst avbryter mig.

"Hörde jag rätt, tio hektar, kallar du det för storbonde?"

"Du hörde helt rätt. Allting är relativt. Ett normalt jordinnehav i indiska byar är en till två hektar, ibland inte ens det. Här finns i stort sett inga fält av mellansvenskt slag, inga böljande sädesfält som i Skåne och Östergötland. Jämför snarare med artonhundratalets småländska bönder med deras ynka tegar. Dom som gav sig av till Amerika för att inte svälta ihjäl. Den tidens ekonomiska flyktingar om man så vill."

Det går ett sus genom salen. Jag har på känn att det börjar gå upp för åtminstone den del av de svenska industrimännen hur annorlunda verkligheten är i Indien jämfört med de förhållanden de känner till. Medelklassen växer visserligen men köpkraften är liten särskilt när det gäller importvaror.

Jag klickar fram nästa bild som visar arbetet med restaureringen av bevattningskanalen. Män i höftskynken som står till midjan i vatten och öser upp lera. Kvinnor som bär bort leran i korgar på sina huvuden. Jag kompletterar med bilder från byn med höns och nakna barn som springer omkring bland de enkla lerhyddorna. De sista bilderna visar en flicka som samlar in komockor som hon bär hem och bakar ut till kakor som läggs ut att soltorka för att kunna användas till bränsle.

När ljuset tänds i salen ser jag många som nickar instämmande. Och Axel Stark, chefen för regionalkontoret, kommer fram och tar i hand.

"Jäkligt bra anförande, och fina bilder."

Sen säger han med låg röst:

"Jag tror det var den information krämarna behövde för att fatta."

8

Efter konferensen blir Eva och jag kvar några dagar i New Delhi. En del av tiden går åt till utvärdering av diskussionerna men vi har också gott om tid att turista. Vi vandrar hand i hand genom gamla Delhis trånga gränder och äter på restauranger som inte finns i guideböckerna. Men framförallt tar vi för oss av varandra.

"Jag kommer att sakna det här," säger Eva när vi ligger omslingrade i sängen den sista morgonen.

Efter den vecka vi har haft tillsammans är jag benägen att tro henne. De tvivel jag kände när jag fick se henne den första konferensdagen har svepts bort.

"Vi ses ju igen till sommaren", säger jag.

"Det är ju för fan flera månader dit..."

Hon gör sig fri och reser sig irriterat ur sängen. Mina ord var kanske inte så väl valda. Jag borde förstås ha sagt att jag längtar efter detta återseende och att tiden till vårt återseende är plågsamt lång.

"Du har ju i alla fall din lilla favorit att återvända till, men vad har jag..."

Efter min föreläsning och bildvisningen har Eva flera gånger, halvt på skämt och halvt på allvar, nämnt Sunita, ofta i ordalag som antyder att jag har ett förhållande med henne. Jag har envist hållit fast vid att självklart är mitt intresse helt och håller professionellt. Vi biståndare har ju strikta regler att följa, och konventionerna i byn är ristade i sten. Men tydligen har jag inte varit övertygande. Enligt Eva är bilderna bevis nog. En kvinnas leende säger allt. Kanske har hon rätt, men jag har svarat att det naturligtvis inte är nåt mellan Sunita och mig. Hur skulle det kunna vara det i en by där inget kan hållas hemligt?

Eva är grann där hon står med ett svagt ljus som tränger in genom fönstret. Jag frigör mig från lakanen som är svettiga och doftar av nattens lekar och tar henne i famn och smeker hennes bröst.

"Låt bli det där. Sätt inte igång nåt nu, vi har inte tid med nåt sånt.".

Hon skjuter mig ifrån sig men gör det med ett vemodigt leende.

"Jag vill bara att du ska minnas dom här dagarna med glädje".

"Det gör jag. Det är därför det känns så tungt att lämna dej och resa tillbaka till Dhaka. Och det där du sa om sommaren... det känns som en hel evighet tills vi är där."

"Okej, jag vet att det är långt dit, men vi har i alla fall nåt att se fram emot".

Hon nickar. Sen ser hon på klockan på väggen och blir allvarlig.

"Vi måste sätta fart. Taxin är snart här".

Vi sitter mest tysta under färden ut till flygplatsen. Det mesta som är osagt mellan oss kräver mer tid och en annan miljö än baksätet på en Ambassador med en chaufför som visserligen inte förstår svenska men som ändå är ett störande inslag.

Det är som vanligt trafikinfarkt i New Delhi och hon hinner bara nätt och jämnt med sitt plan. Kanske lika så gott att det inte blir något långt och plågsamt farväl, bara en snabb kram innan hon försvinner in genom passkontrollen.

Långsamt vänder jag tillbaka till taxin och blir körd till inrikesterminalen. Jag slår mig ner i restaurangen och väntar på att mitt plan till Dharampatnam ska ropas ut. Redan i avgångshallen är jag i en annan värld än den jag

71

varit i de senaste dagarna. Lokala språk som, hindi och tamil och telugu dominerar. Jag har tagit ett första steg på vägen tillbaka till den indiska verklighet jag pratade om i mitt anförande på konferensen. Men bara ett litet steg. De välklädda män och kvinnor som stiger ombord på planet tillhör alla den lilla minoritet av landets befolkning som har råd att flyga och som är en del av den ekonomi som svensk exportindustri hoppas på. Jag har fortfarande en timmes flygresa tills jag är tillbaka i den verklighet som heter Markapalle.

Tidningarna som delas ut är på engelska. Jag väljer The Hindu, en tidning som har sitt säte i Madras och som ofta har nyheter från den del av Indien där Dharampatnam och Markapalle ligger. En artikel som fångar mitt intresse gäller problem för kustfisket som håller på att konkurreras ut av de stora trålare som dammsuger Bengaliska vikens bottnar på fisk. Innehållet bekräftar den skrämmande bild jag har fått från de lokala fiskarna i byn på stranden i närheten av Markapalle. De har år efter år sett sina fångster minska och har pekat ut japanska och thailändska trålare som orsak. Jag noterar i min kalender att jag måste ta en ny kontakt med folket i fiskeläget för att se om vi kan hjälpa dem på något sätt. Kanske bistå med lån till bättre båtar och redskap.

Tankarna går sedan mer eller mindre automatiskt vidare till de andra projekt jag driver och når efter hand fram till människorna i Markapalle. Jag tänker på Tara, och Ashok och naturligtvis på Sunita. Nu när jag är ensam med mig själv och mina tankar behöver jag inte förneka de känslor jag har för henne. Jag behöver inte ta spjärn mot uttrycket *din lilla favorit* som Eva använde för att pika mig.

Där jag sitter bakåtlutad i flygplansfåtöljen kan jag utan skuldkänsla medge att jag längtar efter att återse henne och att hon är speciell för mig. Men inte på det sätt som Eva insinuerade. Tyvärr inte. Visst har jag varit frestad och är det fortfarande också. Men i den bur av konventioner som vi är instängda i är det uteslutet att inleda ett förhållande. Jag vet ju heller inte om hon vill. Jag har kanske övertolkat de leenden hon ger mig, eller är det verkligen så som Eva sagt att en kvinnas leende säger allt.

9

Överraskande mycket har hänt i Markapalle trots att jag bara varit borta från byn i lite mer än en vecka. Restaureringen av bevattningskanalen är så gott som klar och rörledningar håller på att läggas ut. Det irriterar mig något att min chef Assar Nygren har prioriterat den gren som leder fram till fälten i den rika delen av byn. Men jag förmodar att han velat skydda sig mot kritik från de mer verbala byborna. Det verkar inte heller som om daliterna är alltför upprörda. De är sedan gammalt vana vid att komma i andra hand. Ändå är det ju de som bäst behöver denna ökade tillgång på vatten.

Jag biter ihop och tiger med mina synpunkter. Tids nog ska jag se vad jag kan göra för att kompensera byns fattiga, helst på ett sätt som inte utmanar byns rika alltför mycket. Diplomati är något som jag haft anledning att fundera mycket på under konferensen i Delhi.

Sunita är ivrig att visa mig sina odlingar. Visserligen tvingas hon fortfarande bära vatten i krukor från kanalen, men nivån är högre nu och ansträngningen därför mindre än tidigare. Det har gjort det möjligt för henne att bevattna rikligare, vilket syns på plantorna. Så pekar hon på en innovation som är både smart och miljövänlig. Plasten som jag gav henne var nog bra, men tenderade att spricka i värmen. Därför bestämde hon sig för att använda lokala material, jutemattor och flätade bananblad, som skydd över sålådorna.

"Både plantorna och jag gynnas av det", säger hon. "Dessutom har det gett inkomster åt kvinnorna som sydde ihop dem åt mej".

74

Sunita har all anledning att vara stolt. Det är faktiskt något av ett under det som skett. Hon har gradvis odlat upp all mark kring hyddan där hon och barnen bor tillsammans med mamma Tara och pappa Arun. Där det för ett halvår sedan låg steril mark sönderbruten till sjok av torkad lera som ropade efter vatten, prunkar nu olika växter som hon har odlat fram.

Försäljningen av plantor tycks gå bra. Hon har lärt sig vilka växter som efterfrågas och har anpassat sina odlingar efter vad som ger mest utbyte. Hon säger att under den kommande monsunperioden tänker hon avstå helt från att odla ris. Sånt kan hon ju köpa billigt av andra i byn som fortfarande har detta som sin enda skörd.

Vi återupptar våra språklektioner. Sunita har läst flitigt medan jag varit borta och det är dags för mig att ta fram en ny bok, en som jag hittade under besöket i Delhi. Samtidigt som jag lämnar över den till Sunita tänker jag på Eva, som var med mig i bokhandeln när jag köpte den. Jag borde skriva till henne, men finner det svårt att hitta det rätta anslaget och därför skjuter jag på skrivandet. Kanske är det på samma sätt för Eva. Dagarna går utan att posten har något brev från henne.

Trots de långa dagarna på fältet har Sunita alltid tid för en stunds engelsk språkövning. Vi sitter i fotogenljuset på verandan medan Tara plockar undan efter middagen. Sunita har inte längre några svårigheter med de latinskt strama bokstäverna som skiljer sig från telugualfabetets fantasifullt snirkliga skrift. Telugu är det språk hon fått lära sig i skolan, men egentligen talar hon och de andra i byn ett lokalt språk som saknar egen skrift.

Jag pekar på texten i den nya läroboken och läser före. Ibland hakar hon upp sig på att bokstäverna inte riktigt stämmer med uttalet. Jag gör vad jag kan för att förklara saken och säger att engelsmän är ett konservativt släkte som inte vill reformera sitt sätt att skriva fast det avviker alltmer från uttalet.

Sunita är vacker där hon sitter i fotogenlampans sken. Hon attraherar mig och jag kan inte låta bli att undra över hur hon skulle vara i sängen. Jag undrar också över om hon själv funderar på sex och på att gifta om sig. Hon är ju trots allt fortfarande ung, bara tjugotvå år, lika gammal som jag själv. I ett annat land och under andra omständigheter skulle vår relation, det embryo som vi hittills tillåtit oss, kunna växa.

Men jag vet att det är omöjligt. Taras slammer i köket är en ständig påminnelse om var gränsen går för vår frihet. Och efter en stund lämnas jag ensam när mor och dotter tillsammans går tillbaka till tillbaka till sin hydda i en annan del av byn som samtidigt är en annan värld fast den bara ligger ett par hundra meter bort.

10

Hettan har parkerat som ett kvävande täcke över Marka-
palle. Ett fint sanddamm ligger som en grå hinna på väx-
ternas blad och torkar ur människors slemhinnor. Vi har
kommit till slutet av april och det är minst en månad kvar
tills sommarmonsunen kommer med livgivande regn
och svalka. Om den nu kommer. Efter förra årets dåliga
monsun, som bara gav 90 procent av den nederbörds-
mängd som är normal i den här delen av landet, oroas
människorna i regionen mer än vanligt.

Hettan och torkan påverkar humöret. Folk är ömsom
irriterade och ömsom håglösa. Aktiviteten ute i byarna
är låg. Det är alltså inte läge att dra igång några nya pro-
jekt. Det som gäller är att hålla liv i de som startats. Jag
jobbar ifatt med pappersarbete och skriver rapporter som
ska skickas in.

Från Stockholm får jag en förfrågan om jag kan
skriva en text för medlemstidningen om något av mina
projekt. De har hört talas om mitt anförande på konfe-
rensen i New Delhi och föreslår att jag kan göra om fö-
redraget till en artikel och att skicka med de bilder jag
visade. Samtidigt får jag en förfrågan om jag kan tänka
mig att ställa upp som föreläsare på den årliga sommar-
kursen för volontärer och andra biståndare. Jag svarar ja
i båda fallen och ägnar ett par dagar åt att sitta i skuggan
på terrassen för att skriva den utlovade artikeln. Jag pas-
sar också på att ta några nya bilder av det nya bevatt-
ningssystemet.

Jag är alltså inte sysslolös, men det känns ändå som
att trampa vatten. Särskilt efter höstens och vinterns
höga aktivitet.

Från Eva under lång tid inte ett ord. Inget svar på de två brev jag skickat efter dagarna i New Delhi. Till slut kommer ett vykort avsänt från Phuket i Thailand med en bild av en långsvansbåt.

"Ett långt veckoslut på en lång strand. Eva."

Det är allt. Inget om längtan, inget om att vi ska ses till sommaren. Heller inget om vem hon är i sällskap med på den thailändska turistorten.

När hettan blir för svår lämnar jag ibland Markapalle och kör ner till stranden för att söka svalka. Fem kilometer steril mark ligger mellan byn och havet. Här och var ser jag en del kokospalmer och bananplantager. Det är allt. I övrigt ligger marken öde. Inget liv förutom några magra kor som går och letar efter något att tugga i sig.

Närmare havet ligger sanddyner som når ett stycke upp från vattenbrynet som vid flod når hundra meter längre in över land. Här och var skymtar fiskare som drar nät och en och annan kvinna som går på den hårdpackade sanden i vattenbrynet med bördor på sina huvuden. Korgar med fisk eller trädgrenar som ska säljas som brännved på marknaden inne i Dharampatnam.

Om den här stranden låg någon annanstans i världen skulle den förmodligen vara fylld med solstolar och kantad av hotell. Men här ligger den öde därför att den ligger alltför långt från närmaste större flygplats. Den i Dharampatnam utgörs bara av en landningsbana och en ruffig terminalbyggnad. Indiska turister söker sig till Puri ett stycke norrut eller till Madras och Pondicherry långt söderut. Och de utländska turisterna häckar i Goa och Kerala på västkusten.

Jag går ett stycke bort från fiskebyn för att få vara för mig själv. Här finns gott om utrymme för ostörda tankar och reflexion. Gjörwell hör egentligen inte till mina favoritförfattare, men ett gammalt citat från gymnasiets litteraturkunskap kommer för mig när jag strövar längs stranden. *"Jag drager mig alt mer utur förbindelser med mina samtida. Til den ändan har jag midt i hufvudstaden beredt mig en retraite, en solitude, bestående uti et enda, men til utsigt ganska väl beläget rum."* Mitt eget väl belägna rum blir en del av stranden där jag brukar få vara i fred. Där kan jag simma i vågorna och där jag sedan ligga på rygg och låta tankarna flyga.

Hettan blir alltmer plågsam och i mitten av maj stiger temperaturen vissa dagar till över 40 grader i skuggan. Folk vänder allt oftare sina ansikten mot skyn i hopp om att de ska få syn på något moln som ger hopp om regn. Men det enda som sker är att diset tätnar och att dammlagret på trädens blad blir allt tjockare. Däremot inga tunga åskmoln som kan föra med sig en efterlängtad och välbehövlig rotblöta.

Sunita sliter trots hettan ute på sitt fält. Det krävs enorma mängder vatten för att hålla växterna vid liv. Och de måste ständigt täckas över. Hennes uthållighet imponerar på mig, men det är tydligt att slitet tär på hennes krafter. Några kvällar är hon alltför trött för att komma till sina lektioner. Tara säger att hon stupar i säng så fort hon kommer in från fältet.

En dag lyckas jag ändå övertala henne att ta lite ledigt. Jag tar med mig henne och hennes båda barn i jeepen ner till stranden. Sunita har flera gånger tidigare åkt med mig eller med chauffören in till stan. Men för barnen är det första gången i ett motorfordon. De har heller aldrig sett havet fast det bara är några kilometer dit från Markapalle.

Bengaliska viken ligger lugn den här dagen men barnen är ändå rädda för vågorna och ser förskräckt på när jag kastar mig ut i bränningarna. Men när jag tar dem med bort till den stillaflytande floden som mynnar ut i havet strax intill fiskebyn kommer de snabbt ur kläderna och tumlar glatt omkring i det grumliga vattnet. Det känns mera hemvant för dem. Det är ungefär som ett dopp i den nya bevattningskanalen. När jag frågar Sunita om inte hon också ska bada skakar hon på huvudet,

"Det passar sig inte".

"Men du brukar ju bada i bevattningskanalen hemma i byn".

Hon rycker på axlarna och snörper på munnen.

"Här finns främmande män som kan se mej och så är jag rädd om min nya fina sari".

Några dagar innan jag ska resa hem kommer det första monsunregnet. Mörka moln väller in från havet och öppnar sig över byn. De tunga dropparna skapar små kratrar i den dammtorra jorden, som är så hård efter den långa torkan att den inte kan ta emot denna gåva från ovan. Istället förvandlas bygatan till en fors. Men lyckligtvis rinner det mesta av det lerblandade vattnet ner i bevattningskanalen och kommer därmed till nytta.

Regnet ger svalka och stämningen i byn förbättras påtagligt. Tara nynnar medan hon arbetar i köket. Att hon får vada upp till fotknölarna i vatten och lera när hon går till marknaden för att handla spelar tydligen ingen roll.

Det känns smått trist att lämna byn nu när livslusten har kommit tillbaka.

"Måste du åka?" undrar Sunita.

"Jag vill träffa mina föräldrar",

Det förstår hon. Men måste jag verkligen vara borta så länge?

Jag förklarar att jag också ska hem för att fira midsommar och för att njuta av min semester. Midsommar kan hon till dels förstå när jag förklarar att det är ett slags fest ungefär som Indiens holi eller diwali. Men semester, det är något helt obegripligt. Ett konstigt land, säger hon, där man får ledigt med full betalning i flera veckor för att bara lata sig.

På kvällen före min avresa är hon finklädd när hon kommer för en sista lektion. Hon har också med sig en present, en tunn sval skjorta som jag kanske kan ha på mig när jag firar den där svenska festen. Skjortan har säkert kostat flera dagars arbete. Min present till henne känns trivial. Det är en ny lärobok som jag ber henne läsa i medan jag är borta. Så säger vi våra namaste och skiljs åt.

11

Hela familjen hämtar på Arlanda. Precis som i Indien, tänker jag. När någon ska ut och resa eller kommer hem efter en längre resa klär sig alla fint och åker ut till flygplatsen. Här är skälet mera trivialt. Min lillasyster Tina har nyligen fyllt arton och utnyttjar min ankomst till att övningsköra. Jag överraskas av hur vuxen hon blivit, lilltjejen som jag egentligen inte haft mycket gemensamt med eftersom det skiljer nära fem år mellan oss.

Min far sitter i passagerarsätet fram och jag med min mor där bak. Mor är nervös när Tina anpassar farten till trafikflödet.

"Måste du verkligen köra så där fort..."

Tina vänder sig irriterat om och fräser till.

"Det är större risk med passagerare som stör föraren".

"Var lagom stursk du, du har inte fått ditt körkort än".

Typiskt mor, tänker jag. Hon är ett levande exempel på att mammor aldrig släpper greppet om sina barn. Jag befarar att jag också kommer att utsättas för hennes kvävande omsorger under sommaren för i det senaste brevet har hon skrivit hur glad hon är över att riktigt få rå om mig.

"Jag tycker Tina kör bra", säger jag och ser i backspegeln att min syster belönar mig med ett leende.

Vi åker direkt från Arlanda ut på landet för att fira midsommar där. I stugan på ön som min far envisas med att kalla den, fast den i själva verket är en villa på fyra rum och kök plus gäststuga.

Jag känner olust inför dessa dagar med familjen när jag kommer att vara återremitterad till positionen som son till en mor som har svårt att acceptera mig som vuxen. Efter ordväxlingen med Tina har hon vänt sig till mig i baksätet och nu berättar hon entusiastiskt om den förtjusande unga flicka som jag kommer att få träffa på midsommarfesten.

"Du minns säkert söta lilla Daniela som Tina brukade leka med?"

Jag skakar på huvudet. Någon Daniela minns jag inte. Förmodligen är hon en av alla dessa fnittriga småtjejer som brukade dyka upp och förpesta tillvaron för mig och mina kompisar.

"En förtjusande flicka i alla fall", upprepar mamma. "Och från en fin familj. Hennes mamma Ulla är en av mina allra bästa väninnor. Och hennes farbror Erik gick på Sigtunaskolan samtidigt med kungen".

Där nånstans slutar jag lyssna.

Senare samma dag, nere på badbryggan, skrattar Tina och jag gott tillsammans åt det som hänt under bilfärden.

"Tack för ditt stöd"

"Det var så lite."

"Jag hörde förresten att morsan försökte koppla ihop dej med min kompis Daniela. Den *förtjuuusande unga flickan* som kommer på midsommarfesten. Men det har hon inget för, morsan alltså."

"Hur så?"

Tina ser sig om för att försäkra sig om att det inte finns någon inom hörhåll.

"Bara så du vet, och oss emellan alltså, så ligger Danni åt det andra hållet om du förstår vad jag menar. Men det fattar förstås inte våran konventionella morsa. Inte Danielas heller för den delen".

"Tack för varningen. Men du kan vara lugn, jag är inte här för att förföra traktens unga damer".

Sen berättar jag för henne om Eva som jag hoppas återse snart igen, redan veckan efter midsommar när förra årets elever ska träffas på kursgården för att jämföra erfarenheter.

"Och hur hett är det mellan dej och den här Eva?"

"Vet faktiskt inte. Vi har setts sammanlagt tre gånger hittills. Det är svårt att hålla liv i en relation på distans. Nu har det gått tre månader sen vi sågs senast. Jag får se hur det är när vi träffas i nästa vecka."

Sen berättar jag om Evas bakgrund, om hennes uppbrott från äktenskapet och om hennes drömmar om att göra något meningsfullt med sitt liv. Till sist och med viss tvekan nämner jag också hennes ålder. Men Tina verkar inte bli störd av att jag har en relation med en kvinna som är bara några få år yngre än våra föräldrar.

"Låter som en spännande tjej. Skulle vara kul att få träffa henne. Tänker du berätta för föräldraskapet?"

"När det finns nåt att berätta. Vi får se efter kursen ".

Tina sätter sig upp och storskrattar.

"Morsan kommer att gå i spinn. Hon och tant Ulla, Dannis morsa alltså, har lagt ner många timmar på det här med att tussa ihop dej och Danni".

"Och hur vet du det?"

"Danni och jag ses en hel del. Vi håller öronen öppna och så lägger vi ihop vad hon har hört med vad jag har snappat upp."

Midsommaraftonen kommer med sill och nubbe och snapsvisor. Det visar sig att Melkerssons med dotter Daniela är de enda gästerna. Mammas fälla är gillrad.

Vi skålar i det svartvinbärsbrännvin som Åke Melkersson haft med sig och sen slår vi oss ner vid bordet på terrassen och äter oss fyrkantiga. Allt är gemytligt och alla är finklädda och har flätade blomkransar kring hjässorna, men det är ändå inte mycket till feststämning. Inte i jämförelse med den livliga och färgsprakande holifesten som jag upplevde i min indiska by för några månader sen.

Visserligen har jag jämfört holi med svenskt midsommarfirande när jag försökte förklara för Sunita varför svensk sommar är så speciell. Men när jag nu sitter bänkad kring det dukade bordet på terrassen känns det som en tämligen blek kopia av den feststämning jag upplevde i Markapalle under några dagar.

Så långt borta i en annan värld avbryts tankeflykten av min mor.

"Nåå vad tycker du om lilla Daniella? Visst är hon söt,"

Mamma har bett mig hjälpa till att duka av och bära undan, och nu står vi inne i köket. Hon har placerat sig mitt framför mig i mig och förväntar sig uppenbarligen ett entusiastiskt svar. Men något sådant kan jag ju inte ge. Inte om jag ska vara ärlig i alla fall. Dessutom känner jag att jag har hamnat i en knipa. Jag har ju lovat Tina att inte avslöja Danielas hemlighet. Men något måste jag säga.

"Joo, det är hon väl…"

"Men Bertil då? Lite mer entusiasm om jag får be. Ser du inte så fin hon är. Tänk på så mycket besvär hon gjort sej."

Hon säger inte i klartext att Daniela har gjort sig besväret att klä sig fin för min skull, men andemeningen är klar. Jag slingrar mig med att säga att jag ju snart ska tillbaka till Indien igen och att jag inte tänker komplicera min tillvaro med en sommarromans som inte kan leda någon vart.

Vi blir avbrutna där av att Tina dyker upp i dörren. Sällan har ett avbrott varit mera välkommet.

"Danni och jag tänker springa ner och bada. Kommer du med Berra?"

"Jag vet inte. Jag har ju lovat mamma hjälpa till i köket..."

Mamma är plötsligt leende igen.

"Gå med du Bertil. Så kanske du och lilla Daniela får tillfälle att bekanta er".

Tina gör en grimas bakom mammas rygg och har påtagligt svårt att hålla sig för skratt.

Lilla Daniela visar sig vara en både trevlig och intressant bekantskap. Vi sitter tillsammans med benen dinglande över bryggkanten och småpratar medan vi väntar på att Tina ska komma tillbaka från en lång simtur. Och jag är säker på att jag under andra omständigheter skulle ha fallit pladask för henne. Men nu är det som det är och samtalet går trögt.

Jag känner mig hämmad av det jag fått höra av Tina och är rädd för att försäga mig. Det uppstår longörer och till sist säger Daniela.

"Är du alltid så där tyst?"

"Förlåt, jag satt och tänkte bara..."

"Tina har berättat va?"

Jag nickar jakande.

"Bra. Då är det avklarat. Morsornas komplott är omintetgjord."

"Absolut".

Med detta hinder avklarat flyter samtalet lättare. Jag höjer blicken mot Tinas huvud som börjar närma sig ute i viken.

"Jag förstår inte hur hon klarar kylan", säger jag.

"Hon är fantastisk, din syrra. Och oss emellan så är jag faktiskt kär i henne."

"Och hon i dej?"

"Jag vet inte. Kanske. Hon har en kille, så det är lite komplicerat".

Stämningen i huset är inte den bästa under resten av midsommarhelgen. Mor är påtagligt besviken över att henens försök till koppling har misslyckats. Men så är hennes uppgift som äktenskapsmäklerska heller inte lika enkel som den är för proffsen som opererar i min indiska by. Där är de arrangerade bröllopen legio. Under min korta tid i Markapalle har jag sett flera fall där unga par mer eller mindre motvilligt blivit sammanfösta i äktenskap som har till syfte att bevara familjeband men som oftast inte har något som helst med kärlek att göra.

12

Kursgården ligger somrigt öde när jag anländer på söndagseftermiddagen. Den har nätt och jämnt vaknat upp efter midsommarfirandet. Men husmor är på plats och ger mig ett rum.

"Du är den förste", säger hon. "Men jag väntar några till före middag..."

"Vet du när Eva Strandberg kommer?"

Ett brett leende sprider sig över hennes ansikte. Tydligare än så kan det inte sägas att hon minns oss från förra sommaren. Det hade väl knappast undgått någon att Eva och jag blev ett par under kursens gång.

"Du får tåla dej till i morgon. Hon ringde från London för en timme sen och sa att hon blivit försenad".

Beskedet gör mig besviken. Det är för att träffa henne som jag kommit extra tidigt.

Eva har fortfarande inte anlänt till frukosten, men hon dyker upp när vi just ska inleda den första sessionen. "Ursäkta min sena ankomst, men jag har ett giltigt skäl..."

Sen berättar hon om färden med flodbåt och trafikkaos i Dhaka och om ett plan som hade tekniska problem vilket ledde till att hon måste övernatta i London. Hon slår ut med händerna i en hjälplös gest. Folk nickar och mumlar att sånt känner de minsann igen.

Eva blir på så sätt en centralfigur redan från start, vilket innebär att vi inte får tillfälle att träffas enskilt. Vi växlar förstås några ord då och då under dagen, under lunchen och kaffepauserna. Men det är först på kvällen, efter välkomstmiddagen, som vi får tillfälle att ses på tu man hand. Vi vandrar på stigen ner mot badbryggan och vidare längs stranden.

Jag vet fortfarande inte var vi har vi varandra. Var ska vi börja för att återskapa det som varit? Vill hon det ens? Hela dagen har jag suttit inne i konferensrummet och brottats med den fråga som bränner mest: varför svarade hon inte på mina brev. Det där vykortet från Phuket gjorde vare sig till eller från, möjligen från. Ända sedan det kom har jag ställt mig frågan: vem var hon där tillsammans med? Jag är väl medveten om vad vi sagt till varandra. Snarare handlar det väl om de villkor hon har ställt upp för vår relation. Inga löften som sträcker sig utöver den njutning vi för stunden har av varandras sällskap och kroppar. Inga ömsesidiga krav. Jag har accepterat denna lösliga ram som hon har bestämt. Ändå tär det på mig att inte veta om hon har någon annan. Jag måste få klarhet, men orden måste väljas med omsorg för att inte göra ont värre.

"Varför svarade du inte på mina brev?"

"Jag visste inte vad jag skulle skriva, det var lite knepigt..."

Detta gör det nödvändigt för mig att trots allt ställa den fråga jag velat undvika.

"Du har en annan?"

Hon skakar på huvudet.

"Egentligen inte. Jag var där med mitt ex. Han skrev att vi borde försöka på nytt".

"Och?"

Hon rycker på axlarna.

"Jag gick med på det, för barnens skull. Bara att ses, alltså."

"Så det var med honom du var i Thailand?"

"Ja. Med honom och barnen".

"Och vad kom ni fram till?"

"I stort sett ingenting. Men det var fint att få träffa ungarna. Och jag har lovat att prata vidare med honom om saken nu i sommar. För barnens skull."

Vi står tysta på stigen. Läget känns gordiskt låst. Men en kylslagen vindpust sveper in från sjön och löser upp knuten. Ett gudasänt alexanderhugg.

"Jag fryser, håll om mej".

Plötsligt känns allt bra igen. Jag tar av mig min jacka och lägger den över hennes axlar. Sen står vi omfamnade medan jag låter mina händer vandra.

"Min förbannade fåfänga", säger hon med ett generat skratt. "Jag skulle ha valt nåt varmare än den här sommarklänningen. Jag hade glömt hur kallt det kan vara under våra så kallat ljumma svenska sommarnätter".

I trappan upp till våra rum på övervåningen lägger hon en arm kring min midja. Jag har längtat efter den här stunden, men ända tills nu har jag varit osäker. Nu känns det bra igen. Vi går omslingrade fram mot hennes dörr. Som ett bevis för att inget kommit i vägen mellan oss och att allt är som förr drar hon så snart vi stängt dörren klänningen över huvudet med samma självklarhet som den första natten ett år tidigare.

"Men så kom då..."

Så är vi ett par igen, men bara för stunden. Fem dagar och fem nätter har vi på oss. På lördag morgon ska hennes ex och barnen komma för att hämta henne. Han har fått låna en sommarstuga på Öland under några veckor och där ska de tillbringa sommaren.

Evas förestående återförening med man och barn hänger som ett mörkt moln över oss. Jag kan inte låta bli att fråga.

"Och sen? Ska ni flytta ihop igen?"

"Det är det vi får se..."

90

Det blir en intensiv vecka. Föreläsningar och diskussioner på dagarna och långa heta kärleksnätter. Vi nämner inte något mer om hennes vecka i Phuket, och heller inget om den förestående semestern med exet och barnen på Öland. Men att tiga betyder inte att det dystra molnet över oss försvinner. Ju närmare lördagen kommer desto mörkare blir det. Eva gör vad hon kan för att hålla de dystra tankarna borta.

"Låt oss njuta av det vi har", säger hon under vår sista natt på kursgården.

Vi ligger i varandras armar tills lördagsmorgonen gryr. Det kan vara vår sista natt någonsin och därför är det svårt att släppa greppet. Till slut motas jag ändå ut ur hennes rum.

"Hög tid för mej att packa och göra mej klar, dom sa att dom skulle komma tidigt..."

Hennes ord är ett kallt konstaterande. Kan hon verkligen vara så totalt oberörd av att gå från en famn till en annan. För det är väl det som väntar. Efter våra ynka fem nätter tillsammans väntar nu flera veckor, eller kanske mer, av sex och samvaro med mannen som är far till hennes barn.

Jag äter en tidig frukost i en så gott om öde matsal, allt för att slippa möta henne på nytt i sällskap med andra. Sen går jag upp på mitt rum för att få vara för mig själv med mina tankar.

Hennes ord från natten ringer i mina öron:

"Jag tycker hemskt mycket om att vara med dej Bertil. Det hoppas jag att du förstår, men vi vet ju båda att det aldrig kan bli något mer än så här mellan oss, korta stunder av lycka..."

När mannens bil dyker upp står jag i fönstret och ser två ungar som kastar sig i hennes famn och också hur hon sedan håller fram en kind att bli kysst av deras far. Det hela är över på några minuter. Sen packar de in sig i bilen som försvinner i allén.

Det känns tommare än tomt när Eva åkt. Jag blir kvar några dagar tills det är dags för mig att hålla min föreläsning inför årets nya kull av biståndare som ska drillas inför sina första uppdrag i U.

Det är intressant att se deras reaktioner när jag visar dem bilderna från Markapalle och berättar om de förändringar som skett under min tid. En bit in i föreläsningen hejdar jag mig och tänker att jag måste akta mig för att ge en alltför positiv bild av vad som hänt. Jag minns Paul Svenssons ord till Eva och mej och de andra på förra årets kurs. *Tro bara inte att ni kan klara allt på en gång. Och vänta er inte att alla kommer att applådera de projekt ni initierar.* Med den varningen i bakhuvudet rundar jag av föreläsningen med en beskrivning av några av de problem och bakslag som kantat min väg under det gångna året. Allra sist säger jag.

"Men som ni ser har jag överlevt och efter semestern återvänder jag och har en massa nya projekt som jag tänker dra igång".

13

Mindre än två veckor senare ringer Eva. Jag befinner mig ute i skärgården, ensam i mina föräldrars sommarvilla. Hon är tillbaka i Stockholm och låter dämpad och vill att vi ska träffas.

"Det sket sig. Jag försökte verkligen, men det gick bara inte".

"Kom ut hit då".

"Är du ensam?"

"Ja, jag är helt solo. Du är mer än välkommen. Mina föräldrar är ute på en långsegling".

"Okej, då kommer jag gärna."

Hon kommer dagen därpå, solbränd och vacker, och väcker sensation bland gubbarna på ljugarbänken nere vid bryggan när hon stiger av Vaxholmsbåten i korta shorts och tunt linne. Nu har de något att prata om. Jag kan ana mig till hur djungeltelegrafen går. Så fort föräldrarna försvinner ut med segelbåten så passar grabben på kommer gubbarna att säga och sen går budkavlen.

Eva tar plats på flakmoppen tillsammans med sin ryggsäck.

"Nästan som hemma i Dhaka", säger hon. "Fast där har många av dom numera motor på sina rickshas".

Vi har huset för oss själva. I två veckor ska mina föräldrar ligga ute till havs med båten. De har vänner på både Åland och Gotland som ska besökas. Tina har åkt med en kompis till Kreta. För mig är det obegripligt att någon vill åka iväg när Stockholms skärgård är som bäst och bjuder på perfekt högsommarväder. Meteorologerna kallar årets juli för årtiondets varmaste, och vattnet i vikarna runt ön är ljumt. Det är som bäddat för hedonistisk njutning.

Vi intar de flata hällarna bortom badbryggan, där vattnet är grunt, klart och ljumt och där ingen kan se oss. Vi kan sola, bada och älska utan tanke på besvärande kläder. Först om kvällarna när vi sitter på den ännu varma klippan med en flaska vin och ser solen försvinna bortom öarna in mot stan kryper vi in i våra tjocka ollar för att hålla värmen. Vi sitter sedan med armarna om varandra tills den sista rodnaden försvunnit i nordväst och försöker hålla tankarna borta från den värld vi med tiden måste återvände till.

Med min kanadensare paddlar vi en dag ut till mitt favoritskär, en naken häll nästan ute i havsbandet som höjer sig över ytan bara när högtrycken pressar ner vattennivån så mycket att man kan sträcka ut sig på den. Jag betraktar den som min, en plats dit jag ofta paddlar för att söka total tystnad och en plats där jag ostört kan låta mina tankar flyga. Med den närhet som uppstått mellan Eva och mig vill jag dela med mig av skäret till henne. Men det blir inte riktigt som jag tänkt. Hon håller med om att det är fint där ute där hav och himmel möts, men hon säger det utan känsla i rösten och när vi ätit vår medhavda lunch vill hon genast därifrån. Jag frågar henne varför hon har så bråttom.

"Det påminner mej för mycket om Bangladesh".

"Hur då? Jag kan inte se nån likhet."

"Minns du byn vi besökte i deltat, den där som svämmas över så fort vattnet stiger. Det du sa nyss om att den här klippan ofta ligger under vatten ger mig dåliga vibbar. Det känns som om det är precis lika illa här. Växthuseffekten drabbar oss alla".

"Men det här är ju naturliga förändringar. Högtryck och lågtryck…"

"För stunden ja. Men fortsätter processen så kommer både mina bengaliska byar och din klipphäll att dränkas".

"Målar du inte fan på väggen nu?"

"Tyvärr inte. Jag var med på en konferens i Dhaka om växthuseffekten strax innan jag åkte hem. En jätteintressant konferens med bra info om läget nu och om vad framtidsprognoserna säger. Vattnet i havet kommer att stiga med närmare en meter inom loppet av hundra år. I Bangladesh betyder det att hela deltat kommer att läggas under vatten. Och den här klippan här ute den kan du glömma".

Jag finner det svårt att tänka på någon framtida allvarlig katastrof när jag just nu ligger utsträckt på den solvarma hällen, men för Eva är hotet alltför verkligt för att hon ska kunna njuta. Vi talar inte vidare om saken och sitter tysta i kanadensaren medan vi paddlar tillbaka. Men förtrollningen är bruten.

Mina föräldrar kommer tillbaka tillsammans med vänner som de mött under seglatsen. Det finns visserligen gott om plats i huset för oss alla, men det känns ändå trångt när vi måste ta hänsyn till andra. Framförallt är det är slut med den hedonistiska sybaritismen.

Jag föreslår att vi ska ta segelbåten och ge oss iväg ut med den några dagar. Men Eva visar ingen entusiasm. Hon säger att det är dags för henne att lämna den svenska sommaridyllen för att återvända till verkligheten.

"Det här slappa semesterlivet håller på att knäcka mig. Det var fint så länge det var bara du och jag här ute. Men jag klarar inte av sällskapet".

Det kan jag förstå. Det blir lite för mycket av glättigt sällskapsliv och seglarminnen och därtill brännvin och snapsvisor till maten varje kväll.

Dagen därpå tar hon båten tillbaka till Stockholm. Medan vi står på bryggan och väntar på den säger jag:

"Du har ju bara utnyttjat fyra av dina sex semesterveckor. Vad ska du göra i stan?"

"Jag har inte ro att stanna längre i Sverige. Det finns så mycket att göra i Dhaka och i mina byar i deltat".

"Du ger mej dåligt samvete".

"Det var inte min avsikt. Men du har ju din familj, du har en anledning att stanna. Det har inte jag. Försöket att väcka liv i familjelyckan misslyckades ju totalt".

Det hon sagt sitter som en tagg. Jag har också mängder av arbete att utföra i min by. Jag stannar ändå kvar på ön några dagar till men känner ingen glädje längre. Min nedstämdhet syns tydligen utanpå för en dag när jag är ensam med min mor frågar hon hur allvarligt det egentligen är mellan mig och den där Eva. Jag förnimmer både oro och avståndstagande i hennes fråga.

"Vi har det bra tillsammans".

Mor ger sig inte så lätt.

"Jag vill förstås inte lägga mej i, men nog är hon väl lite väl gammal för dej. Och barn har hon också. Det har hon själv sagt".

"Jo det vet jag, men hon har ju lämnat det där bakom sig. Både man och barn."

"Och varför det då, om jag får fråga. Det låter inte särskilt ansvarsfullt".

"Mamma, det är inte frågan om att vi ska gifta oss."

"Borde du inte börja fundera på familj. Pappa och jag gifte oss ju när vi var i din ålder.

Jag kan inte låta bli att snäsa tillbaka.

"Och gifta mej med nån av dina väninnors förtjusande unga döttrar menar du. Tack för dina omsorger mamma, men nej tack".

14

Sommarmonsunen som började strax innan jag for håller fortfarande i sig när jag återvänder till Markapalle i slutet av augusti. Ett djupt lågtryck täcker området och lågt hängande mörka moln döljer landskapet under planet. Det blir en skakig inflygning. Det är lika illa på marken. Regnet vräker ner. Mohan som hämtar på flygplatsen måste köra en lång omväg eftersom en bro på huvudvägen har rasat samman. Vattendragen vi passerar har svällt och alla dammar är fyllda till bristningsgränsen. Det senare är i och för sig bra, men jag ser att många fält är översvämmade och jag anar stora skador på skörden. Vägen till Markapalle står delvis under vatten och jeepen kryper fram den sista biten.

"Mycket illa", säger jag.

Mohan rycker på axlarna.

"Ena året får vi för lite regn, nästa år för mycket. Vad kan vi göra? Gudarna råder".

Sunita kommer över på kvällen medan Tara håller på med matlagningen. Hon har klätt sig i sin finaste sari och visar stolt upp läroboken jag gav henne före avresan.

"Jag har läst ut hela".

"Fantastiskt. Så bra då att jag har en ny med mej…"

Hon tar emot boken och smeker de hårda pärmarna.

"Och hur går det med dina växter?"

"Bra. I morgon måste du komma och se".

"Inga problem med monsunregnen"

Hon rör huvudet fram och åter i en gest som kan betyda ungefär vad som helst.

"Lite problem. Men nu helt okej."

Det visar sig att hon har ridit ut sommarmonsunen väl. Hon har byggt skyddande vallar kring sina fält.

"Jag lejde en man som hjälpte mej med det tyngsta arbetet. Min far har ju blivit för gammal för sånt".

Hon har alltså på mindre än ett år förvandlats från daglönare till arbetsgivare. Inte illa, särskilt inte för en kvinna.

"Jag hoppas du betalade en anständig lön".

"Han fick samma betalning av mej som han brukar få av bönderna där borta".

Hon knixar till med huvudet i riktning mot storböndernas åkrar.

"Och försäljningen av växter?"

"Den går bra. Priserna på marknaden har varit höga".

En framgångssaga alltså. Men det innebär samtidigt att Sunita nu bör kunna stå på egna ben och att jag borde ägna mig åt annat. Det tycker i alla fall min chef Assar Nygren när han kallar in mig till kontoret för att diskutera höstens verksamhet och ber mig komma med förslag på nya projekt. Han börjar mjukt, säger att han är glad att se mig och att vi tillsammans ska kavla upp ärmarna och på så sätt åstadkomma underverk. Men det blir tydligt under samtalets gång att han står under stark press uppifrån. Summa summarum av hans långa monolog är att vi måste ha något mer att visa upp än de få lyckade projekt vi har startat hittills. Det innebär att jag måste bredda mina aktiviteter.

Han säger det i försåtligt inlindade ordalag, men budskapet är glasklart.

"Du har gjort ett jättebra jobb i din egen by Bertil, men nu måste vi se till att fler involveras. Det behövs hundratals liknande framgångssagor bara i detta distrikt om vi ska nå våra mål. Och i hela Indien finns mer än en halv miljon fattiga byar med samma skriande behov av utveckling som Markapalle".

"Jag vet. Och jag ju har försökt dra igång projekt i byarna runt omkring. Det går så satans segt bara. Ibland känns det som att klafsa omkring i lera".

"Ja, det förstår jag mycket väl. Jag har ju egna mång-åriga erfarenheter av det, så ta inte illa upp. Det är inget personligt. Påtryckningarna kommer uppifrån. Stock-holm har bett om en lista på våra mest positiva verksam-heter. Jag nämnde förstås framförallt bevattningskanalen i Markapalle som vårt bästa exempel. Men vi borde kanske ha nåt mer att komma med.".

Jag förstår att Assar gärna lyfter fram detta projekt eftersom han själv tog över själva genomförandet och han gjorde det bra. Men det skaver ändå att han vill ta åt sig hela äran. Det var ju i alla fall jag som kom med idén och som tog initiativet. Jag låter det trots allt passera. Ingen idé att ta strid om nåt sånt. Men jag lägger ändå in ett vi när jag svarar, för att markera att jag också är del-aktig.

"Men det måste dom väl vara nöjda med, dom i Stockholm alltså. Där har vi ju lyckats bra, eller hur? Byn fick ju vatten och vi skapade en hel del arbetstill-fällen. Tyvärr bara tillfälligt men i alla fall. Dom hade ju varit helt arbetslösa annars."

"Joo så är det, men nu tycker dom där hemma att mål-sättningen ändå måste höjas. Det gäller givetvis inte en-bart dej utan oss alla. Vi måste leverera. Siffernissarna på huvudkontoret tänker mer på kvantitet än kvalitet. Så har du nåt förslag".

"Inte på rak arm. Jag har ju precis kommit tillbaka. Men som du vet så drog jag ju igång några projekt i våras innan jag åkte hem till Sverige. Har inte hunnit kolla upp dom än, men tänkte åka runt i byarna och inspektera nu under dom närmaste dagarna. Kanske det kan leda till nya idéer…"

"Gör det och skriv en rapport. Så får vi ta ett nytt snack sen."

Det nya direktivet innebär att jag måste lägga mer tid och kraft på verksamheter utanför Markapalle. Somliga kvällar kommer jag hem så sent att jag måste ställa in lektionerna med Sunita. Jag hinner heller inte följa upp arbetet på hemmaplan på det sätt jag skulle önska. Orsaken är att några av de projekt jag drog igång i grannbyarna före hemresan har drabbats av problem.

Ett kollektiv som arbetar med att sy jutesäckar har fått ett parti väv som var mögelskadat. Det har stoppat deras arbete och nu sitter de med både skulder och oduglig väv som säljaren vägrar ersätta. Det tar många dagar att reda ut den härvan. I en annan by har en hel fiskodling förstörts när en damm i närheten brast och sköljde ut fiskynglet i vattenkanalerna. Jag lyckas efter svåra förhandlingar utverka anstånd med amorteringarna på deras lån. Ekonomichefen på kontoret går motvilligt med på att släppa till pengar ur en reservfond för att reparera fiskdammarna och köpa in nytt fiskyngel.

Allra knepigast är ett fall i en avlägsen by, där en man har förskingrat de pengar hans hustru fått som lån för att starta en kycklingfarm. Han har helt enkelt supit upp pengarna. Några av de andra kvinnorna i sparklubben har tagit saken i egna händer och klått upp mannen som därefter gav sig av från byn. Ingen vet vart och det är i alla händelser ointressant för mannen kan säkert ändå inte betala tillbaka pengarna. Det är inget annat att göra än att skriva av lånesumman. Men det hjälper ju inte den stackars hustrun som nu står där med skammen och som dessutom kommer att få vänta länge på ett nytt lån. Hon är tillbaka på ruta noll. Det enda positiva är att hon blivit kvitt sin försupne och nu också förlupne make.

Det blir alltså svårt att dra igång nya projekt mitt i allt detta arbete med att reda ut kriser. Min chef suckar djupt när jag återvänder till honom med en muntlig lägesrapport. Sen enas vi om en kompromiss. Det är bäst att fortsätta som tidigare, att konsolidera snarare än att hetsa fram många nya projekt. Han accepterar mitt förslag om ett nytt bevattningsprojekt i en by i närheten av Markapalle och ett annat som går ut på att förmå bönderna i den byn att gå över till att odla andra och mer lönsamma grödor än ris när de får tillgång till mer vatten.

Däremot är han mera tveksam till ett av mina andra förslag, att bygga enkla solfångare för att värma varmvatten. Hans argument är att det knappast finns någon efterfrågan på varmvatten. Det har han troligen rätt i så jag avstår från att driva på, men släpper inte idén. Jag tar pengar ur egen ficka för att få fram det material som behövs, en svart trädgårdsslang, en vattentunna och ett par kopplingar. Sen vidtalar jag bysmeden Ashok att hjälpa mig sätta upp anläggningen. Inom loppet av ett par dagar är allt färdigt och jag kan avnjuta min första varma dusch samtidigt som Tara slipper värma diskvatten.

Under arbetets gång frågar jag Ashok om han skulle kunna tänka sig att bygga fler liknande anläggningar nu när han vet hur det går till. Han är först inte intresserad men när jag lyckas få fram en beställning åt honom att bygga en varmvattenanläggning på ett av hotellen inne i stan ställer han upp.

Några veckor senare kommer han förbi och säger glädjestrålande att han nu fått flera liknande uppdrag, De flesta kommer från små hotell i grannskapet, men det visar sig att också några rika familjer har kommit med beställningar. Till detta kommer andra jobb från bönder som vill ha vanliga vattenledningar dragna från den förbättrade bevattningskanalen. Han har fått så mycket att göra att han har behövt anställa två män som hjälpare.

Samtidigt kommer han upp med ännu en intressant idé som går ut på att använda uttjänta cyklar för att bygga vattenpumpar. Han visar hur man skulle kunna ersätta bakhjulet med ett skovelhjul och att sen helt enkelt placera cykeln på en ställning i bevattningskanalen och låta någon trampa för att driva upp vatten i en behållare eller en damm på högre nivå. Det är en genialisk innovation. Jag tänder omedelbart på idén och lovar på stående fot att finansiera projektet.

Ashok sätter därför genast igång med att bygga sin första pump. Men sen stöter vi på ett oväntat hinder. Byrådet sätter sig på tvären. De vägrar upplåta mark för den damm som måste byggas för att ta emot allt det vatten som pumpas upp. Det visar sig tyvärr att det finns ett utbrett motstånd. De risodlande storbönderna säger att de klarar sig med den nederbörd som monsunregnen ger. Man ska inte utmana vädergudarna. De menar därför att pumpanläggningen är onödig och att det här är ytterligare ett sånt där projekt som bara gynnar daliterna.

Men bland daliterna ser man fördelarna och jag lyckas efter ett par veckors övertalning få tillgång till ett stycke mark för att bygga en damm intill den nya bevattningskanalen. I utbyte garanterar jag markägaren att han kommer att tjäna på projektet. Dels får en av hans söner jobb som pedaltrampare och dels får markägaren betalt för det vatten som byborna hämtar ur dammen.

För Sunita innebär dessa bevattningsprojekt stora fördelar. Hennes arbete har redan underlättats av kanalbygget och nu får hon därtill stor nytta av Ashoks innovation.

Sammantaget betyder det en jämn och säker tillgång på vatten vilket i sin tur öppnar möjligheterna för ökad odling. Därför vill hon nu köpa mer mark.

Hon tar mig med till en uttorkad jordplätt som ligger strax intill hennes egna odlingar.

"Jag har fått löfte att köpa den här marken billigt av en familj som har flyttat härifrån".

Hon nämner summan, några hundralappar i svenska pengar men en förmögenhet för henne. Jag kan lätt utverka ett lån, men tvekar ändå.

"Orkar du verkligen med det? Det innebär mycket arbete".

"Jag vet, men jag kan skaffa hjälp".

Hon säger att hon har en kusin som äger en oxe och kan plöja upp marken, och det finns gott om folk i byn som behöver arbete. Det enda som fattas är pengar. Det hon har sparat räcker till halva den begärda summan. Hon låter så angelägen att jag på stående fot lovar att ordna fram den summa som saknas. Den är inte stor och ligger inom ramen för mina befogenheter. Ändå höjs det ett och annat ögonbryn inne på kontoret när jag rapporterar om ärendet.

"Jag hopps att du vet vad du gör", muttrar Assar.

Han säger det inte rakt av men jag förstår anspelningen. På något sätt har skvallret om mej och Sunita nått honom, ett rykte som säger att vi har ett förhållande. Kanske är det tolken Dipak eller chauffören Mohan som sagt att jag ofta ses tillsammans med henne. Jag vet också att det pratas en del om mig och Sunita bland folk i byn, detta trots att jag är noga med att hennes mor Tara alltid ska vara närvarande under lektionerna och att det finns folk i närheten när vi ses ute bland odlingarna.

"Du behöver inte oroa dej", svarar jag chefen. "Hennes mor Tara sköter övervakningen av dotterns heder."

"Jaja, bara i all välmening alltså. Och dessutom gäller det jag sagt tidigare, att du borde tänka på att sprida ut ditt arbete över hela vårt område".

Några dagar senare är tonen en annan, när han kommer ut för att visa upp framgångarna i Markapalle för en besökande delegation från Sverige. Då är han mån om att peka på Sunita som en framgångssaga och på bysmeden Ashok som en framstående entreprenör.

Assar vill gärna få det att låta som att han är mannen bakom projekten. Jag låter honom hållas. Men när det kommer till att demonstrera hur allt fungerar och att ge detaljer om verksamheten i Markapalle blir det jag som får svara på frågorna. Det blir också jag som fotograferas tillsammans med Sunita bland plantorna i hennes enkla växthus och det är detta foto som senare kommer att användas i organisationens medlemsblad.

15

Diwali kommer som ett efterlängtat avbrott efter en hektisk period. Allt arbete läggs åt sidan, för nu ska guden Rama och hans gemål Sita firas under dagarna fem. Det är en högtid där hinduerna hyllar det godas seger över det onda och ljusets triumf över mörkret. Och alltihop går tillbaka till det lika magnifika som komplexa eposet Ramayana där gudar, demoner och en heroisk apkung kämpar mot varandra.

Tolken Dipak försöker förklara den invecklade berättelsen men jag har svårt att följa med i alla turerna och nöjer mig till slut med den något förenklade förklaringen att det är en ljusfest, något som påminner om vårt luciafirande.

"Man tänder ljus och så ger man varandra presenter", säger Dipak. "Man äter gott och tar igen sig."

Själv har han begärt några dagars ledighet för att åka hem till sin by för att hälsa på. Detta passar mig utmärkt, för det ger mig några dagars välbehövlig vila och tillfälle till en tänkarpaus.

Jag har också flera privata brev att skriva, framförallt ett svar till Eva på en lång epistel från henne. Brevet som förmedlades till mig av ledaren för den svenska delegationen som besökt Dhaka var välkommet men glädjen dämpades något av att besökaren berättade att Eva verkade deprimerad och trött. I brevet skriver hon att hösten varit väldigt jobbig och att hon ångrar att hon avbröt sin sommarsemester i förtid. Oroad som jag är av vad jag fått höra och läsa skriver jag omgående ett svar och föreslår att vi kanske kan göra något tillsammans under julhelgen, varför inte komma på besök.

När jag klarat av brevskrivandet till Eva, till min syster Tina och till föräldrarna slår jag mig ner på verandan med en whisky. Jag ser framför mej en loj och behaglig kväll.

Men jag har bara nätt och jämnt hunnit luta mig bakåt i stolen när diwalifesten vid templet drar igång med musik och raketer. På gångvägen utanför min bungalow strömmar folk förbi med ljus i händerna. Och efter en stund dyker Tara upp i sällskap med sina barnbarn. De kommer med sötsaker och jag ber dem komma in för att få något att äta och dricka. Men de har inte tid. De har många att besöka.

"Var är Sunita?" undrar jag.

"Hon kommer senare och hon har en present med sej till dej".

Tara följs av andra. De flesta är från grannskapet men jag värms särskilt av att jag också får besök av folk från några av de mer avlägsna sparklubbarna. Alla vill tacka för vad jag gjort. Jag tar emot deras gåvor med blandade känslor. Samtidigt som jag gläds åt att de uppskattar mina insatser så känns det mindre bra att de har tagit av sina knappa tillgångar för att ge mig presenter. Men jag vet att det skulle såra dem ända in i själen om jag avvisade deras gåvor. Därför ler jag och tar emot.

Sunita kommer sent, när de andra gästerna har gått. Det har börjat skymma och jag håller just på att tända några av de små lyktor jag har fått i present när hon dyker upp nedanför verandan. Hon är klädd i en ny sari, enkel och vit som sig bör för en änka, men hon har satt blommor i sitt svarta långa hår, som glänser efter bad och inoljning. Kanske kan det tolkas som ett första försiktigt steg på väg mot ett slut på sorgeperioden. Blygt räcker hon fram ett paket till mig.

"Happy Diwali!"

Jag för samman mina händer till ett namaste och ber henne komma in.

"Du måste hjälpa mej att äta upp allt det här".

Jag pekar på verandabordet som är belamrat med frukt, sötsaker och kakor. Men hon skakar på huvudet.

"Nej det passar sej inte, inte nu när Tara inte är här".

Hon blir stående i trappan medan jag öppnar hennes paket, Det är en långskjorta i råsiden. Den måste ha kostat en mindre förmögenhet, tänker jag medan jag håller upp den framför mig. Jag vet att jag egentligen inte borde ta emot en så dyr gåva. De svenska reglerna säger så, men den indiska seden kräver att jag accepterar den. Jag ler alltså och säger att den är väldigt fin.

"Du har gjort så mycket för mej", säger hon och hennes ansikte lyser.

Hon är mycket vacker när hon ler så. Spontant vill jag ta henne i famn, men nöjer mig med att resa mig upp och föra samman händerna till ett namaste för nu som alltid ringer de där förbannade varningsklockorna som påminner om att byn har tusen ögon.

På något sätt vill jag ändå visa min tacksamhet. Jag pekar på nytt mot det dignande bordet, men hon skakar på huvudet.

"Det har blivit alldeles för mycket sånt idag".

"Ett glas vatten i alla fall".

Jo, det kan hon tänka sig och medan hon står där med sitt glas i hand frågar jag henne hur hennes dag varit, hur hon och familjen firar Diwali.

"Samma som alla år. Vi har besökt släkt och grannar och nu ska jag till templet för att offra till Lakshmi".

"Varför till just Lakshmi".

"Hon har varit mycket god mot mej det senaste året. Jag har tjänat mycket pengar. Du vet väl att hon är rikedomens gudinna och att hon bringar tur."

Det hon säger stör mig. Denna förbannade religiösa barnatro. Alltid en eller annan gud eller gudinna som får ta äran av det som är bra. Tvärtom skulle jag vilja säga, de ständiga offren är en tung börda för de fattiga. Ett slags tionde som förr i Sverige.

"Du har tjänar dina pengar genom hårt arbete. Det handlar inte om tur."

"Jo, det var tur att du kom hit till Markapalle. Det var säkert Lakshmi som sände dej. Därför vill jag tacka henne."

Någonstans i byn, det ser ut att vara i närheten av templet, slår eldslågor upp. Jag reser mig oroligt upp. Det ser ut som om något av husen i byn brinner. Men Sunita lugnar mig.

"Det är tradition att tända en stor brasa den första kvällen under Diwali. Alla samlas kring elden. Tara och barnen är säkert redan där."

"Men inte du?"

"Inte än, kvällen är lång."

Vi gör sällskap bort till brasan, men det är tydligt att hon känner sig obekväm med att vara i mitt sällskap, och så snart vi är framme vid templet försvinner hon i folkvimlet. Jag står ensam kvar och känner mig vilsen. Kanske ses jag som en inkräktare. Diwali är ju trots allt en religiös högtid.

Längre hinner jag inte tänka innan en av de stora jordägarna kommer fram och bjuder in mig att följa firandet från hans veranda. Sonen Rajiv som har startat ett företag i textilbranschen i Bombay är hemma på besök och blir den som tar hand om mig. Han har kastat loss från det traditionella bysamhället, talar bra engelska och bjuder på whisky. För en stund känner jag mig förflyttad till en urban miljö. Vi två talar om utveckling och ekonomi.

Så länge samtalet håller sig på abstrakt nivå är vi hyggligt ense om vikten av reformer och öppna gränser och färre handelshinder. Men när vi kommer in på mina projekt i Markapalle går meningarna isär. Han menar att det vore bättre för utvecklingen att koncentrera sig på de stora jordbruken. De småskaliga projekten är bara ett slöseri med resurser. Småbönderna borde ägna sig åt något annat än att hålla liv i sina små ynkliga tegar.

Jag invänder att utveckling handlar om två saker. Dels om att bygga upp landets ekonomi och dels om att lyfta hela befolkningen ur fattigdom.

Hans recept är det samma som jag hört otaliga gånger tidigare under mitt år i Indien.

"Då får dom väl skaffa färre ungar då..."

Männen på verandan som suttit tysta och lyssnat nickar instämmande. Jag gör ett försök att försvara inriktningen av vår verksamhet och påminner dem om att den också omfattar barnbegränsning. Men jag märker snart att jag talar för döva öron. Tillfället är helt klart heller inte det rätta att diskutera utvecklingsstrategi och fattigdomsbekämpning.

Därför sitter jag tyst, smuttar på den tolvåriga importwhiskyn och vänder blicken mot den procession av bybor som närmar sig. Först går barn som har små lerkärl med brinnande olja i händerna. Därefter följer en grupp musikanter och allra sist kvinnor klädda i nya sidensaris som glänser i skenet av oljelamporna. Deras kroppar vajar i takt med musiken.

Rajivs far säger något på telugu och sonen tolkar.

"Det är dom lågkastiga som vill visa sin respekt för oss brahminer. Det är en uråldrig tradition här i byn."

När processionen närmar sig kommer husets kvinnor ut och dukar upp ett långbord med kakor och dryck. Saft till kvinnorna och barnen, något starkare till männen.

"Indisk whisky, de är vana vid sånt och skulle ändå inte känna skillnaden", säger Rajiv samtidigt som han fyller våra glas från importflaskan.

"Den sprit vi bjuder dom på är i alla fall godkänd av myndigheterna, inte den där livsfarliga sörjan som dom dricker i vanliga fall. Varje år dör hundratals indier vid fester där det har serverats träsprit. Men inte här för min far månar om folket i byn."

En efter en paraderar byns män förbi för att tacka för förplägnaden. De för samman sina händer och säger sitt namaste inför Rajivs far, den mäktige ordföranden i byrådet. Jag känner mig illa till mods där jag sitter på den upphöjda verandan tillsammans med byns rika, medan människorna från dalitbyn som jag arbetar tillsammans med passerar förbi nedanför.

Dagen därpå söker jag upp Sunita på hennes fält.

"Så du arbetar fast det är Diwali".

"Växterna vet inte om att det är fest. De måste skötas".

"Så hur var festen för dej och barnen?"

Hon rycker på axlarna.

"Samma som vanligt. Barnen tyckte i alla fall om brasan och kakorna".

Jag tvekar lite, men så ställer jag den fråga som tryckt mig sedan föregående kväll när jag såg henne och barnen passera förbi nedanför verandan.

"Hur kändes det att stå där nere och se mej tillsammans med byns rika uppe på verandan…"

"Varför skulle du inte sitta där hos dom?"

"Men vad tänkte du? Kände du dej inte förnedrad?"

Hon rycker på axlarna.

"Det är som det är och som det alltid varit".

"Vill du inte ändra på det då?"

"Hur skulle det gå till? Du vet ju vad det står i vår skapelseberättelse. Brahminerna och rajputarna är de som ska styra och vi daliter ska arbeta med våra händer".

"Joo, men du vet väl också vad lagen säger".

"Här i Markapalle gäller inte den utan traditionerna".

Så är det. Det lagliga stödet är svagt. Det säger bara att diskriminering på basis av kast är förbjuden. Men religion och tradition har djupa rötter. Jag skakar bekymrat på huvudet.

"Varför ska du visa vördnad för dom där brahminerna. Du har mer hjärna än de flesta här i byn och du har visat vad du kan åstadkomma. Du är en skickligare odlare än dom. Du talar engelska, du är smart i affärer. Dina barn går i skola".

"Det hjälper inte. Är man född shudra så förblir man shudra. Du vet ju hur det är. Man gifter sig inom den kast man tillhör. Det är vår karma."

Jag suckar. Brahminernas grepp om byborna är starkt. Denna förbannade religiösa plikt de hela tiden hänvisar till, kryddad med hoppet om att goda gärningar i detta liv ska ge en skjuts uppåt i nästa liv. Problemet är det samma i hinduismen som i alla andra religioner att det är samhällsbevararna som definierar normer och traditioner. Jag prövar på nytt:

"Men låt oss säga att du blir mycket rik, skulle du då fortfarande låta dej hunsas?"

"Kast har inget med pengar att göra, inte här i byn i alla fall".

"Har du nånsin sett en fattig brahmin eller rajput?"

"Dom hjälper de sina. Dom är ju släkt".

"Om du lämnade Markapalle då och flyttade till en stor stad, till Bombay eller till Madras där ingen vet att du är en shudra?"

"Det skulle inte hjälpa".

"Men om ingen vet, om du till exempel gifter dej med en rajput eller brahmin".

Sunita skakar intensivt på huvudet.

"Om jag blir upptäckt skulle jag straffas hårt, kanske bli ihjälslagen... så sägs det i alla fall."

16

Sunita har fått ett problem, ett angenämt sådant. Hon har den senaste tiden sålt flera stora partier med plantor och har fått bra betalt. Bättre än förväntat, säger hon när vi sitter i jeepen på väg tillbaka från stan efter den senaste leveransen. Nu vill hon veta hur hon ska förvara sina pengar. Det handlar om flera tusen rupier, pengar som hon vill investera i köp av mark när det uppstår ett tillfälle. Att förvara dem i en hydda med flätade palmblad som väggar känns inte säkert. Nu vill hon veta hur hon ska göra för att öppna ett bankkonto.

Problemet kan låta litet men så är det inte för folk på gräsrotsnivå. Banker betraktas med rätta som skrämmande kolosser uppbyggda för att hantera stora belopp och deras avgifter är därefter.

Men det finns en bank i Dharampatnam som har anpassat sig för att göra det möjligt för småhandlare och för våra sparklubbar att öppna konton och som kan hantera belopp som är små ur bankens perspektiv men stora för människor som Sunita.

Vi åker in till Dharampatnam tillsammans för att öppna ett bankkonto åt henne. Sunita har klätt sig fin, men hon är ändå orolig för att hon inte ska vara fin nog och hon ser spänd ut när vi kliver in på banken. Men jag lugnar henne med att jag har förberett allt. Det enda som återstår är hennes signatur och att hon överlämnar sina pengar. Jag har krattat manegen genom att förklara för bankdirektören att det kan bli många nya konton med tiden, efter hand som fler bybor blir lika framgångsrika som

113

Sunita. Det är visserligen en mild överdrift för så vitt jag kan se är det vid sidan av Sunita bara bysmeden Ashok som möjligen kan ses som en potentiell kund under överskådlig tid. Men jag betraktar det som en vit lögn.

Vi tas emot av en vänlig bankman och processen går snabbt. Efter en halvtimme inne på banken, där vi serveras chai, är det hela klart. Sunita är påtagligt lättad när vi kommer ut på gatan igen. Hon har fått sitt konto och har tagit ytterligare ett stort steg in i en ny värld. Detta är något som måste firas, så jag bjuder henne på lunch på en enkel talirestaurang som serverar vegetariska rätter. Även restaurangbesöket är ett stort första steg för henne, men hon lugnas av att de rätter som serveras är såna som hon känner igen. Mitt på talibrickan finns ett berg av ris omgivet av små skålar med vegetariska rätter.

Medan vi äter frågar jag henne vad hon tänker göra med alla pengar hon nu har på banken.

"Det finns ett stycke mark som är till salu, du vet det där fältet som ligger i träda på andra sidan bevattningskanalen".

Jag nickar och säger att jag vet vad hon menar. Marken tillhör en familj som har lämnat Markapalle och flyttat till stan. Men den ligger fel till för byns stora bönder, som i vanliga fall köper upp all mark som är till salu.

"Men priset är högt", fortsätter hon. "De vill ha tio tusen rupier".

Det är mycket pengar, fem gånger det belopp hon just har satt in på sitt konto. Samtidigt motsvarar det bara ungefär två dagslöner för mig och jag skulle lätt kunna erbjuda henne ett lån. Det är frestande men jag avstår. Det här är något hon måste klara på egen hand.

"Du kan ta ett lån".

"Men lån är dyra. Ockrarna tar höga räntor".

"Jag vet, men nu när du är kund i banken kan du nog få ett lån där".

Jag förklarar att marken hon köper kan användas som säkerhet och att bankens räntor är betydligt lägre än ockrarnas och att man kan amortera under lång tid.

"Nu när du är kund i banken kan du förhandla med dom om villkoren."

Hon ser tvivlande på mig och jag inser att det jag just sagt måste kännas omtumlande för henne som dalit och kvinna. Att förhandla med överheten är något okänt. Det som alltid gällt är att lyda och acceptera. Men jag förklarar för henne att hon nu har stärkt sin position.

"Dom som vill sälja marken har svårt att hitta en köpare. Du kan alltså pressa priset. Du kan sen gå till banken och förklara vilka inkomster du kan skapa genom att köpa den här marken".

"Men dom som äger marken vill kanske inte ens prata med en shudra som mej".

"Dina pengar är lika goda som någon annans. Och om du tror att det är till nån nytta så kan jag hjälpa dej med förhandlingarna... men bara den här första gången. Sen får du klara sånt själv."

Jeepen är tungt lastad på hemväg till Markapalle. Mohan har hämtat upp fyra andra bybor som alla har last med sig. En kvinna har köpt en symaskin med hjälp av ett lån hon nyss fått. Ashok har med sig en pump som han ska reparera. Två kvinnor har inhandlat värphöns. Det är ett förfärligt kacklande från burarna i baksätet. Det blir alltså trångt i jeepen. Sunita och jag tränger ihop oss i framsätet bredvid Mohan. Jag känner hennes mjuka värme genom det tunna tyget i hennes sari och förnimmer en doft av sandelträ.

115

17

Till sist kommer ett svarsbrev från Eva. Hon är tacksam för mitt förslag att vi ska ses under julhelgen för hon är i stort behov av ett miljöombyte. *Jag känner mig helt slutkörd efter en jobbig höst. Det skulle vara skönt att komma bort från Dhaka för att kunna känna mig helt fri. Att resa hem till Sverige mitt i vintern känns inte särskilt lockande. Kyla, snö och presenthungriga ungar är skäl nog att avstå. Står din inbjudan kvar att jag är välkommen att hälsa på? Eller har du andra planer för jul och nyår?*

Brevet ger mig huvudbry. Självklart vill jag gärna träffa henne igen. Det har jag ju skrivit. Men samtidigt inser jag att ett besök skulle såra Sunita och störa den sköra relation vi har byggt upp under hösten, särskilt efter diwali. Besöket på banken, samtalet på talirestaurangen och nu senast de förhandlingar som har inletts om markköp, där jag har tagit på mig en stor roll, har stärkt och förändrat vår relation. Och hade det varit i ett annat samhälle än den indiska byn hade den sannolikt också fördjupats med en sexuell dimension. Vi är ju faktiskt vuxna människor och borde ha rätt att välja själva, men hela tiden står det traditionella samhällets förbannade tabun i vägen. Det handlar dels om det svenska regelverk som jag måste följa och dels om Sunitas sociala sammanhang, religionen med dess konventioner och den djävulska stratifiering som har byggts upp under årtusendenas lopp.

Vi har inte talat om vår relation, men jag är övertygad om att hon är lika medveten som jag om vilka snäva gränser vi har att röra oss inom. Vi kan inte ses ensamma. Tara är alltid närvarande i huset under våra lektioner och ute på fälten är vi aldrig utom synhåll från någon av byborna. Även om jag alltså är klar över att relationen inte kan tillåtas utvecklas vidare är det viktigt för mig att inte stöta bort Sunita. Jag är mån om att bevara henne som vän.

Evas brev ger mig alltså huvudbry men är ändå välkommet eftersom jag längtar efter den villkorslösa sex hon erbjuder. Hur många gånger har jag inte hört henne säga:
"Du vet att det aldrig kan bli nåt permanent mellan oss, men låt oss ta vara på de tillfällen vi har".
Nu har vi ett sånt tillfälle. Jag skickar omgående ett telegram där jag svarar att jag ser fram emot att träffa henne men eftersom jag också behöver luftombyte föreslår jag att vi gör en resa tillsammans för att se lite mer av Indien. Det finns så mycket som jag läst om men inte haft tillfälle att se. Eva svarar raskt ja och efter några ytterligare telegramväxlingar bestämmer vi att vi ska träffas halvvägs, det vill säga i Calcutta.
Till Sunita säger jag att jag ska göra en resa tillsammans med en kollega och att jag kommer att vara borta ett par veckor. Hon godtar mitt besked om att det blir ett avbrott i lektionerna utan kommentar. Det känns faktiskt som en besvikelse att hon tar så lätt på våra gemensamma kvällar, som betyder så mycket för mig.

Två dagar före julafton sätter jag mig på tåget mot Calcutta. Det är trångt och stökigt på stationen med många resenärer som ska iväg under helgen. Även om julen saknar religiös betydelse för såväl hinduer och sikher som muslimer så lever brittiska koloniala traditioner vidare. Många verksamheter slår igen eller går på sparlåga. Men jag reser lätt och jag har min reserverade sovvagnsplats.

På flygplatsen Dum Dum i Calcutta strålar jag samman med Eva. Hennes plan är flera timmar försenat, men hon verkar glad ändå och ser fräsch ut Hon är inte alls det utarbetade vrak som hon gav intryck av i sitt brev. Hon bär på en tung ryggsäck och smälter väl in i den hop av unga västerländska resenärer som väller ut i ankomsthallen. Det är svårt att tro att hon har fyllt förti. Hon springer emot mig och slår armarna om mig. Sen går vi hand i hand mot flygbussen som tar oss till centralstationen i Howrah där vi ska ta nattåget till Puri, som är första anhalten på vår rundresa.

Allt går slag i slag. Vi hinner nätt och jämnt kasta i oss var sin enkel tali på stationen innan det är dags för avgång för nattåget till Puri. Det är överfullt, men med hjälp av en dusör till konduktören får vi två liggplatser i en kupé för sex passagerare. Eva är utmattad efter resan från byn i deltat och förseningar i flygtrafiken och somnar ovaggad. Kanske hjälper också det sövande ljudet från takfläkten och dunket mot skenskarvarna till. Från de nedre bäddarna hörs tunga snarkningar. Det håller mig vaken en god stund medan tåget rullar vidare söderut längs Bengaliska viken.

Vi tar in på ett litet hotell nära stranden. Genom fönstret ser vi fiskebåtar som gungar i vågorna ett stycke utanför bränningarna. Från takterrassen på byggnaden intill hörs västerländsk musik och under parasollerna på uteserveringen skymtar unga västerlänningar i indiska långskjortor. Från någonstans litet längre bort förnimmer vi indisk tempelmusik.

Detta är Puri i ett nötskal så som det beskrivs i den guidebok jag köpte på flygplatsen i Calcutta: Hav, folkvimmel, tempel och hippies. Jag börjar läsa högt för Eva som sitter nyduschad och insvept i en sarong:

I den urgamla tempelstaden Puri möter resenären en färgstark och högljudd mix av hinduisk tradition och västerländsk Wanderlust. Medan det allra heligaste i det stora templet är stängt för icke-hinduer har västerländsk hedonism tagit över en stor del av livet på de långa öde sandstränderna....

Eva är inte det minsta intresserad av guidebokens förslag. Hon reser sig upp och låter sarongen falla.

"Vi tar det där med sevärdheterna sen. Just nu har jag ett bättre förslag".

Senare på dagen vandrar vi i vattenbrynet mellan fiskare som drar nät och stockekor som släpats upp på stranden. Mitt i röran pågår kommersen mellan fiskare och uppköpare. Stora flundror och tonfiskar ligger utbredda till beskådande i sanden. Här och var finns korgar med mindre fiskar och krabbor. Ovanför oss cirklar sjöfåglar som väntar på ett lägligt tillfälle att störtdyka ner mot godbitarna.

Vi får inte vara ifred länge. En skock tiggarungar som har identifierat oss som två nyanlända resenärer går genast till attack med sina framsträckta händer och ber om bakshish. Jag för ner handen i fickan där jag har några mynt, men Eva säger åt mig att låta bli och viftar undan ungarna. Hon är van från Dhaka där det finns gott om tiggare, både ungar och vuxna. Men för mig är det ovant. Folk i min by är visserligen fattiga men jag har under det år jag bott där inte stött på en enda tiggare. Jag vet att det förekommer allmosor som delas ut av prästerna i templet. Men däremot inget öppet tiggeri som här.

"Turismens baksida", konstaterar Eva när de unga tiggarna till sist gett upp. "Ungarna borde gå i skola, men föräldrarna skickar ut dom att tigga. Hur tusan ska det då kunna bli nån utveckling".

"Men dom kanske måste för att familjen ska ha mat för dagen", invänder jag.

"I en del fall kanske, men för det mesta handlar det om att tigga ihop till lite godis, och i allra värsta fall går pengarna åt till sprit åt pappan..."

"Och det här vet du?"

"Vet och vet. Vad vet vi utbölingar egentligen om vad som pågår runt omkring oss i den här delen av världen. Ibland undrar jag om vi ens vet vad vi själva håller på med".

"Vi som i vi biståndare?"

Hon rycker på axlarna.

"Äsch skit i det nu. Var det inte för att bada vi gick ner till stranden?"

Hon tar min hand och drar iväg med mig bort från folkvimlet, tiggarungar och fiskare. Ett stycke bort blir vattnet renare och människorna färre. Vi finner en plats i sanden, där vi klär av oss och vadar sen ut i bränningarna som mjukt rullar in mot stranden. Efteråt sträcker vi ut oss på våra handdukar och smeker varandra.

Stranden är lång och det är glest mellan de badande, men vi är inte ensamma. På håll skymtar vi andra västerlänningar som badar och då och då passerar grupper med kvinnor som bär korgar med fisk eller stora trädgrenar på sina huvuden. Precis som i fiskebyn där hemma. Jag ler invärtes åt mitt ordval. Hemma är numera inte Stockholm eller sommarvillan i skärgården utan den indiska byn Markapalle där jag bor och arbetar.

Eftermiddagssolen är stark och vi klär snart på oss igen. Men skadan är redan skedd, huden svider av salt och sol och sand när tyget nöter mot den. Vi köper kokosolja av en försäljare och så snart vi duschat av oss smörjer vi in varandra och somnar sen direkt på den breda sängen till det sövande ljudet från takfläkten.

Vi älskar försiktigt den natten, så långt våra solsvedda skinn tillåter smekningar och extas.

Nästa morgon tar vi lokalbussen till Konarak några mil norrut längs kusten för att se den berömda Svarta pagoden. "Byggnaden uppfördes på 1200-talet som en triumfvagn för solguden Surya som bidrog till en hinduisk kungs seger över en muslimsk armé", mässar den gamle guiden.

Han rabblar det självklara, samma text som vi har läst i guideboken under bussresan och jag önskar att jag hade haft kraft att stå emot när han trängde sig på vid busshållplatsen och erbjöd sina tjänster. Efter en stund betalar vi honom några rupier för att bli av med honom. Det ger oss tillfälle att i lugn och ro betrakta och beundra de kärleksscener som avbildats på tempelväggarna. Vi stannar i andäktig beundran inför konstnärerna som hundratals år tidigare skapade dessa erotiska figurer med deras fantasieggande ställningar. En del figurer är i naturlig storlek, andra är miniatyrer insprängda i en triumfvagns tre meter höga hjul.

"Vi måste memorera ställningarna", säger Eva med fnitter i rösten.

Jag borde inte vara förvånad. Hon är ett barn av det sena sextitalet då sex och politisk revolt exploderade. Och hon har tagit det med sig in i den senare tid där jag växte upp, där den thatcheristiska kontrarevolutionen slog tillbaka inom ekonomin och där erotiken gjordes mindre tillåtande. Våra händer är sammanflätade, fingrarna leker med varandra. Längre kan vi inte gå där vi står mitt i en strid ström av utländska turistgrupper och indiska skolklasser. Vi lyssnar roat till guiderna som testar hur mycket blåhåriga amerikanska damer tål av

121

statyernas öppna erotik. Vi ser lärare som skyndar på sina elever när de dröjer sig kvar för länge framför tempelväggarnas mest explicita statyer. Det indiska samhället är påtagligt prydare idag än innan först islams och senare kolonialtidens viktorianska värderingar tog över.

Vi köper en bunt vykort av en försäljare. Medan jag gräver efter pengar att betala med visar han fram ett exemplar av Kamasutra. Han beskriver den entusiastiskt som den bästa lärobok om bra sex som någonsin skrivits. Beprövad sedan två tusen år.

Eva tar den och bläddrar igenom den väl illustrerade boken.

"Fantastiska bilder, den köper vi. Massor med spännande ställningar som vi måste prova."

När man är i sällskap med Eva är det en välsignelse att kunna kommunicera på ett språk som omgivningen inte förstår. Men jag har en känsla av att säljaren ändå kunnat ana sig till vad hon sagt, för i nästa ögonblick tar han fram ytterligare en bok, en om tantra från en låda under disken och säger att den är ännu bättre. Eva bläddrar hastigt igenom den, ler belåtet och säger att den måste vi också köpa.

Det har nu samlats en stor grupp nyfikna omkring oss. Några säljare viftar med egna förslag till intressanta böcker och reproduktioner av tempelstatyerna. Jag betalar snabbt för de båda böckerna och drar med mig Eva bort från platsen.

"En smula pryd, tror jag", retas hon när vi hand i hand går tillbaka till busstationen.

Tillbaka på hotellet i Puri bläddrar vi i de båda böckerna medan vi äter en snabb måltid för att sen dra oss tillbaka till rummet för att prova några av de rekommenderade ställningarna. Det blir en lång kväll och natt med sexuella lekar men också mycket skratt när vi trots idoga försök misslyckas med att inta några av tantrabokens mest avancerade förslag. Vi kommer fram till att det krävs mycket träning och somnar utmattade och belåtna i varandras armar.

Semestern fortsätter som den börjat med en loj mix av sol, bad, sex och sightseeing. Vi enas om en radikal bantning av vårt från en början ambitiösa program. Varför slösa bort dyrbar tid på tåg- och flygresor? Vi strövar omkring i gränderna, hittar en butik som säljer bhang, i både fast och flytande form. Vi föredrar den flytande, blandar den i vårt te och blir behagligt höga. Vi svävar som på moln under dessa två veckor av avkoppling.

Eva får snabbt färg under dagarna på stranden. Efter en vecka är hon nästan lika mörk i hyn som kvinnorna i fiskeläget. Jag tar bilder av henne när hon klätt sig i lokala kläder som hon köpt på marknaden och har lånat en korg som hon balanserar på huvudet.

Mitt i fotosessionen kommer en grupp västerländska turister springande för att ta tillfället i akt att få bilder av en genuin fiskekvinna på stranden nedanför templen i Puri. Eva håller masken och spelar med. Hon ler rakt in i kamerorna och håller sen fram handen för att få bakshish, pengar som hon stoppar in innanför den nyinköpta blusen. Efteråt räknar vi ihop summan till åtta dollar och lite mer än tre hundra rupier. Jag förmodar att det nu finns bilder i många amerikanska fotoalbum av den vackra indiska fiskekvinnan på stranden i Puri.

En dag senare lyckas Eva iförd samma kläder smita in i det stora templet Jaganath Mandir som inte är tillgängligt för icke-hinduer. Jag står på takterrassen på en intilliggande byggnad och följer henne genom kikaren när hon obesvärat vandrar omkring på bara fötter inne bland gudastatyerna. Men jag vet att bakom den obesvärade fasaden ligger en utmaning.

"Varför gör du det?" har jag frågat medan hon förberedde sig för tempelbesöket.

"Jag gillar att testa gränserna".

"Jag vet inte om du överhuvudtaget har några gränser".

"Gränser, hämningar. Du tänker hela tiden i konventionella banor".

Detta är en ständigt återkommande stridsfråga mellan oss. Vi tänker och agerar helt enkelt olika. Det blev tydligt redan från start, under våra första dagar tillsammans på kursgården ett år tidigare och än mer påtagligt under konferensen i New Delhi med Evas aggressiva konfrontation och mina mera försonliga invändningar. Mitt sätt var ett eftertänksamt och konstruktivt agerande hävdade jag i vårt privata eftersnack den gången. Men enligt Eva var det fegt.

Hon kommer då och då i våra samtal tillbaka till att hon saknar den revolutionära glöd som hon upplevde under tonåren. Vännerna från den tiden har nu lämnat barrikaderna, och partiet som hon en tid tillhörde är upplöst. Den en gång radikale man som hon har varit gift med och som hon nu beskriver som sina barns far har tagit över ett stort familjeföretag och blivit moderat lokalpolitiker. Hon har inget till övers för hans kappvändning.

"Han har svikit sina politiska ideal om solidaritet och välstånd för hela folket. Nu är det precis tvärtom. Du skulle höra hans argument om att man måste stödja den fria företagsamheten och sänka skatterna. Allt därför att det gynnar hans sketna företag. Precis som en del av dom där svenska krämarna som jag drabbade samman med i New Delhi".

"Och vad säger han om ditt jobb som biståndare?"

124

"Gissa. Det har han så klart ingen som helst förståelse för. Det hade jag heller inte väntat mej. Dessutom har jag faktiskt svårt att helhjärtat försvara den verksamhet jag är en del av. Du är lycklig du som har projekt som verkar meningsfulla".

"Och det är inte dina?"

"På tok för mycket byråkrati och alldeles för lite som når dom verkligt fattiga".

I viss mån påminner Evas trassliga relationer med sin man om min egen situation. Jag berättar för henne om mina föräldrars motstånd när jag bestämde mig för att söka jobb som biståndsarbetare.

"De hade räknat med att jag skulle gå i pappas fotspår, läsa till civilekonom och börja klättra inom bankvärlden".

"Och kommer du att hålla ut? Eller kommer du att göra samma u-sväng som mitt ex?"

"Hittills känner jag att jag har hamnat rätt..."

Vår utmätta ledighet rinner iväg. Vi är brunbrända och utvilade, men Evas missnöje med sin arbetssituation hänger som ett mörkt moln över vårt farväl.

"Vi ses i sommar", säger jag när vi står på perrongen i Puri i väntan på att hennes tåg mot Calcutta ska avgå.

Det är ett lamt försök från min sida att slå an en hoppfull ton fast vi båda vet att tiden dit är plågsamt lång, hela sex månader. Vi har nyss gråtit i varandras armar i sängen på hotellrummet som har varit vårt kärleksnäste under två veckor.

"Den som lever får se..."

Jag står på perrongen och hon har tagit plats inne i sin kupé. Glasrutan är nerdragen för att vi ska kunna tala med varandra men ett galler av metallstänger skiljer oss åt. Det går inte att se hennes ansiktsuttryck men rösten är sorgsen. Så börjar tåget rulla. Jag håller hennes hand och följer halvspringande efter.

"Skriv lite oftare," säger jag.

"Okej, jag ska försöka bättra mig".

Så ökar tåget farten och jag tvingas släppa greppet.

Någon timme senare sätter jag mig på ett annat tåg, ett som går i motsatt riktning, söderut mot Dharampatnam. Landskapet blir alltmer likt det jag vant mig vid, små byar och gulnade fält som väntar på regn för att kunna ge en ny skörd av ris eller kanske sockerrör.

18

Tiden efter min återkomst blir dramatisk. I en grannby till Markapalle har någon under min frånvaro satt eld på en anläggning för hönsuppfödning som drivs av ett av de kooperativ som jag varit med om att skapa. Flera hundra höns har brunnit inne eller flytt undan lågorna. Byggnaden och ett stort lager med hönsfoder har också förstörts. Det är oroligt i byn. Rapporterna därifrån talar om våldsamheter och spänningar.

Det här får jag veta när jag kommer in på kontoret i Dharampatnam för ett rutinsamtal med min chef Assar Nygren. Händelsen inträffade tio dagar tidigare men trots det har ingen på kontoret tagit tag i saken. Ingen har skickats ut för att ta reda på vad som hänt.

"Vi tänkte det var bäst att vänta tills du kom tillbaka", säger Assar urskuldande. "Det är ju ditt projekt."

Det är i och för sig sant, men hans passivitet är minst sagt irriterande. Här har en händelse inträffat som är en katastrof för de berörda och som i ett vidare perspektiv är skadlig för hela vår verksamhet. Det handlar uppenbarligen om ett attentat och är ett skolexempel på vad som kan hända när våra projekt ruckar den rådande ordningen i en by. Ett snabbt ingripande hade behövts för att ställa allt till rätta och lugna ner stämningen. Men Assar har alltså bestämt sig för att göra det lätt för sig. Jag kan inte låta bli att påpeka det.

"Någon hade väl kunnat åka ut till byn för att kolla upp läget åtminstone. Det hade kanske dämpat spänningen något."

"Joo fast vi har ju haft både jul och nyår. Ont om folk, som du förstår, så därför tyckte vi att det var bäst att vänta tills du kom. Du känner ju folket i byn och dom har förtroende för dej. Men nu är det som det är. Så jag vill att du så fort som möjligt åker dit och kollar upp situationen."

"Och vad säger polisen?"

Assar svarar med en grimas och slår ut med händerna. "Vet inte, men polisen gör väl som vanligt ingenting. Antingen är dom mutade för att hålla tyst eller också är dom för fega för att ingripa."

Det har han förmodligen helt rätt i. Men han tycks inte förstå att samma kritik för passivitet kan riktas mot honom också.

Stämningen i byn är spänd när jag anländer. Vi är fyra man i jeepen. Förutom chauffören Mohan och tolken Dipak har jag fått med mig en väktare från kontoret, en storvuxen sikh beväpnad med ett Enfield-gevär. Det är tänkt att han ska inge respekt. Jag är inte helt övertygad om att detta är rätt taktik. Risken är stor att geväret snarast uppfattas som en provokation. Men jag viker ner mig eftersom både Mohan och Dipak insisterar på att våra liv annars skulle vara i fara.

När vi kör in i byn är jag benägen att ge dem rätt. Stämningen är verkligen hotfull. Min Gandhiinspirerade filosofi om ahimsa, icke-våld, känns som ett otillräckligt skydd mot de män beväpnade med påkar som står på vakt utanför husen på huvudgatan där de rika bor. Några av männen spottar efter oss och skriker något som jag uppfattar som hotfullt.

"Goons", säger Dipak. "Inhyrda gangsters".

Detta att hyra in banditer utifrån är en vanlig metod för att hålla nere den fattiga befolkningens krav på rättvis betalning. Det är något jag ofta läst om i de indiska tidningarna. Men här är det första gången jag ser det med egna ögon. Och det är första gången jag själv känner mig utsatt för hot. Jag kan lätt föreställa mig hur byns fattiga upplever situationen.

"Det är säkert dom där hejdukarna som har tänt på", kommenterar Mohan.

"Varför?"

Jag vet förstås redan svaret. Vårt projekt har utmanat den sociala stratifieringen i byn. Vi har också tagit ifrån penningutlånarna en del av deras lukrativa marknad. När folk ser att man kan få billiga lån för utveckling behöver de inte längre gå till ockrarna som kräver hundra procents ränta eller mer.

I dalitkvarteret möts jag av uppgivna och gråtande kvinnor. Några av dem är till en början också fientliga mot oss. Med deras logik är det ju jag som har ställt till med det elände som har drabbat dem.

Efter hand lyckas Dipak ändå få dem att lugna ner sig och vi går i samlad trupp till platsen där de nerbrända resterna av hönshuset vittnar om vad som hänt. Det är bara att konstatera att det är precis så illa som det sagts i rapporterna. Av byggnaden som inrymde hönshus och lager återstår bara några förbrända rester. Ett fåtal hönor har kunnat räddas och går nu och pickar på marken kring hyddorna. Förödelsen är faktiskt värre än väntat för vid släckningen av branden har vattnet i brunnen blivit förorenat. Mängder med sot och skräp har runnit ner i den. Detta är det allra värsta, för bristen på drickbart vatten gäller alla i dalitbyn, flera hundra människor.

"Men det finns väl andra brunnar i byn".

"Jo, men där tillåts vi inte hämta vatten. Brahminerna säger att vi är orena."

Jag utlovar på stående fot full kompensation för skadorna. Byggnaden ska återuppföras och nya kycklingar inskaffas. Dessutom ska vi borra en ny brunn, en som är djupare än den gamla. Detta har jag egentligen inte rätt att lova, men här gäller det att handla resolut. Och om det blir tjafs om den saken är jag beredd att ta strid med både min närmaste chef Assar och med administratörerna på huvudkontoret.

En sak återstår att ta tag i innan jag lämnar byn. Jag måste tala med företrädare för byrådet. Det gäller att markera klart och tydligt att vi har kommit för att stanna, att våra projekt kommer att fullföljas och att vi inte tänker låta oss skrämmas. Jag ber därför Mohan att köra tillbaka till de rikas del av byn.

Männen med påkarna har nu försvunnit från bygatan, men jag förmodar att de finns i närheten. Jag säger därför åt väktaren Rahul att stanna kvar i jeepen tillsammans med chauffören och att hålla sin Enfield väl synlig medan Dipak och jag söker upp byordföranden Virat Sharma. Jag har bara träffat honom en gång tidigare, men nu hälsar han mig som en gammal vän och är översvallande hjärtlig men ser skuldmedveten ut. Han inser uppenbarligen varför vi kommit.

"Det är så väldigt beklagligt det som hänt de stackars människorna där borta", säger han när vi sitter på hans veranda.

Jag avvaktar med mitt ärende medan vi avverkar hövlighetsfraserna. Sharma ler förbindligt och bjuder in mig på verandan till sitt hus. Kaffe kommer på bordet tillsammans med ett fat med kex. Samtalet går trögt medan vi känner varandra på pulsen. Det blir till slut Sharma som själv tar upp det oundvikliga ämnet om branden.

"En olycklig händelse", säger han.

Jag skakar på huvudet för att visa att jag inte köper hans försök till bortförklaring.

"Och hur kom det sig att det började brinna?"
"Ja, du vet hur det slarvas med elden".
"Slarv med eld, är det vad polisen säger?"
"Ja, vad skulle det annars kunna vara".
"Någon som ogillade kvinnornas projekt kanske?"
Sharma slår ifrån sig med båda händerna.
"Helt otänkbart." Sen lägger han efter en kort paus till. "Jo, möjligen i så fall nån av deras grannar som missunnade de stackars kvinnorna deras framgång".
"Eller nån utifrån, kanske. Jag såg några skumma typer med påkar på gatan här utanför för en stund sen".
Sharma stelnar till men låter sig inte provoceras.
"Dom där männen, ja dom dök upp för att söka arbete. Men när dom inte fick nåt så gav dom sej av igen. Obehagliga typer, såna vill vi verkligen inte ha här i vår fredliga by."
Folket i dalitkvarteret har gett mej en helt annan bild. De här männen har hållit till i området sen strax före branden och sedan dess har de ägnat sig åt att stoppa de lågkastiga som försökt hämta vatten ur tempelbrunnen. Men det kommer Sharma förstås inte att vidgå. Jag inser att samtalet har kommit till vägs ände. Jag dricker ur och säger att vi har viktiga ärenden att ta tag i inne på kontoret, men att vi kommer tillbaka snart för att sätta igång återuppbyggnaden av hönshuset och för att leverera en ny omgång kycklingar. Sen lägger jag till:
"Dessutom ska vi borra en ny brunn åt folket där borta för vattnet i den gamla har som du vet blivit förstört av sot från branden. Att borra en ny är ju nödvändigt eftersom prästerna har c förbjudit dom att hämta dricksvatten från tempelbrunnen. Det känner du säkert till. Varför har ni gjort så mot dom? Det är ju olagligt."
Sharma stelnar till. Han är själv brahmin och hans svar visar tydligt att han står bakom förbudet.

"Vi vill inte att vårt vatten ska besudlas".

"Besudlas?"

"Ja, de låga kasten är ju orena, det säger skrifterna".

"Men Indiens lagar säger att de låga kasten inte får diskrimineras. Det borde du som ansvarig för tillståndet i byn känna till."

Sharma rycker på axlarna. Jag tolkar det som att hit ut i byarna når inte den sortens lagstiftning som beslutats i parlamentets båda kamrar. Här ignoreras såväl Raja Sabha och Lok Sabha som högsta domstolen. Här är det de gamla skrifterna som fortfarande gäller.

På kontoret grymtar Assar först en del när jag avrapporterar och berättar om mina löften till byborna. Men han viker snabbt ner sig när jag beskriver alternativet. Om vi ger upp inför hotet från de lokala makthavarna och deras hejdukar så visar vi att vi är svaga. Ryktet kommer att sprida sig. Då går åratal av arbete i hela området om intet och det skulle innebära en enorm prestigeförlust. Det är ett argument som går hem. Utan vidare diskussion godkänner chefen de utfästelser jag gjort.

På vägen hem känner jag mig mer än nöjd med min dag. Jag har dels återställt lugnet bland daliterna i den brandhärjade byn och dels utmanat överheten i form av först brahminen Sharma och ovanpå det min chef Assar Nygren. Jag riktigt känner hur tuppkammen växer.

Också ur ett rent personligt perspektiv känns det bra. Jag upplever alltmer att jag har vuxit betydligt under den tid som gått sedan jag skickades ut i det stora okända.

Som en bekräftelse på att jag inte är helt fel ute kommer en tid därefter en förfrågan hemifrån om jag kan tänka mig att ställa upp som huvudansvarig instruktör under den årliga sommarkursen för nya biståndare. Det känns bra men också skrämmande stort, så jag ber om lite betänketid. På plussidan står att det innebär en förlängd vistelse där hemma när Sverige är som bäst. Dessutom är det en fjäder i hatten och säkert en merit med tanke på min fortsatta karriär. Men på minussidan står risken av att det kan uppstå nya problem om jag är borta från mina projekt i flera månader under den kommande sommaren. Det har ju visat sig att redan två veckors frånvaro kan vålla mycket elände.

Till sist svarar jag ändå ja. Ett avgörande skäl är ett brev från Eva, där hon skriver att hon längtar efter sommaren och så lägger hon till att hon hoppas att vi då kommer att få vara tillsammans igen.

19

Min andra vår i Markapalle blir en hektisk period med många nya projekt och jag ser mindre av Sunita än under hösten. Mitt i allt detta bestämmer sig min chef Assar för att ta en lång semester och utser mig till sin vikarie. Det innebär att jag har två jobb att sköta och att jag ofta måste ställa in lektionerna med Sunita. Jag hinner heller inte följa hennes arbete på planteringen som vanligt.

Så långt de rationella skälen när det gäller mitt förhållande till Sunita. Men det finns också ett annat. Dagarna och nätterna med Eva i Puri har fått mig att reflektera över mina båda relationer på ett nytt sätt. När det gäller Eva är det raka rör. Hon har gjort klart att hon ser mig som en tillfällig sexpartner och vid ett par tillfällen har hon halvt på skämt och halvt på allvar sagt att jag kommer att ställas åt sidan när Mister Charm med alla sina miljoner dyker upp. Hon försöker alltså att få vårt förhållande att framstå som en obetydlig episod att ta lätt på. Jag spelar med och säger att då får vi väl ta vara på den tid vi har då. Och så rullar vi runt i sängen. Men orden stör mig mer än jag vill visa. Självklart är vår relation både sporadisk och instabil. Den utgörs av korta intensiva perioder när allt annat känns oviktigt och sedan långa uppehåll fylld av ömsom längtan att få träffa henne på nytt och ömsom hopplöshet över insikten att det inte finns någon framtid för oss tillsammans. Men samtidigt är hon min första riktigt stora kärlek.

Med Sunita är problemet delvis det omvända. Hon är ständigt närvarande. Ett attraktivt orosmoln i min ungkarlstillvaro. Jag ser henne om dagarna i arbete ute bland hennes odlingar och ibland om kvällarna när vi sitter på min veranda och i fotogenlampans sken arbetar oss igenom de alltmer avancerade läroböcker i engelska som jag förser henne med. Jag lockas av hennes leende och av brösten som spänner innanför blusen. Men det stannar vid tankar. Vi rör inte vid varandra och Tara finns alltid i bakgrunden och håller sin dotter under uppsikt.

Jag undrar ibland hur vår relation skulle utvecklas i en annan miljö, om hon skulle kunna omplanteras, men det måste stanna där. Hon är fast förankrad i den indiska myllan med ansvar för försörjningen av sina barn. Av Tara får jag veta att friare har hört av sig. Sunita är ju visserligen änka och därmed lågt rankad på den lokala äktenskapsmarknaden där unga oskulder är idealet. Men hennes nyvunna välstånd, så relativt det än är, har gjort att hennes status förbättrats. Allt enligt Tara och med reservation för den språkförbistring som råder mellan henne och mig. Vårt gemensamma ordförråd, en mix av telugu och engelska och teckenspråk, är begränsat.

Sunita säger själv ingenting. Kanske vet hon inte ens om vad som pågår, eftersom ett eventuellt omgifte är något som avhandlas över hennes huvud. Det är familjens överhuvud som bestämmer, i det här fallet Taras sjuke far Arun och hennes farbror Prashid, en man som bor i en by på flera kilometers avstånd. Han dyker upp då och då och lägger sig i vad Sunita gör och inte gör. Till en början hade han invändningar mot det mesta, både sånt som gällde Sunitas sätt att använda marken och så detta att hon kommer till mig för att få lektioner i engelska. Men Tara övertygar honom om att hon vakar noga över sin dotters heder och får honom att förstå att det kan löna sig för honom att odla min vänskap.

Ungefär så tror jag att det går till. I alla händelser dyker denne Prashid en dag upp med en önskan om att också hans by ska få en dricksvattenbrunn. Något sånt projekt finns inte med på vår priolista, men i min egenskap av tillfällig platschef lovar jag att komma över för att se vad som kan göras. Detta löfte skaver lite i samvetet. Det här innebär att jag tar ett första steg in på korruptionens sluttande plan. Men jag känner att steget är så litet att jag kan leva med det. Daliterna i farbror Prashids by är i lika stort behov av rent dricksvatten som alla andra. Så tänker jag och dövar på så sätt mitt samvete.

Några dagar senare tar jag alltså med mig mina båda följeslagare Mohan och Dipak för att inspektera förutsättningarna. Byn Amarapathi ligger längre inåt land och på en högre nivå än Markapalle vilket betyder att den är mer utsatt för svår torka. Behovet av hjälp är helt uppenbart mycket stort. Jag ser en extremt fattig by och förhållandena i daliternas del av byn är rent bedrövliga. Det handlar inte bara om vattenbrist. Eftersom Amarapathi ligger långt bort från närmaste stad är det svårt för invånarna att få avsättning för de grönsaker och kryddor som odlas. Det är under långa perioder ont om arbete och inkomsterna är låga. Det syns tydligt på människornas klädsel. Så många trashankar och så eländiga hyddor har jag aldrig tidigare sett.

Behoven är alltså enorma och det känns futtigt att det enda jag kan lova för stunden är en djupborrad brunn som ska säkra daliternas dricksvattenförsörjning. Men våra resurser är alltför knappa för att dra igång några större projekt. Det saknas både personal och pengar.

För mig personligen innebär ändå besöket i Amarapathi en framgång. Löftet om en dricksvattenbrunn har fått Prashids prestige att växa eftersom det är han som kan ta åt sig äran av att brunnsprojektet dras igång, och det betyder i sin tur att han nu snarare ser mig som vän än som fiende och som ett medel att utnyttja.

Framgången i byn Amarapathi kommer lägligt också ur ett annat perspektiv. Det stärker min självkänsla. I ett brev till mina föräldrar skriver jag att jag faktiskt gör nytta med det arbete jag håller på med och ger dem några exempel på vad jag har uträttat. Särskilt nämner jag min roll som problemlösare. Jag känner att denna dos av självskryt är nödvändig för att bemöta deras ständigt återkommande antydningar om att jag borde tänka på min framtid. De vägrar ge upp drömmen om att jag ska lämna biståndsverksamheten för att komma hem och göra karriär i banken där min far i egenskap av direktionsmedlem har möjlighet att ge mig en flygande start.

Jag tackar dem för deras omsorger men säger att jag inte har några planer på att byta yrke. Jag rundar av brevet med orden:

Som ni kan förstå av det jag berättat om vad jag sysslar med här i min indiska by så känner jag mig behövd. Jag skulle göra många människor besvikna om jag övergav dem. Min plats är för stunden här i Markapalle, men i framtiden ser jag hela världen som mitt arbetsfält. Behoven är enorma och jag är övertygad om att jag har många viktiga arbetsuppgifter framför mig.

Er tillgivne son Bertil

20

Det går bra för Sunita. Summan på hennes bankkonto växer stadigt och hon känner sig alltmer övertygad om att hon ska utvidga sina odlingar. Ibland undrar jag om hon inte håller på att bli fartblind. Jag försöker varna henne för riskerna.

"Tänk om dina odlingar skulle drabbas av skadeinsekter eller om vattnet i kanalen sinade. Och vad skulle hända om du blev sjuk och inte orkade arbeta så hårt som du gör".

Hon viftar indignerat bort mina invändningar.

"Lakshmi kommer att vara god mot mej i fortsättningen också. Jag går ju till templet och offrar till henne en gång varje vecka..."

Mina varningsord väger lätt mot den fyrarmade och populära gudinnan Lakshmi. Hon står för allt från fruktbarhet och välstånd till lycka och skönhet, och hon är helt klart Sunitas favorit i den stora och komplicerade hinduiska gudavärlden.

I början av mars ställs frågan om Sunitas expansionsplaner på sin spets. Hon har nu fått ett erbjudande om att köpa den mark hon tidigare talat med mig om. Det handlar om två tunnland, vilket är en yta mer än dubbelt så stor som den mark hon redan äger. Jorden har legat i träda i några år och det kommer att krävas mycket arbete för att väcka liv i den. Men priset är överkomligt. Hennes ansikte lyser av entusiasm när hon berättar.

"Kan du komma och titta?"

Marken hon hoppas komma över ligger på andra sidan bevattningskanalen men inom synhåll från hennes hydda. Vi når fram till den genom att balansera på en smal spång över bevattningskanalen, där nivån nu under torrperioden har sjunkit betydligt. Det gör mig orolig. Jag stannar upp på spången och pekar ner mot den smala strömfåran under oss.

"Tänk om den torkar upp helt, vad gör du då? Du vet ju hur törstiga dina plantor är".

"Då får jag väl välja sånt som klarar torkan. Det är ju bara en kort tid varje år som det ser ut så här."

Vi har kommit över kanalen och står på den teg hon tänker köpa. Den har inte odlats på flera år och är därför i mycket dåligt skick. Familjen som äger den har lämnat byn för att jobba i delstatshuvudstaden Hyderabad.

"Men orkar du verkligen med det här, Sunita? Du kommer att få jobba hårt. Se bara så hård och uttorkad jorden är. Och sen har vi det där med bevattningen. Den bortre delen ligger en bra bit från kanalen."

"Jag vet, men det finns många som vill ha jobb… och Ashok har lovat bygga en pumpanläggning åt mej."

Hon är oemotståndlig i sin iver, och jag låter mig smittas av hennes entusiasm. En snabb genomgång av hennes ekonomiska kalkyl säger mig att hon skulle klara av köpet. Det begärda priset är överkomligt och hon har mer än halva summan på sitt konto. Det lär inte bli svårt för henne att få ett banklån för resten. Som jag ser det är det en bra investering. Men jag oroar mig ändå för att hon kommer att knäcka sig.

Hon lyssnar på mina invändningar, men i slutändan bestämmer hon sig trots allt för att slå till.

För att se till att allt kring köpet går rätt till sätter jag kontorets indiske ekonomichef i arbete med att kolla upp affären och att anlita en jurist för att få alla de rätta stämplarna och underskrifterna på köpehandlingarna.

Det tar några dagar och innebär ytterligare en del kostnader, men det sätter jag upp som en utgiftspost för ett pilotprojekt. Det är en rund och svårtydd beskrivning, men i min egenskap av tillförordnad chef behöver jag inte förklara den närmare för någon.

Sunita är tacksam för hjälpen men samtidigt är hon bekymrad över att allt tar så mycket tid och att hon är till besvär. Jag viftar bort det hela med att det är en del av mitt jobb. Detta är bara delvis sant. Det hör knappast till mina arbetsuppgifter skjutsa henne fram och tillbaka till stan och att sitta med vid alla dessa möten med advokater och myndighetspersoner. Men jag vet att utan mitt stöd skulle affären inte ha kommit i hamn utan att hon hade behövt betala en massa pengar i mutor.

Allt tar tid men i slutet av april är allt klart, alla papper underskrivna och slutlikviden betald. När vi återvänder hem från banken i stan den dagen skockas nyfikna bybor kring jeepen för att få se dokumentet som visar att Sunita nu är rättmätig ägare till ett stort stycke mark. Detta är något enormt. Det har tidigare aldrig hänt att en shudra, och därtill en änka, kunnat köpa mark. Det vanliga är det motsatta, att de fattiga tvingas sälja av mark till byns penningutlånare för att betala sina skulder. Därför känner jag mitt i glädjen en viss oro för vad som kan hända framöver. Hur kommer byns rika att reagera? Kommer det att bli en upprepning av händelserna i den där andra byn där hejdukar hyrdes in och där ett av våra projekt utsattes för mordbrand. Jag hoppas att min närvaro i Markapalle ska hindra en sån utveckling men säker är jag inte.

Senare den här kvällen kommer Sunita över med en present, en flaska med en lokal hälsodryck.

"Den ger dej hälsa och … och många barn."

Hon ler generat när de sista orden kommer över hennes läppar.

Jag reser mig och tar ett steg mot henne för att ge henne en spontan kram, men hejdar mig. Även om min terrass ligger i mörker finns det många ögon där ute. Jag nöjer mig alltså som vanligt med att föra samman händerna och frågar om jag får bjuda på något. Hon skakar på huvudet och säger som hon brukar.

"Det passar sej inte, inte nu när Tara inte är här..."

Så försvinner hon i mörkret. Tillbaka till sin värld, till den enkla hyddan i kanten av hennes odlingar. Hyddan har visserligen fått ett nytt tak, ett som står bättre emot skyfall, men den är fortfarande enkel och trång. Vid lägligt tillfälle tänker jag säga att det är dags för henne att prioritera sitt och familjens boende.

Först efteråt kommer jag på att det var något annorlunda med henne den här kvällen. Hon var som seden föreskriver fortfarande klädd i vit sari men hon hade bytt ut änkans svarta bindi i pannan mot en röd. Rött som för hinduer kan stå för såväl heder och välstånd som för kärlek och sensualitet. Vad ska jag tolka in i det? Kanske inget alls, det kan ju vara så enkelt som att den röda bindin inte är något annat än en dekoration, ett utslag av kvinnlig fåfänga.

21

Monsunen drar in från Bengaliska viken med åska, regn och kraftiga vindbyar dagen innan jag ska lämna Markapalle för att flyga hem till Sverige. Väderskiftet kommer senare än vanligt men när det slår till sker det överrumplande och med våldsam kraft. Skyfallen följer på en lång torrperiod som fått lerjorden på åkrarna att spricka och när det livgivande regnet till sist kommer så är marken inte redo att ta emot skänken från ovan. Fälten översvämmas av lerbrunt vatten och bygatan har efter ett dygns ihållande och kraftigt regn förvandlats till en flod.

Mohan kör långsamt genom vattensamlingar som når högt upp på hjulen. Men han tycks inte vara oroad. Han är liksom alla andra van vid att naturen både ger och tar, ger liv och tar liv.

"Det ser ut att bli en bra monsun", säger han.

Bra betyder riklig. Men monsunen är också dödlig. Jag undrar hur många hundra indiska liv den kommer att skörda den här säsongen. Tidningarna rapporterar redan om människor på flykt undan vattenmassorna i Kerala i sydligaste Indien, där monsunen kom tidigt. En damm har brustit vilket krävt flera liv. Dessutom saknas tre fiskebåtar och besättningarna befaras ha omkommit.

Men mest skrivs det om monsunen i positiva termer. Ministrar säger att de hoppas på tillräckligt med nederbörd för att det ska bli en god spannmålsskörd som stärker landets ekonomi. Sunita delar den synen. Kvällen innan har jag frågat om hon inte är oroad för vad monsunen kan ställa till med om den nu blir så riklig som meteorologerna siar om och svaret blev tveklöst.

"Utan regn, ingen bra skörd".

"Men om dina växter skadas av skyfallen. Tänk om ytjorden spolas bort".

"Lakshmi kommer att skydda oss".

Alltid denna tillit till favoritgudinnan. Nu förväntas hon tydligen också fungera som ett slags skördeskadeförsäkring.

Monsunen har ännu bara nått kustområdena. Redan efter en halvtimmes flygning inåt land är scenen en helt annan. Marken under mig är sönderbränd och luften disig. När jag byter plan i New Delhi möts jag av 45-gradig hetta och samma snustorra luft som jag har levt med i byn under de senaste månaderna.

När planet går in för landning på Arlanda ett halvt dygn senare är landskapet helt annorlunda. Jag ser skir försommargrönska under mig vid inflygningen och när jag kommer ut från terminalen är luften så sval att jag huttrar, ovan som jag är vid svenskt försommarväder.

Ovan också vid den sociala miljö jag möter efter en natts förflyttning från en värld till en annan. På Arlanda finns inga högljudda försäljare som bjuder ut sina varor och inga fixare som sliter i mig för att dra mig till deras taxi och som utmålar sin farbrors hotell som stans enda och bästa. Människorna jag möter är fortfarande vinterbleka och de flesta bär kläder i nertonade färger. Det som var naturligt före utresan för snart två år sedan känns nu både färglöst och främmande.

Det är ändå skönt att vara hemma i Sverige igen. En vistelse på nära tre månader ligger framför mig. Jag ska inleda med ett par dagar på kontoret före mina fyra arbetsveckor på kursgården. Därefter följer fem veckors semester som jag ska tillbringa ute i skärgården, och allra sist har man lagt in ytterligare några dagar för samtal inne på huvudkontoret innan det är dags att återvända till Indien. Varför alla dessa dagar för samtal frågar jag mig. Det innebär att jag kommer att vara tillbaka i Markapalle först i månadsskiftet augusti-september.

"Är det verkligen klokt att jag är borta så länge?" frågar jag mina chefer. "Mycket kan gå på tok... kanske borde jag ta ut en del av min semester lite senare."

"Du måste lära dej att delegera och att inte dalta för mycket med folk. Förr eller senare måste ju ett projekt vara självgående".

"Jo, men en ersättare har kanske inte samma personliga engagemang och ett par av mina projekt är inne i kritiska skeden".

Jag tänker första i första hand på Sunita. Det känns lite oroligt att lämna henne just nu när hon genom markköpet har ansträngt sina ekonomiska resurser till bristningsgränsen. Om jag vore på plats skulle jag kunna gripa in omedelbart om något oförutsett inträffade. I värsta fall genom att backa upp med ett personligt lån. Sånt går inte att delegera.

Men nu befinner jag mig på flera hundra mils avstånd och det är ingenting jag kan göra åt saken. Jag får hoppas på det bästa och se fram emot en fin och avkopplande sommar som ger mig tillfälle att ladda batterierna. Det behövs efter en tuff vår. Men innan jag kan koppla av har jag alltså fyra veckors undervisning. Det är en ny situation för mig och jag känner mig spänd inför denna utmaning. Jag är osäker på om jag kan leva upp till de förväntningar som ställs på mig. Vad har jag att dela med mig av? Jag har ju bara varit ute i fält i knappt två år.

Det har också gått två år sedan jag mötte Eva för första gången på introduktionskursen. Hur hon tänker tillbringa sin sommar är oklart. Jag vet inte vare sig när eller

144

ens om hon tänker komma hem till Sverige den här sommaren. Hon har inte svarat på mina senaste brev, där jag bad henne berätta om sina semesterplaner. Jag har faktiskt inte hört av henne sedan i början av april och då var det i form av ett vykort från Thailand med motiv från Koh Samui: *Jag är här med vänner, Puss!* Vänner, skrev hon. Jag tolkar det som att hon den här gången i alla fall inte är där tillsammans med ex-maken och barnen.

22

Kursgården är sig lik och sjön ligger lika inbjudande som vanligt. Det enda som inte är som vanligt är min roll. Jag har den här gången bytt sida. Eleven har blivit lärare och det innebär att jag i och med denna högre status är berättigad till ett eget rum i övervåningen på huvudbyggnaden med tillgång till ett stort sällskapsrum där kursledningen kan umgås ostört. Allt detta kan låta som självklarheter, men för mig innebär det en stor förändring jämfört med de tidigare somrarna.

"Välkommen i veterangänget", skrockar Paul Svensson när vi ses den första dagen. "Väldigt bra att du var villig att ta över efter mej. Jag har en känsla av att du kommer att gå långt i organisationen. Det där reportaget i tidningen är fin PR."

Formuleringen gör mig osäker. Spårar jag bitterhet och avundsjuka i det hans sagt? Ser han mig som en usurpator? För att få klarhet säger jag:

"Men nu när du ändå är här så kanske du kan bistå med lite tips. Du kanske skulle kunna ta över en del av mina lektioner…"

Paul slår ifrån sig med båda händerna.

"Inte fan heller. Det behövs nytt blod, nya erfarenheter. Det går inte att köra samma gamla raspiga skiva år efter år. Man börjar ju bli lite ringrostig, för det är många år sen jag senast arbetade ute på fältet. Dessutom har jag fått annat att göra och är fullt upptagen med det. Jag sitter ju i ledningsgruppen numera. Det var faktiskt jag som föreslog att nån yngre med färska erfarenheter från fältet skulle ta den delen av undervisningen. Och då föll ögonen genast på dej."

Hans röst är vänskaplig och oron från nyss om att Paul skulle känna sig undanskuffad försvinner. Jag drar en suck av lättnad och slickar i mig av det han sagt om att jag har en framtid inom organisationen.

"Men ändå, Paul. Det här uppdraget att undervisa kom överraskande. Är jag inte lite för grön för ett så viktigt jobb? Att hålla ett enstaka föredrag som i fjol är en sak, att ha huvudansvar för en kurs nåt helt annat."

"Det går säkert bra och det behövs nån med färska erfarenheter, mina börjar som sagt bli lite nattståndna."

"Det märks inte. Du ska veta att du var den mest uppskattade föreläsaren på kursen jag gick för två år sen."

"Och har du haft nån glädje av mina råd?"

"Absolut…"

"Inga fyllefester och inga fruntimmersaffärer som upprör det lokala etablissemanget?"

Jag skakar på huvudet och pressar fram ett leende.

"Vit som snö", säger jag och lägger sen till: "En vis gammal man varnade mej nämligen före avresan till U för vad allsköns försyndelser och frivoliteter skulle kunna leda till".

"Haha, den var god. En vis gammal man, det ska jag berätta för mina barnbarn".

Min uppgift som instruktör är relativt enkel. Jag ska i första hand ge kursdeltagarna de praktiska råd som behövs för den som reser ut på sitt allra första u-landsjobb. Men jag har också blivit ombedd att presentera en fallstudie, ett exempel på en framgångssaga.

De som ska ut kan behöva nåt upplyftande. Nåt som inger hopp om att det vi håller på med är meningsfullt, har kursledaren skrivit i ett av de många fax som vi utväxlat inför kursen. Jag har föreslagit att han ska läsa artikeln om Sunitas plantskola i medlemstidningen som just kommit ut med årets första nummer. Kan det vara något att bygga en föreläsning på? Det köper han omedelbart.

Och nu står jag alltså i konferenssalen på kursgården och berättar om Sunita medan diabilderna som jag tagit under resans gång illustrerar framgångssagan. Allt från de första bilderna där hon står i sina trasiga paltor i en leråker under mitt första besök i byn till de senaste som jag tog i samband med att köpeavtalet om hennes markförvärv skrevs under på banken.

Det är en märklig upplevelse att stå där i den mörklagda salen och se henne komma emot mig på den stora vita duken. Ofta med blicken riktad rakt in i kameran. En förvånad och lätt förskräckt blick på en av de första bilderna när hon står ute i bevattningskanalen och tvättar sina och barnens kläder och plötsligt upptäcker att jag tagit fram kameran. På den sista bilden en stolt leende kvinna på trappan utanför banken i sin vita änkesari. Däremellan bilder av henne i arbete ute på fältet, på marknaden inne i stan och tillsammans med barnen framför hyddan,

Jag är tacksam för halvmörkret och anstränger mig att hålla en neutral berättarton. Men har nog inte lyckats helt, för under diskussionen efteråt kommer frågorna och kommentarerna som jag helst skulle vilja slippa.

"Så vacker hon är".

"Varför gifter hon inte om sej?"

Och så till sist;

"Rena Askungesagan, varför spelar du inte prinsens roll?"

När skratten lagt sig svarar jag torrt och retoriskt:

"Har ni inte uppfattat nånting av det jag har sagt, om hur känsligt det är med relationer mellan utsända biståndare och lokala kvinnor?"

148

Det sätter punkt för diskussionen. I den här gruppen finns ingen som ställer utmanande frågor av det slag Eva gjorde på vår kurs två år tidigare.

"Snyggt turnerat", kommenterar Paul Svensson efteråt. "Men medge att du har varit frestad..."

"Du om någon vet ju vad som gäller", replikerar jag. "Du har ju själv preciserat gränsen för vad som är tillåtet. Se men inte röra".

"Ingen fara, Bertil", svarar han och klappar mig på axeln. "Bara en gammal mans minnen som tränger på. Oss emellan så har vi alla, många av oss i alla fall, och undertecknad inte undantagen, varit utsatta för frestelser. Det är med oss biståndare som med katolska präster, inte lätt att leva i celibat när man omges av så mycket naken hud och gungande bröst."

Han gör en konstpaus. Sen lägger han till.

"Men du tycks ju ha stått emot..."

Han skrattar till och lämnar sen rummet med ytterligare en vänskaplig klapp på axeln. Men den känns oäkta. Det han sagt tyder på att man alltså har koll på mig. *Du tycks ju ha stått emot*, har han sagt. Jag undrar om någon rapporterat och i så fall vem det är och vad det står i akten som kanske ligger gömd i ett kassaskåp på huvudkontoret. För stunden undanstoppad men möjlig att leta fram vid behov.

Vad det än står i akten, om den nu finns, så tycks de inte stå i vägen för min karriär. En av de sista dagarna föreslår Paul Svensson att vi ska ta en promenad,

"Det är en sak jag vill prata med dej om".

Jag stelnar till. Kanske märker han det för han ligger snabbt till.

"Vi har ett uppdrag som jag tror kan intressera dej".

"Vi?"

"Ja, som jag redan berättat så sitter jag i ledningsgruppen numera och vi letar efter någon som kan förstärka det vi kallar för brandkåren. Det är alltså en grupp medarbetare som rycker ut när det uppstår plötsliga kriser. Det kan vara externa händelser som naturkatastrofer eller politiska omvälvningar som gör att vår verksamhet behöver en tillfällig förstärkning. Det kan också vara nåt som har gått snett inom organisationen. En nyckelperson som blir sjuk eller går in i väggen."

Paul har stannat i uppförsbacken. Han andas tungt.

"Nåå, vad säger du?" pressar han fram.

"I och för sej intressant. Smickrande också. Men jag vet inte om jag räcker till. Jag har ju inte jobbat mer än två år, det måste finans nån med mer erfarenhet för ett sånt jobb".

"Det är faktiskt tveksamt. Det finns mycket som talar för dej. Det handlar bland annat om din familjesituation. Folk med fru och barn är inte lämpade för den här typen av uppdrag. Du har rätt i att du har relativt liten erfarenhet men det vägs upp av att du är lättrörlig. Det här är som du säkert förstår inget nio-till-fem-jobb. Den som åtar sej jobbet får räkna med att tillbringa en och annan jul eller midsommar borta från nära och kära. Alltså bra om man inte har så många band av den sorten. Det är ont om såna medarbetare".

"Men jag har en hel massa projekt på gång."

"Jag vet. Så är det för alla. Man står alltid mitt uppe i nåt som känns viktigt men dom där projekten du talar om kan säkert drivas vidare av nån annan."

"Men..."

Längre kommer jag inte innan Paul håller upp handen.

"Jag vet vad du tänker säga. Jag kan argumenten. Du är å ena sidan oersättlig vad gäller det du håller på med

150

och å andra sidan för ung och för oerfaren för det nya jobbet. Jag förstår hur du tänker men köper inte slutsatsen. I så fall skulle det aldrig bli möjligt för dej att gå vidare."

Pauls röst är bestämd när han fortsätter.

"Du kan naturligtvis tacka nej men jag råder dej att ta chansen. Se det som ett första viktigt steg i karriären, för jag utgår från att du är intresserad av att fortsätta arbeta inom biståndet. Dessutom är jag personligen intresserad av att du tar det här jobbet, för det är jag som leder den här krisgruppen och den är i akut behov av förstärkning. Jag orkar inte längre flyga omkring i världen lika mycket som jag har gjort de senaste förti åren. Dessutom har en av mina medarbetare skaffat barn och är inte lika rörlig som förr. Vi söker alltså någon som är ung och obunden och villig att ta för sig".

"Och den personen skulle vara jag?"

"Just det. Vi har följt ditt arbete. Du har nått bra resultat på fältet och du verkar klara av det administrativa också. Det gick ju bra när du vickade för din chef i våras och nu hör jag att han tänker ta ut en massa gammal semester och OB och lämna över rodret till dej på nytt."

"Joo, men..."

"Tänk i alla fall på saken, fast inte för länge."

"Okej, men jag har några rätt stora projekt som jag måste avsluta."

"Vi säger så här, Bertil. Du funderar på saken och ger mej ditt besked innan du åker tillbaka och sen tillträder du nån gång kring nyår eller senast en liten bit in på det nya året".

"Du tycks ta ett ja för givet".

"Ja, för jag har varit i samma sits, även om det är länge sen".

"Och villkoren?"

"Intressanta arbetsuppgifter och ett rejält lönelyft förstås. Detaljerna får vi ta sen när du har tänkt färdigt".

Tankarna virvlar. Jag önskar att jag hade någon att anförtro mig åt. Men de som finns i min omgivning bidrar snarare till att öka förvirringen. Mamma drar i mig för att jag ska visa lite uppmärksamhet åt *söta lilla Daniela*. Pappa tycker fortfarande att jag ska börja tänka på det som han kallar ett riktigt jobb. Kompisarna från förr, som jag tar en öl med under de ljumma stockholmska sommardagar som följer på kursveckorna är helt otänkbara som bollplank. Jag känner att vi inte har särskilt mycket gemensamt längre. Deras studentikosa skämt går inte hem som förr. Och fortfarande inget livstecken från Eva som är den enda som jag skulle kunna föra en seriös diskussion med.

Det kommer ett brev från Sunita, hennes första någonsin, skrivet med vackra skolboksformade bokstäver där hon berättar att hon och barnen och Tara mår bra och att monsunen varit god och att hon hoppas att jag mår bra. Brevet gör mig både glad och förvirrad. Glad över att hon ansträngt sig och jag tolkar brevet som ett tecken på att hon saknar mig även om hon inte skriver så. Förvirrad därför att hon, eller snarare mina känslor för henne, är en del av det problem som jag just nu brottas med.

Samtidigt ökar trycket från mina chefer. Under ett möte på huvudkontoret efter kursens slut blir det alltmer uppenbart att jag faktiskt inte har något val, trots Paul Svenssons mjuka formuleringar. Högste chefen gör klart för mig att de har bestämt sig. Min tid i Indien är över. Jag behövs på annan håll. En ersättare har redan utsetts och kommer att tillträda nån gång kring årsskiftet.

"Du ska veta att vi är nöjda med de resultat du gjort. Men nu väntar större uppgifter. Paul har ju redan briefat dej om det..."

Deras sätt att uttrycka sig får mig att undra om de ändå inte misstänker att jag har en affär med Sunita och att det är det som är orsak till den här förändringen. Kanske har Assar nämnt något i sina rapporter eller är det möjligen den där delegationen som var på besök som har sladdrat? Jag bestämmer mig för att ta tjuren vid hornen och ringer upp Paul. Han förnekar först att det kommit någon rapport.

"Vi har inga hemliga poliser som rapporterar..."

"Men en så kallad orosanmälan kan ha kommit in?"

Han tar ett djupt andetag. Åtminstone tar han tid på sig för att formulera sitt svar. Redan detta är en halv bekräftelse.

"Låt oss säga så här, och detta är oss emellan. Ja, det har kommit en del halvkvädna antydningar, men så vitt vi kunnat se har inget otillbörligt skett mellan dej och damen i fråga".

"Men det har sladdrats och för säkerhets skull vill ni mota Olle i grind?"

"Nåt i den stilen kanske man skulle kunna säga. Om det hade funnits saklig grund, för att tala juristspråk, så hade du kallats hem och placerats på ett så tråkigt kontorsjobb att du hade sagt upp dig."

"Och nu sparkar ni mej istället snett upp till vänster..."

"Inte alls. I vår lilla organisation har vi inte råd med sånt. Ta det istället för vad det är, en befordran och inget annat. Det har du mitt ord på".

23

Eva hör av sig. Hon är på ett kort besök i Sverige och vill att vi ska ses. Jag är ute i skärgården, men mina föräldrar är där och för att slippa bli störda av dem så föreslår jag att vi ska träffas inne i stan dagen därpå. Vi kommer överens om att äta lunch ute i det fria på Rosendals trädgård på Djurgården.

Jag förväntar mig att hon ska komma klädd i shorts och t-shirt. Det är den bild jag har av henne. Men hon överraskar mig när hon seglar in bland borden under äppelträden i en elegant sommarklänning och sandaletter med skyhöga klackar. Klänningen är djupt skuren, axlarna bara. Hon koketterar, svänger runt på tå så kjolen når högt upp på låren. Sen kommer hon leende in i min famn. Jag kysser hennes kinder, men hon glider undan när jag söker hennes mun.

"Mitt nya jag".

"Jag noterar det. Vadan detta?"

"Det här…"

Hon håller fram handen och en ring som gnistrar i solskenet. Stenen är stor och ser dyr ut.

"Det var som …"

"Överraskad?"

"Medges. Väldigt mycket. Du kunde väl ha skrivit och berättat".

"Du vet hur dålig jag är med brev och sånt. Jag tyckte det var bäst att vänta tills vi träffades".

Hur länge har det pågått, frågar jag mig. Det är bara ett halvår sen hon låg i mina armar på hotellet i Puri. Men vilken rätt har jag att undra. Vare sig då eller tidigare har vi gett varandra några löften. Hela tiden har vi, särskilt hon, sagt att vi bara är världens bästa knullkompisar och att det förstås aldrig kan bli nåt mer än så. Jag försöker slå an en lättsam ton.

"Så din Mister Charm, han med alla miljonerna, har dykt upp".

Den rike drömprinsen som vi har skämtat om. Nu är det på riktigt konstaterar jag tyst för mig själv.

"Kan man säga."

Hon lägger sin hand över min.

"Han heter Oliver och har varit i Dhaka för att förhandla om inköp litet då och då. Familjen äger en butikskedja som köper mycket från Bangladesh. Vi sågs ganska ofta på fester och mottagningar. Bara sågs alltså tills för några månader sen. Men så i våras klack det till. Två ensamma själar, ja du vet. Vi åkte på semester till Koh Samui, du fick ju ett kort eller hur…"

Jag nickar stumt.

"Och nu är ni förlovade och ska ni gifta er?"

"Ja hans familj tycker det är bäst så nu när vi ska bosätta oss i London".

"Ditt jobb då?"

"Jag har sagt upp mej. Oliver säger att jag inte behöver tänka på vare sej jobb eller pengar och att jag säkert kan hitta nåt som håller mej sysselsatt i England. Förresten så är jag rätt trött på det jag håller på med. För mycket byråkrati och för lite verkstad".

"Jag trodde du såg jobbet som ett kall".

"Jag vet. Det var så, men entusiasmen har svalnat betydligt nu när jag har sett biståndandet på nära håll i två år. Allt vi kan visa upp som resultat är små oaser av relativt välstånd i en öken av fattigdom och förtryck."

"Är inte det lite väl negativt?"

"Se på dej själv. Kommer du inte ihåg vad du har sagt när vi pratat om saken. Några få människor som lyfts ur dyn. Är det verkligen meningsfullt?"

"Som jag ser det så är svaret trots allt ett ja".

Jag berättar om det nya uppdrag jag blivit erbjuden och märker till min egen förvåning att jag talar entusiastiskt om det. Att jag ser ljust på mina möjligheter att göra nytta i ett litet större perspektiv.

"Och damen du lämnar i Indien?"

Jag stelnar till och ser förvånat på Eva. Vet hon något om Sunita? Jag bestämmer mig för att låtsas oförstående.

"Vilken dam?"

"Larva dej inte. Fattar du inte att det är därför du kommer att bli förflyttad. Alla på kontoret pratar om dej och den där kvinnan. Det har man gjort ända sedan dom såg bilden på dej tillsammans med henne i tidningen".

Det förklarar en och annan retsam replik från kollegorna uppe på huvudkontoret. Jag slår irriterat ifrån mig och känner att jag kan göra det med rent samvete. Utåt sett är det i alla fall helt rent. Vad som rör sig i mitt inre kan Storebror inte se. Jag slår an en indignerad ton.

"Folk snackar så mycket skit. Det är faktiskt inget mellan Sunita och mej. Inget sexuellt förhållande i alla fall. Det fattar du väl, du vet ju själv hur det är ute i byarna. Alla vet allt om alla. Och vi har våra gränser som inte får överskridas."

Lunchen blir lång. Efteråt tar vi båten in till Gamla stan, slår oss ner på en uteservering på Stortorget och dricker ett par stora starka. Sista båten ut till ön hinner gå. Jag föreslår att vi ska förflytta oss till mina föräldrars Östermalmsvåning med takterrass och magnifik utsikt över Nybroviken och Skeppsholmen.

"Vi kan beställa hem nåt att äta".

"Jag vet inte".

Hon smeker ringen som en förklaring till sin tvekan.

"Jag lovar att vara exakt så mycket gentleman som situationen kräver".

"Det tror jag vad jag vill om. Men okej…"

Hennes okej visar sig vara ett ja till sex. Vi älskar i mina föräldrars stora breda säng men för första gången känns det som om hon inte är med, och natten är fortfarande ung när hon gör sig fri.

"Cinderalladags".

"Måste du?"

"Han kan ringa…"

Jag följer med ner på gatan till taxin. En lätt kyss inför ögonen på chauffören, sen är hon borta. Ett minst sagt snöpligt farväl som med stor sannolikhet är vårt allra sista.

24

Det är fullt med sommarklädda och glada semesterfirare på skärgårdsbåten när den lägger ut från kajen nedanför Nationalmuseum. Mina föräldrar har ställt till med kräftskiva och de insisterar på att jag bara måste komma ut. Jag har motvilligt accepterat fast jag hellre skulle vilja stanna kvar i stan, ströva längs kajerna och fundera på framtiden och på tomrummet efter Eva som har försvunnit ur mitt liv och på min hopplösa relation med Sunita.

Vad jag minst av allt behöver just nu är en skränig kräftskiva. Men jag vet att det skulle såra min mor om jag tackade nej, därför sitter jag nu här på båtdäcket och försöker se så positivt som möjligt på såväl den förestående festen som på de få dagar som återstår av min långa Sverigesommar.

Några av de andra gästerna anländer med samma båt. Jag presenteras för dem på ångbåtsbryggan där mina föräldrar har mött upp. Det är mest medelålders par, pappas kollegor på banken, några väninnor från mammas skoltid och deras respektive. Min lillasyster Tina, som inte längre är så liten, har kommit ner till bryggan med flakmoppen för att ta hand om bagaget. Hon ger mig en stor kram och viskar att det är en massa saker som vi måste prata om när vi kan komma loss från gubbarna och tanterna. Sen försvinner hon i ett blåvitt moln av avgaser.

På stigen över ön hamnar jag vid sidan av en man från banken. Namnet glömmer jag omgående för han är en av de där grå figurerna som är totalt renons på lyster. Hans fritidskläder ser ut som om de just plockats ner från sina galgar på NK. Förmodligen är han nåt slags räknenisse som sitter på en kammare i det stora bankpalatset och siar om aktieutveckling eller avgör unga människors framtid genom att höja och sänka bolåneräntan.

"Jag har aldrig förstått mej på det här med bistånd så som det bedrivs", inleder han samtalet.

Han har tydligen fått veta av min far vad jag sysslar med. Jag suckar invärtes och inväntar fortsättningen.

"Varför kan vi inte dumpa hela vårt spannmålsöverskott och smörberg där nere? Slå två flugor i en smäll, om jag får uttrycka mig lite slarvigt. Människorna där nere får den mat som dom själva tycks vara oförmögna att producera och samtidigt gör vi våra gnälliga bönder nöjda".

Han ger ifrån sig ett belåtet skratt, som indikerar att han sitter inne med lösningen på ett globalt problem.

"Fullt så enkelt är det kanske inte", invänder jag.

"Hur så?"

"Jo först och främst skulle det öka deras biståndsberoende och göra dem till eviga tiggare. Vad vi kan göra är att ge hjälp till självhjälp, visa vilka grödor som passar bäst på den mark dom förfogar över, hjälpa till med nya metoder, skapa arbetstillfällen utanför jordbruket."

Räknenissen ser förvånat på mig. Han verkar inte vara särskilt smart, tänker jag. Jag undrar hur han skulle ha stått sig bland eleverna på kursen som jag nyss föreläste inför.

"Ja, det förstås. Jo, men nog känns det rätt tröstlöst med alla dessa miljarder vi slösar bort på bistånd..."

Senare får jag veta att mannen heter Olof Lind och för-väntas bli bankens nye VD. Och att den blonda byst-drottningen som är hans hustru en gång var hans sekre-terare. Det berättar min far när vi lite senare får en stund för oss själva.

"Det blev en nätt skandal och Olles ställning på ban-ken försvagades en tid. Men sen visade det sej att den nya hustrun Mia var representativ och en tillgång vid af-färssamtal, särskilt i samband med utländska besök. Och då tog hans karriär ny fart. Så jag får nog räkna med att han blir bankens nye chef när den nuvarande går i pens-ion om nåt år eller så."

"Inte du, alltså?"

"Nej, det verkar inte så. Men jag är nöjd med det jag har".

Han håller god min men ansiktsuttrycket och rösten säger att han egentligen är besviken över att bli förbi-gången. För första gången börjar jag också se honom som gammal och trött. Han är bara en bit över femti men ser äldre ut. Besvikelsen verkar ha knäckt honom. Att det ligger till så får jag bekräftat av Tina när vi lite senare ligger på badbryggan och pratar medan några av de andra i sällskapet tar en simtur.

"Pappa hade spetsat på det där VD-jobbet och han kroknade totalt när den där tönten Olle med draghjälp av sin bimbo seglade upp och förbi".

"Hur vet du det här?"

"Man hör ju ett och annat. Lite här och lite där, och lägger ihop."

"Om det är som du säger, varför bjöds dom då med på den här tillställningen?"

"Pappa måste väl visa god min i elakt spel. Är man överkörd så är man. Är man femti plus och har långt kvar till pension så får man nog finna sej i att kröka rygg..."

Jag ser att de andra är på väg tillbaka mot bryggan.

"Vi får prata mer senare", säger jag.

Tina nickar.

"Kul att ha dej hemma, brorsan. Skönt att ha nån som det går att prata med".

Tina reser sig upp och springer ut på bryggkanten. Hon har breda simmarskuldror, en effekt av att hon under flera år tränade frisim med eliten i en klubb. Sen tog andra intressen över men takterna sitter i. Hennes kropp skär som en kniv genom vattenytan. Så försvinner hon ut i viken, gör en vid båge för att undvika den annalkande hopen av gäster.

De badande skrattar och frustar när de kommer upp på bryggan. De flesta går direkt upp till det väntande drinkbordet. Men Mia och Olle Lind blir kvar på bryggan. Han har enorma badshorts av amerikanska modell men de räcker ändå inte till för att dölja en betydande rondör. Hon har en bikini som är alldeles för liten för att helt hålla hennes former på plats. Bröstvårtorna lyser rakt igenom det tunna tyget. Hon ger mig ett roat och kanske belåtet leende när mina ögon dröjer lite för länge vid bysten.

"Jätteskönt", säger hon och breder ut sitt badlakan på bryggan. "Nästan lika ljummet som hemma i poolen, eller hur, älsklingsplutten min".

Hon lägger en hand över makens ryggslut som för att markera äganderätt. Jag känner att det är hög tid att avvika. Ute i viken vinkar Tina att jag ska komma. Jag reser mig, sätter fart mot bryggkanten och dyker i. Det blir ett pinsamt magplask.

"Det gjorde rätt ont det där va?" säger Tina när jag kommer ut till henne.

"Inte så farligt. Och det var i alla fall värt det för att komma bort från sällskapet".

"Men hon är rätt raffig".

"Mia Lind?"

"Gör dej inte dummare än du är".

Förr skulle jag ha tagit det som en grav förolämpning och svarat något nedlåtande om att det där är sånt som småtjejer inte begriper, men nu tar jag det för vad det är, en dos smågnabb på kompisnivå för vår relation har förändrats den här sommaren. Åldersskillnaden på fem år har jämnats ut. Det går att prata med henne på ett nytt sätt. Vi har gjort kanotutflykter tillsammans och jag har visat henne mitt hemliga skär. Där ute har jag berättat om mina trassliga relationer, både om Eva som nu förmodligen är ute ur mitt liv och om min hopplösa förälskelse i Sunita. För inför Tina kan jag tala klarspråk och säga som det är.

Och Tina har svarat att hon också har en förälskelse, en tjej som hon är hemskt kär i, fast bara på håll. Än så länge, lägger hon till. Jag är egentligen inte förvånad. Tina har alltid varit en pojkflicka. Hon har trotsigt vägrat sätta på sig de rosa klänningar mamma köpt åt henne och hon har hellre spelat fotboll än lekt med dockor. Det känns alltså följdriktigt att hon nu i mer vuxen ålder skulle söka en lesbisk kärlekspartner.

Medan Tina forsar iväg utåt med kraftiga crawltag simmar jag långsamt tillbaka mot bryggan och makarna

Lind. Mia har tagit av sig toppen. Hennes bröst ligger utspillda som raserade sandkakor och ser inte alls lika imponerande ut nu när de inte har något stöd. Hon rullar utan brådska över på mage när hon får syn på mig. Olle Lind flinar belåtet och klappar sin hustru på rumpan.

"Men Olle då, tänk på att vi inte är ensamma längre".

"Lilla gumman är liksom lite pryd av sej, haha."

Det gör situationen direkt pinsam och jag känner att det är dags att lämna badbryggan. Jag ursäktar mig med att jag måste upp till huset för att se om det är nåt jag kan hjälpa till med inför middagen. Sen tar jag min badhandduk, sticker ner fötterna i sandalerna och flyr fältet.

Fler gäster har nu anlänt. Det är stimmigt kring borden där drinkar och tilltugg ställts fram. Mamma är genast framme och för mig samman med *Söta lilla Daniela.* Hon är verkligen söt för att använda mammas ord. Själv skulle jag nog säga snygg, Hon är nybakad student och har just kommit hem efter en månads båtluff i den grekiska övärlden.

"Visa Daniela runt lite så hon slipper sitta här och tråkas ut av allt vuxenprat", säger mamma. "Ni kan kanske gå ner till bryggan och hälsa dom som är kvar där nere att det snart är dags att äta".

Vi går med vinglas i händerna ner mot bryggan men hinner inte långt innan vi möter Tina på väg uppför trappan. Jag ser att Tina skiner upp, så tar hon ett steg framåt och ger Daniela en kram.

"Jättekul att du är hemma igen, Danni. Det har varit tomt utan dej. Har du haft det bra?"

"Toppenfint, du skulle ha varit med…"

De står med händerna på varandras höfter. Deras prat vill aldrig ta slut. Jag harklar mig för att påminna om min existens.

"Är herrskapet Lind kvar på bryggan? Vi fick i uppdrag av mamma att hämta dom."

Tina gör en grimas.

"Om dom är kvar. Jo då, rena orgierna där nere. När jag kom upp efter simturen låg han och kysste hennes tuttar, fy fan vad gamla människor är äckliga."

"Så farligt är det väl inte".

"Gå ner får du se.".

Jag vänder mig frågande mot Daniela som skakar på huvudet.

"Bäst du går ensam. Jag går tillbaka med Tina".

Jag blir stående en stund och ser efter Tina och Daniela som går med armarna kring varandras midjor. Kan det vara Daniela som är den där hemliga kärleken som Tina berättade om. När flickorna försvunnit tar jag motvilligt några steg nerför trappan som leder till bryggan. Halvvägs nere stannar jag till och hoar för att förvarna om att jag är på väg.

"Dags för mat", ropar jag. "Kräftorna står på bordet…"

Uppdraget utfört. Jag vänder långsamt och utan entusiasm tillbaka upp mot huset, där festglammet nu är igång. Gälla röster och flabb slår emot mig. Jag känner mig som en främmande fågel men vet att jag måste låtsas vara road för att inte bli sedd som festdödare.

25

Kvällen blir som väntat lång och våt. Varje klo måste sköljas ner med en skål, varje stjärt beledsagas ner i magens dunklaste djup med en ny snapsvisa. Daniela och Tina kommer undan med att dricka mineralvatten och lättöl, men när jag försöker ansluta mig till dem möts jag av kollektiv spritpenalism.

"Det är visst inget krut i ungdomen nu för tiden".

"Och Bertil kunde konsten, han är en riktig fyllefyllehund".

"Skål grabben".

"Du behöver fan ta mej one for the road. Där nere i Indien får man väl bara dricka komjölk, hö-hö".

"Inte ska du sitta här med tomma glas, fyll på åt han, du Mia".

Och Mia Lind som nu har förpackat sina former i ett fodral som är bara aningen mera skylande än stringbikinin lutar sig över mig och fyller glaset. Jag försöker bita av men Mia är ständigt där och fyller på.

"Du måste hålla takten med oss andra", säger hon och drar undan handen som jag lagt som lock över mitt glas.

Då kommer hon mycket nära. Hennes hud är solvarm mot min och hon är insvept i en tung doft. Under andra omständigheter skulle jag säkert ha funnit henne lockande men så minns jag de utspillda brösten från eftermiddagen på bryggan och all lust försvinner. Jag möter Tinas retfulla leende och svarar med en hjälplös gest. Jag försöker vända mig mot damen på min andra sida, en av mammas väninnor, men så lätt kommer jag inte undan. Mia Lind lägger armen kring mina skuldror och drar mig tillbaka till sin sfär.

"Jag är inte farlig, lille gubben, skål förresten".

Någon föreslår en ny snapsvisa, Mia fyller mitt glas igen. Hon lägger en hand på mitt lår för att få stöd när hon lutar sig över mig. Ändå spiller hon en skvätt som rinner ner i den djupa klyftan mellan brösten.

"Men oj vad det kittlar".

Jag känner mig generad och sneglar mot min mor som sitter snett emot oss, men hon tycks inte ha sett något. Hon är fullt upptagen av att le och skåla med sina gäster.

Vid bordets bortre ända reser sig Tina och Daniela och går in i huset. En stund senare ser jag dem försvinna på cykel. Jag önskar att jag kunde följa med men eftersom jag har placerats tillsammans med de mest seniora gästerna är det omöjligt att smita. Jag tvingas sitta kvar och ge mitt bidrag till konversation och skålande, fast festen vid det laget redan har hamnat i ett dödläge. Alla har fått sitt övermått av mat och dryck men ingen är ännu riktigt beredd att bryta upp. För att inte bli betraktad som festsabotör sitter man kvar.

De som bor på ön säger ändå till sist att nu är det nog dags att rulla hemåt. Några andra som ska sova över börjar tala om vickning. Då känner jag att jag kan slinka iväg utan att vålla uppståndelse. Jag letar rätt på min sovsäck och vandrar ner till bastun där jag slipper höra skrålandet uppifrån huset. Jag kryper ner i sovsäcken och är på väg att somna när jag hör Tinas röst utifrån.

"Berra, får jag komma in?"

Jag hoppar jämfota fram till dörren och lyfter av haspen. På väg tillbaka till min plats snubblar jag men faller mjukt. Tina hjälper mig att komma på fötter igen.

"Är du mycket full eller går det att prata med dej".

"Måttligt förmorskad men hyggligt klar i knoppen för ett snack med favoritsyrran. Taskigt av er att smita utan mej, förresten".

"Du verkade ju fullt upptagen…"

Hon ler retfullt. Sen blir hon allvarlig.

"Skämt åsido. Det var Daniela som ville, hon hade fått nog. Det är inte särskilt kul att se på när ens föräldrar fyllnar till. Så vi stack hem till henne och kollade på en video".

"Till så här sent?"

"Drack lite vin och snackade lite också".

Hon biter av och tvekar en stund innan hon fortsätter.

"Om du kan hålla det för dej själv alltså…"

"Så klart".

"Bara så du vet alltså, för det rör dej också. "

"Hur då mej?"

"Det har ju inte precis undgått nån att morsan försöker bussa ihop dej med Daniela".

"Fast det har hon inte lyckats nåt vidare med. Det har ju inte precis klickat mellan oss två. Det verkar ömsesidigt förresten, det uteblivna klickandet alltså. Visst är hon fin, men du vet ju hur jag har det. Två trassliga relationer är mer än nog."

"Okej. Bra. Men nu är det så här att det nog snarare är tillsammans med mej som Daniela vill bli en del av familjen Malm".

Jag känner mig plötsligt spik nykter.

"Menar du att hon stötte på dej?"

"Ömsesidigt faktiskt."

"Så ni hade sex alltså..."

"Nja, vi hann inte så långt. Hennes föräldrar kom hem. Dom var aspackade förresten, så jag smet ut genom altandörren och drog. Men vi ska ses igen i morgon, eller idag är det väl snarare..."

"Det var som fan".

"Chockad?"

"Inte alls, något överraskad bara. Men morsan blir det säkert, chockad alltså."

"Jag vet. Hon med alla sina konventionella idéer om vad som passar sej och sånt. Vi har redan haft en del duster det senaste året. Du minns allt tjafs om hur jag ska vara klädd och sånt. Hon har fått ge sej när det gäller kläder och det får hon göra nu också."

"Stackars morsan", säger jag och skrattar till.

"Vaddå stackars?"

"En dotter som är lesbisk och en son som har två trassliga förhållanden på gång. Du hörde kanske hennes kommentarer om Eva. *Komma dragande med en kvinna som är i min ålder.* Och så nu det här med Sunita, som jag var dum nog att berätta om. Borde ha tigit, men du vet hur det är med morsan och hennes utfrågningar. Rena tredje graden."

Tina brister ut i ett klingande skratt. Och jag stämmer in. Det känns bra att ha någon att dela ett skratt med.

Midsommarnatten är ljus. Fortfarande hörs sång, skrål snarare, från någonstans långt borta. Jag ligger kvar en stund sedan Tina gått men kan inte somna och bestämmer mig till sist för att göra en tur utåt havet med min kajak. Fjärden ligger helt blank, inte ett moln på himlen. En lätt bris ger behaglig svalka. Den perfekta atmosfären för att låta tankarna flyga. Och sedan när jag sträcker ut mig på skäret för att soltorka efter ett tidigt dopp sövs jag av vågklucket mot hällen till en välbehövlig dvala.

När jag vaknar har det börjat blåsa. Den tidiga morgonens stiltje var en chimär. Jag hoppar raskt i kajaken och börjar paddla tillbaka. På väg förbi ångbåtsbryggan ser jag folk som går ombord på Vaxholmsbåten för färd in mot stan. Jag tycker mig se att det är några av gästerna som går ombord och hoppas det innebär att alla besökare har lämnat huset. Ytterligare en dag med ett störigt och förmodligen bakfullt sällskap är det sista jag behöver under denna min sista dag av ledigheten.

Gästerna har faktiskt åkt men dagen blir ändå jobbig. Mors kvävande omsorger om mitt välbefinnande och hennes planer för min framtid som inkluderar bästa väninnans dotter Daniela är än mer besvärande nu när jag vet hur det är mellan henne och Tina.

Till råga på allt kommer Daniela över på sin cykel med en bok om sufisk dans som hon berättat om under vår promenad dagen innan. Jag ger henne en kram och viskar i hennes öra att Tina berättat och att jag hoppas de ska få det bra tillsammans. Hon nickar glatt och ger mig spontant en kram.

Mamma misstolkar kramandet. Hon ser det som ett tecken på att det trots allt ska bli nåt mellan mig och Daniela. Fast det ligger förebråelse i rösten när hon säger:

"Så synd att det kommer att gå ett helt år tills ni ses igen".

"Mamma, hon är en jättefin tjej, men det är inte på det sätt som du tror".

Tina ger mig en varnande blick och jag stannar där.

Pappa föreslår en promenad efter lunch. Han går långsamt och vinglar till vid några tillfällen, ett första tecken på att han börjat bli gammal. Jag berättar för honom om mitt nya jobb som är en befordran. Han nickar välvilligt vilket jag tolkar som ett första tecken på att han till sist har accepterat mitt yrkesval. Några meter senare stannar han till och bekräftar att jag har tolkat honom rätt.

"Bra jobbat Bertil. Jag är imponerad, det ska du veta, och jag hoppas det går bra för dej. Men du har säkert förstått att mamma fortfarande vill att du ska tänka om och följa i mina fotspår..."

"Ja, det har inte undgått mej, men jag trivs med det jag gör och vet att jag har min framtid där även om det inte är lika välbetalt som ett jobb på banken".

"Just det ja. Det var bland annat därför jag föreslog den här promenaden. Ta det här kuvertet, en slant som du säkert kan behöva..."

Det visar sig när jag senare öppnar kuvertet att det innehåller fem ovikta tusenlappar. Min fars fyrkantiga sätt att visa sin kärlek. Så totalt olika de är, mina föräldrar. Den ene smyger med sin välvilja, den andra kramar mig nästan till döds.

26

Landskapet under mig känns bekant efter flera inflyg-
ningar under två år. Gröna fält omväxlande med banan-
dungar och rader av palmer. Växtligheten ser ut att må
gott efter monsunen. När planet kommer ner på låg höjd
ser jag att dammar och vattendrag är välfyllda. Det tyder
på att risskörden bör kunna bli bra, vilket är välbehövligt
efter två magra år i den här delen av landet. Det har varit
en god monsun i nästan hela Indien. Visserligen har mer
än två hundra liv krävts i översvämningarna, men det an-
ses väga lätt eftersom regnet ändå ger fler liv än det tar.
Det läser jag i de indiska tidningar jag har köpt under
mellanlandningarna i London och New Delhi.

Också i breven från Sunita, jag har fått två, har jag
kunnat läsa att monsunregnen varit rikliga och att det har
gynnat hennes odlingar. Jag har därtill fått veta att hen-
nes son Karan har lyckats bra i skolan och att hennes far
Arun är allvarligt sjuk. Inte ett ord om henne själv. Men
nu är det i alla fall bara timmar kvar tills jag får träffa
henne igen.

Så börjar inflygningen till Dharampatnam. Planet gör
en vid båge ut över Bengaliska viken innan det kommer
in på låg höjd. Jag skymtar Markapalle med den nya be-
vattningskanalen som svällt betydligt och tempeldomen
som kan anas genom grönskan.

Mohan tar emot på flygplatsen. På vägen får jag veta
senaste nytt. Skvaller om vad som hänt på kontoret och
i mina byar. Chefen är grinig för att jag varit borta så
länge, vilket inneburit att han fått skjuta upp sin egen

semester. Men nu ska han visst snart iväg till Thailand igen, och det ska bli skönt, säger Mohan med ett skyggt leende riktat mot mig. Annars är det mesta sig likt vad gäller våra projekt, men i en av byarna har det uppstått en tvist om ett stycke mark och två av de rika familjerna i Prashids by är i luven på varandra om hur en ny väg ska dras. Båda har anlitat advokater och nu ska saken upp i domstol. I en annan har en dricksvattenbrunn förorenats genom översvämning och nu kräver de som äger de rena brunnarna att få betalt av dem som vill hämta sitt dricksvatten därifrån. Han rycker på axlarna och summerar att det här är sånt där bråk som uppstår då och då, inget att bry sig om.

Hemma i Markapalle då, undrar jag. Inget märkligt där heller annat än att gamle Arun är svårt sjuk, vilket jag ju vet. Men enligt Mohan har det blivit värre den senaste tiden. Läkarna har sagt att han nog kommer att dö snart, men det är vad man kan vänta sig. Han är ju gammal, säger Mohan med en ny axelryckning.

Jag låtsas som om detta är nytt för mig för att inte avslöja att Sunita och jag har brevväxlat. I bästa fall har detta undgått Mohan och de andra på kontoret. Men det är förstås ett önsketänkande. Självklart har den gamle postmästaren berättat, för det hör inte till vanligheten att brev skickas till främmande länder och inte heller att det kommer brev med frimärken som man aldrig tidigare skådat. Någon lagfäst brevhemlighet existerar förmodligen inte och nyfikenhet är ingen synd i det indiska lokalsamhället. Så Mohan behöver inte skämmas när han vänder sig mot mig och förvånat undrar:

"Har inte Sunita skrivit och berättat det för dej?"

Jag inser att det inte går att förneka att brevväxling ägt rum.

"Joo, hon nämnde något om att Arun varit hos

doktorn, men jag trodde inte det var så allvarligt. Så det är alltså illa med honom. Hur tar Tara det?"

Mohan rycker på axlarna.

"Arun är en gammal man, mycket äldre än Tara. Han har levt sitt liv".

Svaret förvånar mig inte. Inte längre. Jag har lärt mig att bybornas syn på döden är annorlunda än den jag är van vid. Arun är ju sextitvå år och här ses det som helt naturligt att en så gammal mans liv håller på att ebba ut. Döden är en naturlig del av livscykeln. Den kommer som en befriare, och i bästa fall tar den dödes själ plats i en bättre kropp i sitt nästa liv. Den kommer då ett fjät närmare nirvana förutsatt att gärningarna i detta just genomlidna jordeliv har varit meriterande.

Tara har lagat en festmåltid för att välkomna mig, en curry så stark att ögonen tåras. Eller är det kanske så att mina smaklökar har legat av sig under sommarmånaderna när de matats med svensk husmanskost. Sunita kommer över senare på kvällen. Vi ler mot varandra, känner oss lite förlägna och orden vi byter känns triviala. Jag letar fram presenterna som jag har med mig till dem båda och till Sunitas barn.

På ytan är allt som vanligt, men Aruns tillstånd har blivit kritiskt och hänger som en dyster skugga över återseendet. Det handlar inte primärt om sorg utan mer om bekymmer inför alla de praktiska bestyren som kringgärdar en gammal mans förestående hädanfärd. Jag för över samtalet på jordbruket och Sunitas odlingar. Hon bubblar över av stolthet när hon berättar om sin skörd. Den överträffar hennes förväntningar och för att klara av allt arbete har hon fått anställa flera daglönare. Själv har hon mer ägnat sig åt att sälja och transportera grönsaker, kryddor och plantor till marknaden i stan. Det är så det är numera. Hon behöver inte längre utföra så mycket hårt fysiskt arbete på fälten.

"Jag hoppas du betalar dom bra", säger jag.

Jag har sagt det förr och hon svarar som gjort tidigare att det gör hon visst det.

"Du behöver inte oroa dej. Dom får samma lön av mej som hos dom andra bönderna i byn. Och så får dom lunch också. Taras mat, samma som den du äter..."

Underförstått att då har dom ingen orsak att klaga.

Sunita har alltså tagit ett rejält kliv uppåt i och med att hon blivit jordägare. Det påverkar henne på olika sätt. Det fysiska slitet på fälten har minskat men det betyder inte att hon har slagit av på takten. Hon är ständigt i farten. Övervakar arbetet, förhandlar om priser med uppköpare, ordnar transporter. Jag ser allt mindre av henne och hon är ofta trött vid de få tillfällen när hon kommer för att få en lektion i engelska. Det handlar numera mer om fri konversation än om undervisning. Det ger mig tillfälle att säga att hon måste slå av på takten och börja tänka på sig själv. Pengar är inte allt, säger jag. Då blir hon irriterad och fräser tillbaka att hon minsann inte har vare sig tid eller råd med några svenska semestrar.

Efter ett av dessa utbrott kommer hon tillbaka med en present, ett slags försoningsgest förmodar jag, i form av en långskjorta med broderier som hon säger att jag ska ha på mig under den annalkande diwalifesten. Den kvällen stannar hon länge, dröjer sig faktiskt kvar en god stund sedan Tara har gått. Den tidigare intimiteten mellan oss återuppstår. Böckerna på bordet ligger där mest som ett slags alibi som ger oss rätt att vara tillsammans ensamma. Jag vet att jag borde förvarna henne om att jag snart kommer att lämna Markapalle, men avstår för jag befarar att det skulle störa stämningen.

"Vet du varför jag kom med den här presenten idag?" frågar hon.

Jag rådbråkar minnet men hittar inget svar så jag skakar på huvudet. Då ler hon och svarar själv.

"Därför att det idag har gått precis två år sedan du kom till byn första gången och hjälpte mej sätta igång mitt första projekt."

Jag nickar och svarar att visst minns jag den unga kvinnan i den trasiga sarin som försynt undrade om det här jag pratade om gällde såna som hon också. Tiden har verkligen runnit iväg. Så mycket har hänt.

"En bra dag eller hur? Jag gav dej starthjälp men det är tack vare ditt eget hårda arbete som du skapat det du har nu".

Hon skakar bestämt på huvudet.

"Det är Lakshmis förtjänst. Det var hon som sände dej. Jag hade varit och offrat till henne i templet tidigare den där dagen".

Jag suckar djupt. Alltid denna Lakshmi som tycks kunna fixa allt. Men som den agnostiker jag är har jag svårt att tro att ett offer till en stenstod, hur gudomlig den än är, kan åstadkomma den förändring som skett i hennes liv. Jag tar alltså lätt på det hela när jag svarar.

"Och vad bad du mest om den där dagen? Tur, skönhet eller kärlek?"

Sunita får en irriterad rynka i pannan. Hon kan inte förstå att jag inte tar gudinnans inflytande på allvar och hennes svar blir knort.

"Jag bad om framgång i livet och det har jag ju fått".

"Ja, det har du ju uppnått men det är din egen förtjänst tack vare hårt arbete".

"Du förstår inte…"

Det har hon rätt i. Jag har svårt att ta till mig denna barfotaversion av hinduismen som låter gudarna råda och som tvingar folk till ständiga offer inför de statyer och reliefer som fyller tempelväggarna. Men det är med tro som med smak, den kan inte diskuteras. Dags alltså att styra bort samtalet från det religiösa minfältet.

"Nu när du nått så här långt måste du börja tänka på dej själv", säger jag för jag vet inte vilken gång i ordningen. "Du arbetar alldeles för hårt, hårdare än någon annan i byn. Mer än innan du startade dina projekt."

"Förr var jag både trött och fattig. Hungrig också ibland. Nu arbetar jag hårt men vi är inte längre fattiga och ingen i huset lider brist på vare sig mat eller kläder".

Jag nickar instämmande.

"Ja, det har gått bra för dej. Mycket bra till och med. Du och din familj har det bra men är du lycklig?"

Hon ser förvånat på mig.

"Lycklig? Joo, det är jag väl…"

"Det har gått flera år sen din man dog. Du är fortfarande ung, tänker du aldrig på att gifta om dej?"

Hon skakar på huvudet och hennes ansikte säger mig att frågan är känslig. Jag förstår varför, för jag har snappat upp att både mamma Tara och farbror Prashid via äktenskapsmäklare har fått propåer från män som vill gifta sig med Sunita.

Hon tar god tid på sig innan hon svarar.

"Det är för tidigt att tänka på sånt. Det finns så mycket annat som är viktigare. Mina barn till exempel och mina odlingar. Och så länge pappa är sjuk har vi en massa annat att tänka på".

27

Gamle Arun dör någon månad efter min återkomst till Markapalle. Den vanliga vardagslunken stannar upp i daliternas del av byn. All tid och alla krafter går åt för att förbereda kremeringsceremonin som äger rum redan dagern därpå.

Anhöriga strömmar till från grannbyarna för att hedra den döde. Likbålet byggs upp med väldoftande sandelträ som inhandlas för dyra pengar på marknaden inne i stan och en brahmin städslas för att genomföra ritualerna. Jag förskräcks av de summor Sunita lägger ut, men förstår att det är vad man förväntar sig av henne nu när hon har blivit rik.

På håll följer jag förberedelserna. Byns barberare får till uppgift att tvätta den dödes kropp och smörja in den med parfymerade oljor innan den sveps in ett vitt hölje och läggs på bålet.

Brahminen utför de ritualer som ska ge den dödes själ de bästa förutsättningarna på dess vidare vandring. Och Aruns bror Prashid blir i egenskap av äldste manlig släkting den som får den viktiga uppgiften att krossa den dödes hjässa för att själen ska bli fri från den gamla skröpliga kroppen. Därmed kan den söka sig en ny och förhoppningsvis bättre hemvist i det nya liv som väntar.

Det jag ser får mig på nytt att reflektera över hur annorlunda synen på liv och död är i detta samhälle jämfört med vårt svenska. Här handlar det inte om sorg i vår bemärkelse och inga mörka kläder. Vitt är dödens färg. Jag ser inga tårade ögon, däremot ett slags vemod uttryckt med kroppar som vaggar i takt med prästens läsning ur de heliga skrifterna.

Sunita är alltså strängt upptagen under den första tiden efter min återkomst till Markapalle. Ovanpå det vanliga arbetet har hon tyngts av bestyren kring Aruns sjukdom och död. Det har krävts många läkarbesök och många extra vändor till templet för att offra för hans själ. Vi ses bara som hastigast vid några få tillfällen.

Som utlänning bevittnar jag händelserna kring Aruns sjukdom och död från sidolinjen. Men jag kan notera att den väl genomförda dödsritualen bekräftar Sunitas nya status i Markapalle. Kasttillhörigheten kan hon inte göra något åt. Den måste hon leva med, men bland daliterna, de lågkastiga, har hennes anseende ökat avsevärt. Hon är nu med deras mått mätt en välbeställd jordägare med sina fyra tunnland åker och sina växthus. Hon är inte längre en fattig daglönare utan har själv anställda som utför det mesta av det tunga jobbet.

Hennes status har växt, men faderns död har samtidigt gjort henne mer sårbar. Även en gammal och skröplig Arun fungerade som ett skydd för henne. Nu är det formellt hennes farbror Prashid som är familjens överhuvud. Sunita är alltså beroende av honom, för enligt traditionen kan en kvinna inte stå ensam i en mansdominerad värld. Jag befarar komplikationer om Prashid skulle börja lägga sig i Sunitas arbete. Efter begravningen tar jag honom därför åt sidan och hör mig försiktigt för om hur han ser på situationen. Men han försäkrar att han inte har några planer på att lägga sig i brorsdotterns affärer. Han har fullt upp hemma i den egna byn. Hans ställning har stärkts tack vara den nya djupborrade brunn som kom till tack vare samarbetet med mig. Dessutom har ryktet spridit sig om att hans brorsdotter Sunita har blivit en framgångsrik kvinna och alla vet att det är tack vare hennes vänskap med mig som den där brunnen kommit till. Sammantaget har detta gjort att han nu är den givne ledaren bland Amarapathis daliter. Apropå det, undrar han, skulle jag inte kunna komma över nån gång inom den närmaste framtiden för att diskutera en ny bevattningskanal av samma slag som den som har byggts i den här byn? Jag lovar inget bestämt men säger att jag förstås gärna kommer över för att studera saken. Med det låter sig Prashid nöjas. Åtminstone för stunden. Jag har alltså formellt inte gjort några utfästelser men jag inser att han säkert uppfattar det som åtminstone ett halvt löfte vilket innebär att jag har tagit ytterligare ett steg utför på det sluttande planet.

Sunita har alltså tagit sig upp ur fattigdomsträsket. Det visar sig i hennes klädsel och i att barnen nu har skoluniformer när de traskar iväg till byskolan. Men det märks också i hennes stärkta självkänsla när hon talar med mig och de andra på kontoret inne i Dharampatnam. Allra viktigast är ändå att hennes ställning i byn har stärkts. Hon är inte längre den fattiga dalitänkan som tvingades kröka rygg och arbeta som uselt betald daglönare. Hon är en innovatör. Till och med några av byns storbönder kommer ibland över för att studera hennes odlingar och växthus. Det är något som jag uppmuntrar, för kanske kan det på sikt av leda till att någon av dem anammar de odlingsmetoder hon använder. Det skulle verkligen vända upp och ner på räknenissarnas teori om att välstånd ska sippra neråt. Här i Markapalle skulle det i så fall sippra uppåt, något av en trollkonst alltså.

Jag borde egentligen vara nöjd med vad jag åstadkommit. Men jag är det inte fullt ut för jag vet att Sunitas framgångar till stor del beror på det stöd hon har fått av mig. Jag har satsat på henne som ett pilotprojekt och har i praktiken fungerat som en personlig coach. Det är en satsning som jag får allt svårare att försvara inför min chef Assar för tyvärr har mitt hopp om att hennes framsteg ska sprida sig som ringar på vattnet inte förverkligats mer än marginellt. Det är svårt att förmå andra att följa i hennes fotspår. Smeden Ashok är ett undantag. Han driver numera en mindre mekanisk verkstad med flera anställda och han åker runt i byarna på en motorcykel med lastflak för att hjälpa till med rördragningar och med enkla pumpanläggningar.

En del andra har lyckats halvbra med några mindre projekt och dessa har lett till ett marginellt bättre liv för några få. Så har det också blivit för dem som fått jobb hos Sunita och Ashok, totalt ett dussin tidigare daglönare som nu har stadiga inkomster. Därutöver har några av de större jordägarna fått det bättre tack vare de nya och rensade bevattningskanalerna i några byar. Men det är ytterst få som utnyttjar anläggningarnas fulla potential. De flesta fortsätter att odla som de alltid gjort. De följer det urgamla mönstret av en stor risskörd under sommarmonsunen och så lite husbehovsodling av rotfrukter och grönsaker däremellan. Sammantaget är det inte mycket jag kan glädja mig åt efter två års arbete och relativt stora ekonomiska resurstillskott av svenska biståndspengar. Min grandiosa teori om att det goda exemplet ska få positiva effekter sidledes verkar alltså inte ha förverkligats i mer än liten utsträckning.

Vidgar jag perspektivet och betänker att Indien har en halv miljon byar så känns resultatet av mina och kollegornas insatser förtvivlat magert. Ungefär så skriver jag till min mentor Paul Svensson i en rapport som han bett mig komma med.

Hans svar dröjer några veckor. Han måste väl grubbla över min urladdning och kanske rent av ompröva sitt jobberbjudande. När svaret till sist kommer strax efter diwali är innehållet överrumplande.

Bäste bror!

Din dystra rapport till trots anser vi att du har åstadkommit underverk i din by. Jag tror fortfarande mycket på din (och min) teori om att idéer och goda exempel sprids bättre sidledes än enligt ekonomiprofessorernas modeller om trickling down. Min fasta förvissning är att om man börjar uppifrån så fastnar resurserna där. Ytterst lite sipprar ner till de verkligt behövande. Betänk att det bara gått två år sedan du startade din verksamhet i Markapalle. Det tar tid att ändra på vanor som har utvecklats och rotat sig under hundratals år. Uthållighet är nyckelordet.

Jag menar att dina idéer och erfarenheter bör provas i stor skala i de länder där vi arbetar. Därför har jag kastat fram ett förslag till mina styrelsekollegor om just detta. Ditt pilotprojekt verkar ju, trots ditt dysterkvistande, fungera. Kvinnan du berättade om för de nya biståndarna i somras är ett lysande exempel på vad som kan göras. Det kan användas för att visa att vi gör nytta. I dessa tider när politikerna skär med både osthyvel och machete i biståndsbudgeten behöver vi all den PR vi kan få. Det är viktigt med ett bra exempel att visa upp och vad kan passa bättre än din Sunita?

Därför ställer jag denna måhända överraskande fråga till dig: Skulle du kunna tänka dig att ta med Sunita Sen till Stockholm så att hon personligen kan presentera sitt arbete. Jag inser svårigheterna, men hoppas att du ska kunna övertala henne att göra denna resa och att du beledsagar henne. Givetvis bestrider vi alla kostnader i form av resa, uppehälle, fickpengar och en lämplig vintergarderob – allt givetvis inom rimliga gränser.

181

Faxa mig snarast ett preliminärt svar på hur du ställer dig, och gör sen ditt bästa för att övertala din adept.
Din vän Paul

Hans förslag är omtumlande. Jag sitter en lång stund med brevet i min hand och försöker ta till mig tanken att Sunita skulle resa med mig till Sverige för att vara ett PR-ansikte. Idén är på ett sätt god, men jag tror inte Paul riktigt förstår hur svårt det skulle vara att få Sunita att gå med på något sådant även om han påstår sig göra det.

Efter att ha sovit på saken svarar jag att detta kan bli extremt svårt att genomföra.

Tanken är kanske bra men jag ser det som en i det närmaste hopplös uppgift att övertyga såväl Sunita som hennes familj om att hon som ensam kvinna ska göra en så lång utlandsresa. Det skulle förmodligen betraktas som i hög grad opassande, snudd på ett kidnappningsförsök.

Pauls svar är knort: *Försök i alla fall.*

Det kan inte uppfattas som något annat än en order. Jag står inför en svår utmaning och inser att jag måste gå varligt fram och att jag måste förbereda mig noga innan jag lägger fram förslaget för Sunita.

Kommen så långt bestämmer jag mig för att det bästa, kanske enda, sättet att nå framgång är att gå via hennes farbror Prashid som nu är familjens formella överhuvud. Det gäller bara att hitta på en lämplig muta för att få honom på min sida. Efter någon dags fundering bestämmer jag mig för att ta fasta på hans önskan om en bevattningskanal. Det är ett stort projekt och det innebär att jag måste tänja lite på gränsen för mina befogenheter som tillfällig platschef. Men jag känner att det är värt risken även om Assar kommer att gå i taket när han återvänder från sin thailändska resa och upptäcker vad jag gjort under hans frånvaro. För att ha ryggen fri drar jag ärendet vid ett möte med mina kollegor. Där beskriver jag bevattningskanalen som ett länge planerat pilotprojekt i en by där vi tidigare inte haft någon verksamhet trots att behoven är stora. Samtidigt skriver jag i ett brev till regionchefen i New Delhi med kopia till Paul Svensson att det nu finns hopp om ett genombrott i ännu en by och i bästa fall i hela den delen av regionen.

I brevet till Paul gör jag också ett handskrivet tillägg på slutet: *Projektet ingår i Operation Sunita. Hoppas på ditt stöd i händelse av storm.* Jag förmodar att innebörden av tillägget ska gå fram.

28

Kroken är agnad. Nu gäller det bara att dingla den framför Prashid, men jag räknar kallt med att han kommer att nappa, särskilt om jag presenterar projektet så att det framstår som hans initiativ. Därefter återstår bara att på något sätt få honom att förstå att det finns ett villkor som han måste gå med på.

"Mina chefer är mycket imponerade av din brorsdotters arbete", säger jag inledningsvis när jag söker upp honom i hans hemby Amarapathi.

Vi befinner oss utanför hans ganska ruffiga hydda och medan vi samtalar växer skaran av nyfikna grannar snabbt. Det är perfekt. Jag passar på att visa tidskriften med bildreportaget där Sunita står vid sitt växthus på en bild och ute i fältet på en annan. Det går ett sus genom mängden när tidningen vandrar runt. Prashids brorsdotter måste vara berömd eftersom hon har kommit i tidningen. Det är säkert ingen av de andra byborna som har en nära släkting som fått sån uppmärksamhet. Att det handlar om ett medlemsblad som går ut i ett eller kanske två tusen exemplar tänker jag inte upplysa dem om.

"Nu vill mina chefer att vi ska göra likadant i andra byar och jag tänkte börja här hos dej, Prashid-ji. Dels tänker vi bygga den där bevattningskanalen som du bad om och så undrar jag om du skulle vara intresserad av ett likadant växthus?"

Det där lilla hederssuffixet ji går hem. Det lyfter honom socialt att bli hedrad på det sättet inför alla byns innevånare och han skiner som en sol. Jag ser tillfället och utnyttjar det:

"Nu när Sunita har blivit så här framgångsrik så vill mina chefer att hon ska komma till Sverige och berätta om det hon gjort".

Medan Dipak översätter ser jag först häpna miner och sen följer en livlig diskussion. Jag förstår inte allt vad som sägs, men minerna säger mig att det här uppfattas som något oerhört stort. En del ord känner jag igen jag och kan konstatera att de flesta verkar vara positivt inställde men via tolken Dipak får jag veta att det också finns de som oroar sig för att det som händer med Sunita kan störa den etablerade ordningen. Inte är det väl möjligt att en fattig änka som Sunita ska tillåtas flyga hela vägen till Europa till ett land som de aldrig har hört talas om. Några menar att det inte heller är bra för en ensam kvinna att ge sig av så långt bort alldeles ensam.

Jag känner att det är dags för mig att gripa in och styra samtalet i en mera positiv riktning. Jag ber Dipak översätta och låta så övertygande som möjligt.

"Hon kommer självklar att få eskort hela vägen. Någon av våra kvinnliga medarbetare i New Delhi är med på resan och min mamma har lovat att ta hand om Sunita i Sverige."

Om det verkligen kommer att bli som jag lovar är jag osäker på. Men det får bli en senare fråga. Just nu gäller det att få pendeln att svänga i önskad riktning, och det ser ut som om jag lyckas med det. Invändningarna tystnar och då tar jag tillfället i akt och brer på tjockt:

"Om Prashids brorsdotter Sunita får resa till Sverige och berätta om sitt arbete och sina växthus för svenskarna så kan det bli pengar till många nya bevattningskanaler och till hundratals växthus här i trakten. Alla kommer att få det bättre".

Prashid nickar och säger att han ska tänka på saken. Jag inser att jag måste få honom att bestämma sig.

"Tänk inte för länge bara. Snart kommer jag att lämna Indien och då vet man aldrig vad som kommer att hända med dom projekt jag driver..."

Det tar skruv. På stående fot går han med på att ge mig sitt stöd. Och det ser ut som om han har sina grannar med sig, för runt omkring nickar männen och jag hör röster bland kvinnorna som entusiastiskt ropar *Sunita Zindabad*. Strax faller barnen också in i kören, och hyllningsropen ljuder fortfarande när jag lämnar daliterna i Prashids by och kör hemåt för att ta upp frågan med Tara och Sunita. Jag befarar att det kan bli en svår uppgift.

Sunita slår som väntat ifrån sig med båda händerna. Ändå har jag gått mycket försiktigt fram. Jag har visat henne tidskriften med bilderna och förklarat att hon nu är berömd i Sverige. Det är visserligen inte helt sant men jag betraktar nödlögnen som så vit att den är tillåtlig.

"Men skulle det inte vara intressant för dej att få se ett annat land?"

Mitt land har jag på tungan att säga, men känner att det är för personligt och väljer en mera neutral formulering.

"Vad skulle folk säga?" invänder hon.

Det är en reaktion som jag förberett mig på. Jag berättar om mötet med Prashid och om folket i hans by och deras entusiasm.

"Alla i hans by tycker att du är fantastisk. Prashid är stolt som en tupp över att ha en så berömd brorsdotter. Jag är säker på att folk här i Markapalle kommer att tycka likadant när de får se den här tidningsartikeln. Och om du reser hela vägen till Europa skulle du bli än mer berömd. Ingen annan från den här byn har rest längre än till Madras eller kanske Bombay. Inte ens brahminerna har varit längre bort."

Tara som arbetat i köket kommer ut på verandan och undrar vad det är vi pratar om. Medan Sunita översätter för sin mor iakttar jag Taras ansiktsuttryck. Jag kan se att hon är omtumlad och förmodligen kommer att säga nej. Därför griper jag in.

"Förklara för Tara att det här är bra för hela byn och för hela trakten. Berätta för henne vad Prashid sa och om folket som ropade *Sunita Zindabad*".

Att hänvisa till Prashid är en risk, Jag har förstått att Tara inte har mycket till övers för sin svåger. Men han har en stark ställning inom familjen. Han är ju nu den äldste inom familjen Sen, vilket visade sig vid kremeringsceremonin för Arun. Jag ser att hennes blick först mörknar när hon hör Prashids namn nämnas men när hon får höra om bybornas hyllningskör spricker ansiktet upp i ett leende och jag känner att jag vunnit åtminstone en halv seger. Jag vänder mig nu till Sunita och upprepar inbjudan.

"Men vad ska folk säga?" säger hon på nytt.

Hon kan tydligen inte släppa sin oro. Men hennes tonfall är mjukare när hon upprepar sin invändning. Nu krävs det nog inte mycket förrän hon är ombord.

"Du kommer att få sällskap på resan av en av mina kvinnliga kollegor i New Delhi. Hon kommer att hålla dej i handen. Precis som Tara höll dej i handen när du skulle börja skolan.".

Sunita fnyser åt liknelsen, men ler när hon svarar.

"Tror du verkligen att hon hade tid med sånt. Inte pappa heller för den delen. Jag fick minsann gå alldeles själv…"

"Då så, då har du ju vanan inne".

Hon ler vagt och vaggar på huvudet som ett tecken på att hon ännu inte bestämt sig. Jag inser att vi inte kommer längre för stunden men är ändå rätt nöjd, för Sunita är i alla fall inte helt avvisande och Taras kvarvarande motstånd ska jag nog kunna bryta ner. En eller annan present borde kunna göra underverk.

Saken är inte helt avgjord men nu får jag stöd från ett oväntat håll. En grupp delstatspolitiker kommer på studiebesök till Dharampatnam och jag får som tillförordnad platschef för biståndsprojektet i uppdrag att ingå i mottagningskommittén. Den kvinnliga delstatsministern för social utveckling blir entusiastisk när jag berättar för henne och de andra i gruppen om vår verksamhet och om den uppmärksamhet som Sunita och hennes arbete fått i mitt hemland. Jag späder på med att säga att sånt givetvis är bra för regionen och kanske för hela delstaten Andhra Pradesh. Det kan öka svenskarnas vilja att höja bidraget till utvecklingen.

Vid lunchen hos byäldsten, passar jag på att berätta om den inbjudan Sunita har fått och säger att det kommer att placera byn Markapalle på världskartan. Även om en och annan av deltagarna gnisslar tänder av avundsjuka över att det är en dalitkvinna som ska representera byn så sväljer de förtreten när den kvinnliga ministern Anithara Kumar ställer sig upp och tackar Sverige för den fina presenten som kommer att gynna inte bara Markapalle och delstaten utan faktiskt hela landet.

Därmed är saken avgjord. Sunitas och Taras tveksamhet förbyts i entusiasm. Den kända ministern har ju gett sitt godkännande.

Nu återstår bara detaljer och de klaras av i rask takt. Paul Svensson ordnar fram biljetter för mig och Sunita och därtill ett generöst tilltaget belopp för omkostnader. Ett pass utfärdas på rekordfart med hjälp av ministern Anithara Kumar, och svenska ambassaden ställer ut ett besöksvisum utan att knota.

Politikernas intresse för Sunitas odlingar och nyheten om att hon ska få åka hela vägen till Europa leder till att hennes status växer ytterligare. Folk kommer från andra byar för att studera hennes sätt att odla och ett av de lokala telugupartierna erbjuder henne en plats på deras valsedel i det kommande distriktsvalet. Den lokale företrädaren för Telugu Desam Party (TDP) säger att det är madam ministern själv som kommit med förslaget.

Partiet som säger sig arbeta för de fattiga har haft svårt att slå sig in i det här distriktet, där de etablerade partierna dominerar. Brahminerna och deras anhängare röstar på det hindunationalistiska Jana Sangh och många av de större bönderna stöder Kongresspartiet.

Vanligt folk fungerar som valboskap. De lägger som regel sina röster på det parti som lovar mest eller betalar bäst för att få deras röster. TDP ser nu en chans att vinna ett mandat i distriktet med Sunita som dragplåster i det kommande lokalvalet.

Sunita kommer till mig full av entusiasm och berättar för mig om erbjudandet. Det kommer oväntat och jag vet först inte om jag ska gratulera eller avråda. Det är förstås hedersamt för henne att bli erbjuden chansen att vinna en plats i distriktets panchayatråd, men jag undrar om hon inser vad hon ger sig in i.

"Det tål att noggrant tänka på", säger jag en smula avvaktande.

"Det säger mamma också. Politik är smutsigt, säger hon".

Jag ler instämmande.

"Tara är klok. Hon vet vad hon talar om. Och du känner säkert själv till vilka det är som sitter i det där rådet".

"Joo, men nu har Anithara-mata skrivit ett brev där hon ber mej ställa upp. Hon skriver att jag kan entusiasmera andra med mitt arbete. Det är väl fint?"

"Absolut, men tänk dej själv, hur skulle du stå dej i diskussioner med gamla stötar som inte sysslat med annat än politik och mygel i hela sitt liv."

Det gör henne betänksam. Men bara för en kort stund.

"Ja, jag vet att det kan bli svårt för en fattig dalitkvinna som mej att sitta där bland dom högkastiga. Men med Anithara-matas stöd kommer det nog att gå."

Hennes sorgsna ögon säger mig att hon hade räknat med en mera positiv reaktion från min sida. Jag börjar ångra det jag sagt och byter fot.

"Ja, du har absolut mycket att bidra med och daliterna kommer säkert att ge dej sina röster. Men du måste vara beredd på att det är en risk du tar. Du utmanar dom högkastiga, det är ju dom som styr och ställer här i byn. Det är väl nån av dom som har det här mandatet nu."

Medan Sunita brottas med den här frågan har jag mina egna problem att ta itu med. Assar har återvänt efter sin långa semester och går i taket när han hör vad som hänt under hans bortovaro. Han menar att jag överskridit mina befogenheter när jag satte igång det nya kanalbygget i Prashids by. Och han blir sur som ättika när han får veta att det har blivit bestämt uppifrån att jag ska resa iväg till Sverige tillsammans med Sunita. Men han inser att hans argument är svaga och han taggar ner, när jag säger att verksamheten ju måste fortsätta även om han tog ut en lång ledighet. En lång och välförtjänt semester, säger jag och så smörar jag honom med att jag hoppas att han kommer att leda arbetet med det nya kanalprojektet i Amarapathi på samma framgångsrika sätt som han gjorde i Markapalle. Detta slickar han i sig.

Vad gäller resan till Sverige tillsammans med Sunita så viker han ner sig direkt när han får veta att det är ett initiativ från allra högsta ort. Han nickar till och med instämmande när jag påpekar att verksamheten nu kommer att få mer fin PR utöver all den uppmärksamhet vi fick i samband med politikerbesöket.

Sunita bestämmer sig till sist för att kandidera i distriktsvalet. Hon fattar sitt beslut utan att konsultera mig på nytt och det är jag tacksam för. Dels därför att jag varken vill eller får lägga mig i det politiska livet. Och dels därför att Sunita själv måste ta ansvar för ett så livsavgörande beslut.

Några dagar senare börjar valaffischerna dyka upp på husväggarna i Markapalle. Jag ser en leende Sunita Sen sida vid sida med de andra partiernas affischer med äldre bistra herrar, några med och några utan turban. En dag hör jag hennes namn ropas ut av en valarbetare som åker runt i byn i en cykelricksha och sprider sitt budskap via en skrapig portabel högtalare. När ekipaget passerar genom daliternas del av byn ser jag många leende ansikten och hör folk som ropar *Sunita Zindabad*. Däremot verkar hennes chanser vara små i den rika delen av byn.

Det uppstår en kontrovers mellan Sunita och mig i samband med valkampanjen. Hon kommer med affischer som hon vill sätta upp på min jeep och blir stött när jag säger nej. Jag försöker förklara för henne att jag och de andra medarbetarna i biståndsprojektet måste uppträda neutralt.

”Varför?”

”Därför att utländsk inblandning inte är tillåten. Jag får inte stödja någon kandidat.”

”Men det har du ju redan gjort…”

”Hur då?”

”Det är ju tack vare dej och all hjälp jag fått av dej som jag har blivit ombedd att kandidera. Alla vet ju det,

191

så jag förstår inte varför dom här affischerna skulle vara nåt problem".

Jag gör ett nytt försök att förklara ordet opartisk men lyckas inte riktigt. Sunita envisas med att kalla mitt nej för ologiskt. Det kan jag i och för sig förstå, för hon befinner sig i underläge jämfört med sina penningstinna konkurrenter. Jag ser ju runt omkring mig hur de andra kandidaterna spenderar stora summor på sin valpropaganda. De bjuder sina anhängare på fester där både mat och dryck serveras. Några delar till och med ut spritflaskor för att muta folk att rösta på dem.

Valdagen kommer med fest och partiernas flaggor som flyger utanför vallokalerna. Valarbetare samlar sina skaror. Många av dem har sina partifärger och symboler målade i pannan eller på kinderna. De höga kasterna som stöder Jana Sangh eller Kongresspartiet ser bistert på när en strid ström av daliter ställer sig i kö utanför vallokalen för att rösta. De anar säkert vart åt det lutar och när valsedlarna räknas på kvällen så visar det sig att TDP har fått majoritet i distriktsrådet och att Sunita Sen är en av de nya ledamöterna. Det är hon som utsetts att representera Markapalle i rådet.

När jag går över till henne på kvällen för att gratulera är det fullt med segerrusiga sympatisörer kring huset. Det blir därför inte tillfälle att säga mer än några enkla ord om att hon ska lycka till i sin politiska karriär. Men Sunitas ansikte som strålar av lycka säger mer än ord.

29

Det är stor uppståndelse i Markapalle den tidiga morgon då Sunita och jag startar vår resa till Sverige. Många har samlats på den öppna platsen vid templet för att ta farväl. Vi behängs med blomsterkransar och byrådets ordförande håller tal. Det är alltid en stor sak när någon från byn ska ut i världen. Men den här gången är det något alldeles extra, för Sunita är nu en lokal celebritet och eftersom hon är nyvald ledamot i distriktsrådet krävs det att företrädare för byrådet ställer upp.

Sunita väcker uppmärksamhet med sin klädsel, en salwar khamiz i starka färger som hon låtit sy upp. Den är i sig inte utmanande men det överraskande är att hon visar sig i något annat än den vita änkeskrud hon burit sedan mannen dog för fyra år sedan. Jag anar att det ligger symbolik i hennes klädval och när vi har satt oss i bilen kan jag inte låta bli att kommentera den.

"Din salwar khamiz klär dej. Den är mycket fin och mycket vackra färger. Men du såg säkert själv att många verkade överraskade av att se dej i något annat än vitt".

"Jag vet, men man sörjer inte med kläderna. Folk får tycka vad dom vill men jag har frågat farbror Prashid och han gav mej sin välsignelse".

"Måste du fråga honom om sånt?"

Hon rycker på axlarna och vänder bort ansiktet. Jag låter ämnet falla, men jag kan inte låta bli att undra vad det är som pågår. Enligt vad jag förstår ska en änka behålla sin sorgdräkt livet ut eller tills hon gifter om sig.

Kan det vara det senare skälet som har fått farbrodern att lägga sig i Sunitas klädsel? Det skulle i så fall stämma med det skvaller som Mohan har snappat upp på tehuset i Markapalle om en äktenskapsmäklare som har besökt byn i sällskap med Prashid.

Medan jeepen rullar vidare mot flygplatsen sitter vi tysta. Tanken på att Sunita, eller i vart fall hennes familj, har planer på att hon ska gifta om sig håller mig sysselsatt. Egentligen skulle det inte vara särskilt överraskande. Flera år har gått sedan mannen dog och hon är inte längre en fattig änka på samhällets botten. Hennes ställning på äktenskapsmarknaden har förbättrats påtagligt. Jag har ju till och med själv fört frågan på tal. Det skedde några veckor tidigare när jag uppmanade henne att börja tänka på sig själv. I samband med det ställde jag faktiskt frågan om hon inte funderade på att gifta om sig. Den gången var hennes svar ett tydligt nej: *Det är för tidigt att tänka på sånt. Det finns så mycket annat som är viktigare.* Men två förändringar har skett sen dess. Hennes far Aruns död har gjort Prashid till familjeöverhuvud och Sunita har samtidigt fått en ny och bättre status som folkvald politiker, vilket är en viktig faktor när villkoren för ett äktenskap ska förhandlas fram. Det finns alltså en hel del som tyder på att det ligger något i det rykte som Mohan har snappat upp.

På flygplatsen väntar min chef Assar i sällskap med flera journalister och fotografer. Det är uppenbart att han kommit för att sola sig i glansen. Det är i och för sig irriterande att han avser att stjäla showen men det finns en fördel. Fotosessionen och reportrarnas frågor gör att

Sunita är sysselsatt medan vi väntar på avgång. Det håller hennes oroliga tankar inför flygningen i styr.

Jag märker att Sunita inte tycks ha några problem med journalisternas frågor. Vad som sägs vet jag inte, för det mesta av utfrågningen sker på telugu. Det är bara när Assar dras in som man växlar över till engelska, och då noterar jag att hon utan svårighet hänger med och inflikar ett och annat.

Jag väljer att hålla mig i bakgrunden medan intervjuandet pågår, men när det blir dags för fotografering vill Sunita att jag ska vara med. Det är ju, säger hon, Bertiljis förtjänst att hon kom igång med sina projekt.

Så är det dags att stiga ombord. Jag har i förväg gått igenom allt med Sunita, berättat om vägen genom incheckning och passkontroll, och den processen går bra. Men sen, när vi har intagit våra platser och motorerna går igång sker en förändring. Det höga motorljudet och planets vibrationer gör henne orolig. Hennes grepp om stolskarmen är så hårt att händerna vitnar.

Jag tar hennes hand och stryker den,

"Var inte orolig, Sunita, det blir bättre sen när vi har kommit upp i luften."

Hon är ändå inte helt övertygad. Jag ser panik i hennes ansikte och tar ett stadigare grepp om hennes hand. Det är första gången jag någonsin rör vid henne på det sättet. Hon drar inte tillbaka handen utan krokar sina fingrar kring mina. Ett fast grepp.

"Ska det verkligen låta så här? Tänk om vi kraschar."

"Men snälla Sunita, du vet ju hur ofta jag flyger och se på mig, jag är inte det minsta orolig".

Jag fortsätter att smeka hennes hand medan planet tar fart och lyfter. Först när vi är uppe i luften drar hon undan handen och ler generat.

"Känns det bättre nu?" frågar jag.

"Mycket. Så dum jag var…"

Vi blir mötta på flygplatsen i New Delhi av en av våra lokalanställda. *Sunita & Bertil* står det på en skylt som höjs över huvudena i ankomsthallen.

"Chefen hade ett viktigt möte, han beklagar att han inte kunde komma".

Mannen sträcker ut en hand för att ta hand om Sunitas bagage. Hon tvekar först men jag förklarar att det är så det är i Sverige. Män bär kvinnors bördor, inte tvärtom som det ofta är i indiska byar.

Det är morgonrusning in mot centrum. Sunita ser förvånat på alla bilar och bussar och skotrar som kryper in mot Connaught Place som är navet i den indiska huvudstaden. Detta är något helt annat än hemma i byn där min jeep är det enda fyrhjuliga motorfordonet. I övrigt transporterar man sig på skoter eller cykel eller till fots.

Regionchefen Axel Stark verkar stressad när han tar emot på sitt kontor.

"Vi har fått ett problem", säger han sedan han tagit mig avsides.

"Vår kvinnliga medarbetare, hon som skulle ha åkt med till Sverige som Sunitas eskort, har blivit sjuk… hur tusan gör vi nu?"

"Du har ingen annan att skicka?"

"Inte med så här kort varsel. Tror du att …"

Han avbryter sig och kastar en blick bort mot Sunita som sitter obekvämt på yttersta stolkanten vid kaffebordet och ser bortkommen ut. Sen tar han ett djupt andetag innan han startar om.

"Tror du att det är okej om ni två åker ensamma? Jag menar, ja jag vet ju förstås hur det är med kvinnor här i landet och särskilt då på landsbygden, men..."

"Låt mej förklara för henne och se hur hon reagerar".

Sunita har följt vårt samtal på håll. Vi har fört det på svenska men hon tycks ändå ha förstått att något är på tok. Hon ser på mig med undrande ögon när jag slår mej ner hos henne i soffan. Men hon reagerar lugnt när jag förklarar situationen för henne.

"Betyder det att vi inte kan resa?"

"Nej, men det blir i så fall bara du och jag. Under själva flygningen alltså. Sen kommer min syster och mamma att ta hand om dej. Är det okej?"

"Varför inte? Jag är en vuxen kvinna".

Hon säger det med ett förnärmat eftertryck som får mig att le.

"Självklart är du det. Politiker och allt".

Sen lägger jag till.

"Vi behöver ju inte berätta det för nån hemma i byn".

"Nej, det är kanske bäst så. Folk har så konstiga idéer och pratar så mycket dumt."

Så är den saken ur världen. En av de lokalanställda kvinnorna tar med sig Sunita ut på stan på en shoppingrunda. Hon behöver finkläder för de tillställningar hon ska vara med på. Och dessutom en rejäl vinterkappa och ett par bra promenadskor som tål kyla.

"Är det verkligen nödvändigt?" undrar hon.

"Du känner väl så mycket kallare det är här i Delhi än hemma i Markapalle. Och i Stockholm är det flera grader kallare."

Temperaturen inne i huvudstaden ligger den här dagen på omkring tio grader dagtid och väntas sjunka ytterligare framåt kvällen. En bra bit över nollan visserligen men det är råkallt. Kall och fuktig luft har svept ner från Himalaya. Jag visar henne rapporter i indiska tidningar om uteliggare i Delhi som har frusit ihjäl och om snö som blockerar vägarna uppe i bergstrakterna.

"Är det lika illa i Sverige?"

"Det är varmt och skönt inne i husen men det kan vara väldigt kallt utomhus. Man måste ha bra kläder för att skydda sig när man går ut. Så här års är det säkert snö också".

"Lika mycket snö som på dom här bilderna?"

Hon pekar på de indiska tidningarnas bilder av byar i Himalaya där bara hustaken sticker upp ur snön. Jag skakar på huvudet.

"Nej fullt så illa är det inte, men vi måste räkna med att det ligger snö på gatorna".

"Ett konstigt land du bor i".

"Annorlunda i alla fall. Du får snart se med egna ögon".

Kappan som hon köpte i New Delhi är snarare elegant än praktisk. Den duger gott för stunden, för resan ut till den internationella flygplatsen men när vi kommit fram till Stockholm kommer jag att skicka ut henne att shoppa tillsammans med Tina. Praktiska vinterkläder som tål svensk vinter.

Det enda som återstår nu är att lotsa henne med ombord på planet och att se till att hon inte backar ur i sista minuten. Men jag oroar mig i onödan. Sunita tvekar inte det minsta när vi tar farväl av den lokalanställda damen från kontoret för att ta oss igenom incheckning och passkontroll och hon knorrar heller inte när vi för en stund separeras vid säkerhetskontrollen.

Hon ser storögt på alla varorna i avgångshallens butiker men avstår från att handla när hon ser priserna. Enklaste plagg kostar mer än vad en bybo tjänar på en månad.

"Folk här måste vara väldigt rika", säger hon.

"Somliga är det, men långt ifrån alla. Du såg säkert tiggarna utanför restaurangen där vi åt middag".

"Ja, det kändes konstigt. Hemma i Markapalle är vi alla fattiga, dom flesta av oss i alla fall, men det finns inga tiggare utom vid templet".

"Alla i Markapalle är faktiskt inte fattiga. Det finns både rika och fattiga där precis som här i New Delhi. Och du själv är heller inte fattig längre. Du och Ashok till exempel har fått det bättre…"

"Jag vet. Tack vare dej … och så Lakshmi förstås".

Jag kan inte låta bli att skratta.

"Du vet vad jag tänker om det".

Hon ger mig en syrlig blick men så spricker hennes ansikte upp i ett leende.

"Du har din tro och jag har min".

Vår flight ropas ut och vi gör oss redo att stiga ombord. Det är ett avgörande ögonblick. Jag känner fortfarande en viss oro för att hon ska gripas av panik och kanske backa ur, så jag tar ett tag kring hennes armbåge och leder henne framåt. Hon svarar med ett leende. Min oro är alltså ogrundad. Hon går lugnt och avspänt vid min sida men ser sig förundrat om när vi kommer in i den enorma kabinen.

"Så stort det är, större än..."

Hon hittar inget att jämföra med.

"Kanske som den stora salen i templet", föreslår jag.

"Större..."

En flygvärdinna visar oss våra platser. Sunita får den vid fönstret och sitter sen med näsan tryckt mot rutan medan planet lyfter och stadens ljus försvinner under oss.

Allt är nytt för henne och tiden går fort med brickmiddag, videofilm och musikkanaler. Men till slut tar tröttheten ut sin rätt. Vi har en lång dag bakom oss och när ljuset i kabinen släcks ner somnar hon omgående. Snart vilar huvudet mot min axel. Jag sitter blickstilla för att inte väcka henne.

30

Stockholm tar emot i gnistrande vinterprakt. Det är soligt och tio grader kallt på Arlanda. Meterhöga snödrivor kantar motorvägen in mot centrum. Sunita sitter med ansiktet vänt mot taxins fönster och suger i sig vad hon ser, hennes första möte med västerlandet. Jag sitter mest tyst bredvid, spänd på hur det ska bli de kommande veckorna. Om något kommer att hända mellan oss.

När vi har checkat in på hotellet och kommit in på våra rum ringer jag Tina. Jag ber henne komma med oss ut på stan för att ekipera Sunita för den svenska vintern.

"Det är lite svårt för mej som man", säger jag vädjande.

"Så klart jag ställer upp. Ska bli kul. Men var beredd på att lätta på plånboken..."

Den saken oroar mig inte det minsta. Paul Svensson har försett mig med ett hyggligt tilltaget belopp för utlägg av det här slaget och skulle det inte räcka har jag fortfarande kvar de tusenlappar jag fick av min far i somras för oförutsedda utgifter. Det här känns som ett lämpligt tillfälle att använda dessa pengar.

"Bara det bästa är gott nog, men du Tina, tänk på att det ska vara praktiska grejer..."

Tina sveper in som en virvelvind på kaféet där vi har bestämt träff, rosig om kinderna och ger först mig och sen Sunita var sin kram. Det blir kontakt direkt. Tina, yngre men världsvan, tar genast kommandot. Jag blir omedelbart exkluderad.

"Du kan lika gott stanna kvar här och ta en kopp kaffe till medan vi två handlar. Men det tar nog lite tid så ska vi säga att vi ses på hotellet?".

Jag ser frågande på Sunita.

"Om det är okej för dej Sunita…"

Hon nickar jakande. Jag tar fram mitt kreditkort och ger Tina koden. Jag har på tungan att mana till återhållsamhet men bestämmer mig för att avstå. Om det finns något ögonblick i livet då spenderbyxorna ska tas på så är det nu. Jag kan ändå inte låta bli att komma med en liten förmaning.

"Handla förståndigt".

"Vad vi tjejer behöver har du ingen aning om, brorsan. Kom nu Sunita så går vi!".

I nästa ögonblick ser jag två tjejer som går ut genom dörren i glatt samspråk.

Min väntan blir lång. Jag passar på att ringa Paul Svensson. Han hummar belåtet när jag ger honom beskedet att allt har gått väl.

"Jag ser fram emot att få träffa henne. Middag i kväll, i morgon?"

"Vi ska äta hos med mina föräldrar i kväll. Men gärna i morgon. Välj helst nåt enkelt ställe. Det skulle vara bra för Sunita med en mjukstart."

"Okej, men du inser att det kommer att bli en del större tillställningar under besöket"

"Jo, men så lite som möjligt av sånt…"

"Var är hon nu förresten?"

"Ute och shoppar tillsammans med min lillasyster".

"Och middagen i kväll är den för att för att introducera henne för de blivande svärföräldrarna?"

Pauls fråga gör mig ställd. Ska jag uppfatta det som ett skämt eller som en insinuation? Jag väljer det förra och slår an en lätt ton när jag svarar.

"Paul, du om någon borde veta vad som gäller. Om jag inte minns alldeles fel brukar du i dina föreläsningar framhålla att allt samröre av det otillbörliga slaget med lokala kvinnor är tabu för oss biståndare".

Han skrattar gott.

"Ville bara testa. Du hör tydligen till dom som tagit till dej av mina visdomsord. I alla händelser ser jag fram emot att få bekanta mej med den unga damen. Jag hör av mej med tid och plats senare".

Till sist är Tina och Sunita tillbaka. De kommer lastade med plastpåsar och jag skymtar oro i Sunitas ögon, oro över att ha spenderat slösaktigt, men Tina löser upp situationen.

"Det blev visst lite mycket, men det är mitt fel. Ditt också förresten. Den där kappan du eller nån köpte åt henne i Indien är inte mycket att hänga i julgranen. Inte i det här vädret. Och så behövde hon lite underkläder också, ja sånt som passar till västerländska kläder. Och sen så ska hon ju vara med på en massa tillställningar och då behöver hon skor och sånt. ...men visst är hon fin."

Tina talar snabbt. Jag tolkar det som ett sätt att hindra mej från att komma med några invändningar. Men några sådana har jag inte på lut. Tvärtom är jag mer än belåten med vad jag ser när kläderna plockas fram. Jag vänder mig mot Sunita och ler.

"Du har valt vackra kläder, du är mycket fin…"

Fin är ett understatement. Hon är en skönhet. Hennes mörka hy lyfts fram av den ljusa långtröja hon köpt. Jag noterar också att hon har lagt en lätt makeup. Det uppfattar jag som ytterligare ett steg bort från de strikta restriktioner som gäller för hinduiska änkor. Det jag nu ser är en ung dam i europeisk mundering. Inte ett spår kvar av den barfota kvinna i trasig sarong som jag mötte vid mitt första besök i Markapalle två år tidigare. Men ännu viktigare är att denna yttre förändring bara är en bekräftelse på den totala transformering som har skett. Den fattiga dalitänkan som har blivit en framgångsrik odlare och lokal politiker och som nu är redo att presentera sig och sina projekt i ett främmande land.

Tina och jag blir ensamma en stund medan Sunita går in på sitt rum för att göra sig redo för kvällens middag med mina föräldrar.

"Tack för hjälpen, syrran. Hyggligt av dej att ställa upp".

"Det var ett rent nöje, hon är jättetrevlig… Är det nåt mellan er?"

"Tyvärr omöjligt", säger jag och skakar på huvudet.

"Synd. Varför?"

Jag försöker förklara. Sunitas rötter, religionen och traditionerna med alla dess hinder. Hänsyn till hennes mor och barn.

"Det skulle helt enkelt inte gå och dessutom skulle jag bli hemskickad om det började skvallras om oss…"

"Det är för jäkligt så mänskligheten har ställt till det för sig... lika illa här hemma också förresten, ja du vet."

Jag nickar att jag förstår.

"Så, oss emellan, hur är det mellan dej och Danni?"

"Så där. Det skulle vara helt okej om det inte vore för våra morsor. Men så fort jag är klar med studenten i vår flyttar jag hemifrån".

"Och ihop med Danni?"

"Det återstår att se..."

Mötet med mina föräldrar som jag oroat mig för avlöper förvånansvärt väl. Sunitas salwar khamiz väcker beundran hos både mor och Tina. Mor ser också ut att vara genuint nöjd med den present hon får, en packe underlägg för tekoppar i väldoftande sandelträ.

Medan damerna diskuterar kläder tar far mig avsides och säger:

"Det var som tusan. Verkligen tjusig ung dam. En positiv överraskning, det må jag då säga. Vi var ju liksom förberedda på nåt helt annat efter att ha sett bilderna i den där tidningen du skickade. Ja, och vad skulle man tro efter det du berättat i dina brev om hur det står till i den där byn hon kommer ifrån..."

Tina som kommit in i rummet står snett bakom honom och när hon hör hans kommentar gör hon en road grimas. Jag ignorerar den och griper istället tillfället att tala i egen sak, att bemöta fars gamla invändningar mot mitt val av yrke,

"Här ser du ett levande bevis på vad svenskt bistånd kan åstadkomma. Sunita var en av byns allra fattigaste men nu är hon både kommunalpolitiker och egenföretagare om man ska använda svenska termer för att beskriva henne. En liten bekräftelse på den utveckling som pågår och där jag spelar en viss roll".

"Jaja. Jo, jag respekterar självklart ditt yrkesval, Bertil. Fast mor hade kanske önskat sej nåt annat."

Det ville du också, tänker jag. Men det avstår jag från att säga. Varför försura stämningen när upptakten blivit så lovande.

Mor har visat Sunita runt i Östermalmsvåningen. Hon är påtagligt imponerad av det hon sett när hon återvänder till salongen.

"Så stort och fint det är. Lika högt i tak som i vårt stora tempel. Varför lämnade du det här för att bo som du gör i det där gamla ruffiga huset i Markapalle?"

Jag flyttar mig så jag står med ryggen mot mina föräldrar och svarar med låg röst:

"Livet handlar inte bara om att bo, man måste andas också och pröva sina vingar".

Hon ser frågande på mig. Jag viskar:

"Vi tar det där senare, när vi är ensamma du och jag".

Mor bryter in och säger att maten är serverad. Det här är ett moment som oroar mig, men mor har verkligen lyssnat för en gångs skull. Förmodligen har Tina också haft ett ord med i laget. Bordet är dukat med enkel servis, bara en uppsättning glas mot de tre eller fyra som brukar stå där på finmiddagarna och bara en omgång bestick per kuvert. Det enda som tynger är de grandiosa lampkronorna som gått i arv på mors sida i generationer. Innan vi slår oss ner vid bordet viskar Tina i mitt öra att hon har ordnat så att maten beställts från en indisk restaurang i närheten.

Samtalet vid bordet flyter till en början lätt tack vare Tina. När hon berättar om eftermiddagens shoppingrunda sprider sig ett leende över min mors ansikte. Kläder är ett område som intresserar henne. Men när hon lyssnat en stund kan hon inte låta bli att ge Tina en pik.

"Du kunde ju ha passat på att köpa nåt åt dej själv också. Se så fin Sunita är och titta sen på dina gamla jeans och den där förfärliga långskjortan du alltid går omkring i."

"Min klädbudget tillåter inte några extravaganser. CSN är inte lika generösa som Bertils arbetsgivare när det gäller kläder".

"Sakta i backarna där, Tina", invänder jag. "Sanningen är faktiskt att det är far som står för fiolerna."

Jag vänder mig mot min far som sätter upp ett förvånat ansikte.

"Du minns väl dom där tusenlapparna du stack till mej i somras innan jag åkte iväg. Dom kom väl till pass nu. Jag är nämligen säker på att Sidas revisorer skulle rekommendera att anslagen till vår organisation drogs in om dom hittade kvitton på inköp av damunderkläder och annan extravagans i vår redovisning".

Jag säger detta på svenska för att inte genera Sunita. Men jag noterar att Tina ler i mjugg och anar att hon nu ser en chans att pressa far på en slant till resan som hon och Daniela tänker göra till sommaren. En månads båtluff i den grekiska övärlden som ska ge dem ett tillfälle att testa om känslorna håller när de utsätts för stress.

I taxin tillbaka till hotellet tar jag Sunitas hand. Hon ser förvånat på mig men drar inte tillbaka handen.

"Jag hoppas du inte hade alltför tråkigt",
Hon skakar på huvudet.
"Inte alls, men jag tror inte att din mor gillar mej"
"Varför säger du så?"
"Det är hennes sätt att se på mej. Hon ler med munnen men ögonen är kalla".
"Det är hennes sätt. Egentligen tror jag att det handlade mest om Tina. Du hörde kanske det där hon sa om Tinas kläder?"
"Jag förstod kanske inte allt".
"Det är lite komplicerat. Mamma tycker att Tina inte är feminin nog och vill få henne att ändra sej."
Jag avbryter mig där. Jag har ingen rätt att avslöja vad Tina har anförtrott mig. Tids nog uppstår kanske ett läge när Tina själv väljer att berätta för Sunita.

Följande dag är en söndag, en sista ledig dag innan förberedelserna för den stora konferensen drar igång. Det är en strålande januaridag, sol från en klar himmel och bara ett par grader under nollan.
"En utmärkt dag att visa Stockholm från dess bästa sida", säger Tina i telefon. "Jag skulle vilja ta lite bilder av dej och Sunita tillsammans. Nåt för familjealbumet, både ditt och hennes".
Vi träffas vid skridskobanan i Kungsträdgården. Detta är något nytt och främmande för Sunita, men hon skrattar förtjust åt ungarna som virvlar omkring ute på isen i sina färgsprakande kläder och ler åt paren som åker tillsammans med armarna kring varandras midjor.
"Vill du försöka?"
Sunita skakare energiskt på huvudet när Tina frågar.

"Tänk om jag ramlar…"

Jag tolkar det som att hon vill men behöver en liten lätt puff för våga.

"Men jag lovar att hålla i dej, precis som dom där paren du ser där ute på isen".

"Kom igen nu, Sunita. Tänk vilka fina bilder det kan bli. Nåt att visa upp för dina barn…"

Tinas övertalning ger resultat. Några minuter senare har vi hyrt skridskor och Sunita tar sina första vacklande steg ut på isen. Jag håller ett stadigt tag i hennes armar medan jag försiktigt lotsar oss fram genom hopen av ungar. Det går lite vingligt, men efter en stund vågar hon ta sina första skär. Jag är så upptagen av att hålla balansen åt oss båda att jag knappast märker Tina som rör sig runt omkring oss med sin kamera. Men innan vi kommer av isen ber hon oss att posera med armarna kring varandra ute på isen mitt i en hop av nyfikna ungar.

31

Middagen med Paul Svensson blir en mjukstart på Suni-
tas officiella program. Vi äter på en indisk restaurang på
Söder där Paul verkar vara känd.

"Jag slinker in här ibland om kvällarna när jag vill ha
nåt kryddstarkt", säger han. "Det är i och för sig inget fel
på husmanskosten jag får där hemma, men ibland vill
man ju reta smaklökarna med nåt annat..."

Paul slår an en lätt ton men jag har en känsla av att
han hela tiden är i tjänst. Hans frågor är en lätt förklädd
granskning av Sunita och på sätt och vis också av vår
relation. När han undrar över hennes färdigheter i eng-
elska tvingas jag avslöja att jag gett henne privatlekt-
ioner i två år, och därmed står det klart att Sunita och jag
har umgåtts betydligt mer än vad jag berättat tidigare.

Hans frågor känns också en aning närgångna när vi
senare kommer in på frågan om finansieringen av hennes
projekt och varifrån startkapitalet kom. Jag tolkar det
som att han vill försäkra sig om att det inte dyker upp
något skumrask som kritikerna kan sikta in sig på. Men
han är nöjd med min förklaring att det som användes för
att bygga de första drivbänkarna var gamla plastrullar
som legat och skräpat i ett av våra förråd. Jag ligger lågt
med att en del av tillbehören är inköpt för pengar som
jag tagit ur egen ficka. Jag väljer istället att nämna det
pågående projektet med bevattningskanalen i Prashids
by som mera problematiskt. Men då slår Paul genast till
reträtt. Där har han ju själv medverkat till det som en

revision skulle kunna anmärka på. Han byter genast ämne när jag påminner honom om mitt handskrivna addendum: *Projektet ingår i Operation Sunita.*

Sunita dras under de kommande dagarna in i förberedelserna för den stora konferensen. Hon möter de andra deltagarna som kommer från Tanzania, Etiopien, Bangladesh och Vietnam. De är alla bykvinnor precis som Sunita och deras gemensamma nämnare är att de har drivit lyckade projekt på lokal nivå. Det är därför de bjudits in till Stockholmskonferensen där budskapen är att kvinnor kan och att de svenska insatserna gör nytta.

Biståndsorganisationerna som står bakom konferensen är alltså måna om att visa upp sina gäster för medierna och kallar till en stor presskonferens. Jag känner viss oro för hur Sunita ska klara detta möte med en hord svenska journalister och fotografer. Eftersom jag är inbokad för ett viktigt möte på kontoret har jag ingen möjlighet att vara med. Därför ber jag Tina att ställa upp som ett stöd, vilket visar sig vara en åtgärd med större konsekvenser än jag tänkt mig, för samtidigt som Tinas närvaro har en lugnande effekt på Sunita blir den också en inkörsport för min lillasyster in i mediavärlden. Hon blir bekant med några av journalisterna och en av dem ger henne ett erbjudande som leder till stor och oväntad uppmärksamhet. Dagen därpå får jag nämligen se bilder av Sunita och mej på Kungsträdgårdens skridskois på mittuppslaget i en av kvällstidningarna tillsammans med andra bilder som visar Sunita i arbete på sina fält, foton som fanns med i den informationsmapp som delades ut under presskonferensen.

Min första reaktion när jag ser tidningen är irritation över denna publicitet. Oro också. Jag befarar att den ska leda till kritik från Paul och de andra i ledningen. Jag ser framför mig att såna som *Vän av ordning* och *Sverigevän* redan vässar sina pennor för att skriva arga insändare om denna skandalöst slösaktiga användning av svenska skattepengar. Men det blir faktiskt tvärtom. Pauls spontana kommentar är att Sunita är ett charmtroll och att mittuppslaget i kvällstidningen har gett organisationen PR som inte går att köpa för pengar.

"Dom andra tidningarna tog i bästa fall in en bild från pressmappen. Men det här är PR som väcker uppmärksamhet långt utanför dom kretsar som vi når ut till i vanliga fall. Hälsa din syster och tacka".

Jag gör som Paul säger, ringer och gratulerar Tina. I telefonen hör jag hur hennes röst bubblar av stolthet.

"Inget att tacka för. Jag fick bra betalt för bilderna. Och vet du, Berra, dom säger att det finns en chans för mej att få frilansa som fotograf på tidningen och kanske kan det bli ett vick i sommar. Det är väl häftigt."

Konferensen blir en klar succé. Politiker från alla partier låter sig villigt charmas av och fotograferas tillsammans med de afrikanska och asiatiska kvinnorna. Biståndsministern anför kören. Han lovordar i sitt invigningstal de svenska satsningarna på den tredje världens allra sämst ställda och han utlovar ett ökat stöd till denna typ av utvecklingsarbete.

Paul som har varit med länge noterar vad som sägs från talarstolen men han tar politikernas löften med en stor nypa salt.

"Vi får se hur det blir i skarpt politiskt läge när den nya biståndsbudgeten ska presenteras. Men det ska dom ha klart för sej, att vartenda ord dom säger nu kommer vi att använda för att pressa dom på mer pengar".

Jag förstår precis vad han menar. Det är lätt att föreställa sig en bild av biståndsministern tillsammans med Sunita på förstasidan i något av skymningslöven med rubriken: *Ministern som svek.* Efter den här konferensen kommer det att finnas gott om bilder och uttalanden i tidningarnas arkiv som faktaunderlag för en sån rubrik. Gefundenes Fressen för en gammal förhandlingsräv som Paul Svensson.

32

Den internationella konferensen är slut. Vi har några dagar för oss själva innan det är dags för återresa. Jag föreslår Tina att hon och Daniela ska följa med Sunita och mig ut till ön i skärgården.

"Ett helt veckoslut för oss själva utan någon som flåsar oss i nacken, inga förmaningar. Jag står för mat och dryck. Vad sägs om det?

"Vill du verkligen ha sällskap?"

"För Sunitas skull. Ni behövs som förkläden. Du vet ju hur det är.".

"Okej, varför inte. Men jag måste kolla med Danni först. Utan henne åker jag inte, har ingen lust att vara nåt slags besvärande tredje hjul till er två turturduvor".

En stund senare kommer hon tillbaka och säger att Daniela gärna kommer med.

Det är en gnistrande kall januaridag när vi går ombord på Vaxholmsbåten och slår oss ner inne i den varma salongen. Utanför fönstren glider ett snötäckt landskap förbi. Isen ligger tjock efter flera dygn med kallt väder men fartyget tar sig utan problem fram i den brutna rännan. Då och då hörs dunket av isflak som slår mot skrovet. Här och var ser vi pimplare som sitter ute på isen, och vid ett tillfälle kommer skridskoåkare så nära att man kan se deras vinterrosiga ansikten. Sunita följer med skräckblandad förtjusning det som pågår utanför fönstren

En isränna är alltså bruten men inte ända fram till bryggan där vi ska stiga av. Vi släpps av på isen ett hundratal meter från ön och möts av en bitande nordanvind. Jag går före nedför landgången med flickorna i släptåg. Sunita står kvar på landgången ett ögonblick och tvekar om hon ska våga sätta ner fötterna på isen.

"Håller den verkligen?"

Jag försäkrar att det gör den.

"Se bara på skotern där borta med all last på släpet. Kan isen bära den så är det ingen fara för oss."

Jag tar hennes hand och leder henne från landgången ner på isen och börjar gå mot land. När hon ser att Tina och Daniela följer efter utan att tveka släpper oron.

Så går vi par om par in mot ångbåtsbryggan som ligger översnöad och öde. Handelsboden är igenbommad under vintern och gubbarna som brukar sitta på ljugarbänken har flyttat inomhus. Eftersom vägen över ön är oplogad väljer vi att gå på isen längs stranden. En fantastisk upplevelse i det fina vädret men också litet skrämmande med isen som sjunger under våra fötter.

Det är kallt i stugan och vi sitter till en början med våra tjocka ytterkläder på oss framför den öppna brasan och dricker skållande varmt kaffe. Efterhand börjar också elementen ge ifrån sig lite värme men så snart vi fått i oss kaffet vill Sunita ut igen.

"Gå ni", säger Tina. "Under tiden fixar Danni och jag nåt att äta".

Med dessa ord sätts tonen för resten av tiden på ön. Vi är fyra i huset men vi är två par. Det är Tina och Daniela, och det är Sunita och jag.

Vi pulsar i snö. Sunitas mörka ansikte, det lilla som skymtar fram ur den pälsbrämade anoraken, lyser nästan svart mot den pudervita snön. Vi tar bilder av varandra och turas om att le rakt in i Sunitas nyinköpta kamera. En Vaxholmsbåt passerar ute i rännan, kanske är det den vi kom ut med som är på väg tillbaka in mot stan. Sunita ber mig att fotografera henne med båten i isrännan som bakgrund och snön som inramning.

"Utan bildbevis kommer Tara och barnen inte att tro mej".

Medan vi går tillbaka mot huset berättar jag om hur svenska barn kastar snöboll och bygger snögubbar.

"Och åker kana på isen, så här..."

Jag skjuter fart och glider iväg på isen. Det går undan och jag måste flaxa med armarna för att hålla balansen. Sunita kommer springande efter och då bär det sig inte bättre än att hon halkar till och hamnar rakt i min famn. Sen står vi där med armarna kring varandra och fast det är tjocka lager av kläder mellan oss så tycker jag att jag känner hur hennes puls slår.

"Så tokiga vi är, tänk om nån ser oss..."

"Vem skulle det vara. Tina och Daniela är säkert fullt upptagna av varann".

Jag tar hennes hand.

"Kom så går vi tillbaka och ser om maten är klar".

Men det är den inte. Tina och Daniela har prioriterat om.

Vi hör skratt och skrik när vi närmar oss huset. Utanför bastun rullar de båda flickorna runt i snön och springer sen nakna omkring och kastar snöboll på varandra.

"Har dom blivit tokiga?"

Jag skakar på huvudet och förklarar den svenska sedan att bada bastu och svalka av sig antingen i snön eller i en vak.

"En väldigt konstig sed…"

"Men det är skönt. Vill du inte prova på?"

Hon skakar intensivt på huvudet.

När vi närmar oss bastun får Tina syn på oss och ropar att vi ska komma. Daniela försvinner skyggt tillbaka in i bastun men Tina står kvar helt naken i snön och viftar med armarna som en metafor. Typiskt Tina.

"Kom och basta ni också. Det är jätteskönt. Vi har fått upp värmen till nitti grader".

"Senare kanske", ropar jag tillbaka.

Inne i köket doftar det gott från en gryta som står och puttrar på spisen. Vi kommer ur ytterkläderna och blir snart varma i stugvärmen.

"Du ser att kylan inte är nåt problem när man har hus som är isolerade och kan värmas upp. Det är inte här som i norra Indien där folk fryser ihjäl därför att dom bor i ruckel som inte håller kylan ute."

"Så konstig världen är. Hos oss i Markapalle är det ju tvärtom. Där är det svårt att få svalka. Fast det händer förstås att nätterna kan bli lite råkalla när vinterregnen kommer. Då kryper vi ihop och virar in oss i filtar".

Jag nickar och säger att jag vet hur det kan vara. Även inne i huset som jag hyr i Markapalle kan vinternätterna kännas kalla, fuktiga och råkalla. Men för mig är det inte något problem eftersom jag har råd att köpa ved och kan driva ut fukten ur huset.

Flickorna kommer tillbaka. De är rosiga i hyn och våta i håret. Och fnittriga. Andedräkten avslöjar att de har tullat en aning på det medhavda förrådet av vin. Tina går fram och tar Sunita i famn.

"Du måste tycka att vi är tokiga"

"Lite kanske. Var det inte kallt?"

"Inte när man är så uppvärmd som man blir efter en stund inne i bastuvärmen. Då känner man inte kylan. Du måste prova på."

Sunita skakar åter på huvudet men mindre intensivt den här gången. Jag har på känn att hon börjar vackla.

Efter maten hjälps Sunita och Daniela åt att diska. Tina och jag blir ensamma med varandra framför brasan i storstugan medan jag skyfflar ut aska och lägger in ny ved.

"Danni och jag tänker sova över hos henne i natt. I hennes föräldrars stuga alltså. Vi vill vara lite för oss själva. Ja, du vet…"

Sen lägger hon till:

"Det vill väl ni också förresten".

"Joo men vad tror du Sunita säger om det? Det är ju tänkt att du och Daniela ska fungera som förkläden".

Tina skrattar till. Sen ställer hon sig framför mig med armarna i sidorna och spänner ögonen i mej. Hon känns inte längre som en lillasyster. Det är snarare som om vi har bytt ålder med varandra.

"Hur jävla tafatt får man vara när man är tjugotre år fyllda? Snart tjugofyra förresten. Sunita är faktiskt en vuxen kvinna. Hon har berättat för mej att hon blev bortgift när hon var fjorton och fick sin första unge innan du hade fyllt moppe. Så du får banne mej sluta upp att behandla henne som en barnrumpa".

"Det gör jag väl ändå inte".

"Värre. Du behandlar henne som en skör docka".

"Joo men..."

"Varför omyndigförklara henne. Hon har väl sin egen vilja".

"Men jag har ett ansvar för henne, i vart fall nu under resan. Det är lite känsligt. Inte så lite heller förresten. Organisationen har strikta regler. Vi har redan töjt på gränserna med den här utflykten. Folk har fått sparken för mindre överträdelser än det här..."

"Äh lägg av. Sunita är som sagt en vuxen kvinna. Är det så att hon inte vill knulla med dej så säger hon säkert ifrån. Gör hon det så får du förstås respektera det, men då får du ju i alla fall ett besked. Du vet det där gamla talesättet om att spänna bågen...".

Tina har höjt rösten. Jag kastar en menande röst mot köket. Men hon fortsätter oberört.

"Hon gillar dej skarpt. Det har hon gjort väldigt länge".

"Hur vet du det?"

"Tjejsnack. Vi delade en flaska vin häromkvällen när du var borta på ett möte".

"Jösses. Ni två satt alltså där och pimplade rödtjut och dissekerade mej."

"Äsch, ta det inte så. Hon behövde nån att prata med och förresten så drack hon nästen ingenting. Hon tyckte vinet smakade surt".

Jag känner mig först stött och uthängd men det är svårt att bli arg på Tina. Vid närmare eftertanke kommer jag fram till att det är kanske rent av är bra att Sunita har hittat nån som hon kan kommunicera med. Min lillasyster som inte kan ett skvatt om indiska traditioner och tabun är mindre fördomsfull än jag och är därför kanske ett bra bollplank för en ung indisk kvinna som för första gången befinner sig i en så främmande miljö som den svenska.

33

Flickorna har lämnat oss. Sunita och jag har följt dem en bit på väg, pulsat oss fram genom snön. Nu i skymningen återvänder vi ensamma. Jag tar hennes hand. Hon vänder sitt ansikte mot mig och ler försiktigt. Vi har ännu inte sagt i ord vad vi tänker ska hända, men jag tror mig kunna utläsa av Sunitas ansiktsuttryck att hon också vill. Det känns ändå märkligt att gå där med hennes hand i min, ungefär som med min första flickvän. Vi har känt varandra i mer än två år nu och det är först nu under resan som vi tar det första steget att röra vid varandra. Röra vid men fortfarande bara genom materialet i våra tjocka handskar. Så helt annorlunda mot de snabba rycken med den ohämmade Eva.

Vi kommer förbi bastun,

"Vill du se hur det ser ut där inne?"

Utan att vänta på svar öppnar jag dörren och visar henne in i vilrummet. Fuktig varm luft möter oss. Flickornas handdukar hänger över vilstolarna. Ena väggen pryds av inglasade bilder. Jag går fram och torkar bort imman. På en bild kan man se min far som kliver ner i en vak. En annan visar Tina och mig som små när vi tumlar omkring i snön. På ett tredje foto kan man se en grupp människor inne i bastun, förmodligen besökande gäster för alla är sedesamt insvepta i handdukar. Jag söker efter mor bland människorna på lavarna, men hon är inte med. Det slår mig att jag aldrig sett henne i bastun och inte särskilt ofta nere på badbryggan heller. Mor har aldrig känt sig riktigt hemma i skärgårdshuset. Det är min fars revir, hennes är den tungt möblerade våningen på Östermalm som påminner om hennes barndomshem. Jag öppnar dörren till själva bastun och ett moln av fuktig ånga slår emot oss. Termometern visar fortfarande på lite över sjutti grader. Sunita ryggar tillbaka men när hon vant sig sticker hon in huvudet för att se.

"Vill du prova?"

"Det är alldeles för varmt"

Inte längre ett nej alltså.

"Vi kan sänka temperaturen lite… men det är faktiskt skönt med riktig värme."

"Jag vill nog ändå inte".

Vi återvänder till huset och sätter fart på brasan igen. Det blir snabbt varmt. Det är inte längre utkylt och råkallt som när vi kom. Sunita drar av sig den tjocka tröjan. Hon har en långskjorta under, en av Tinas bylsiga snickarskjortor, egentligen ett oklädsamt plagg för en kvinna, men Sunita klär i den. Så är det med nästan allt hon tar på sig. Hon slog mig ju som vacker till och med i sin trasiga sarong när jag såg henne för första gången.

Håret ligger utslaget över axlarna. Det glänser i skenet av lågorna. Jag smeker det, för min hand neråt så långt håret räcker, ett gott stycke ner på ryggen. Hon sitter blickstilla och ser in i brasan och låter mig hållas. Först när jag tar bort handen vänder hon sig om och ler.

"Jag tyckte om det".

Sen lutar hon huvudet mot min axel.

"Precis som på planet", säger jag. "Minns du det, att du sov mot min axel då?"

"Ja, det kändes tryggt och skönt".

"Jag trodde du sov".

"Inte hela tiden, men jag ville att du skulle tro det för jag kände mig generad".

Jag värmer glögg och bjuder Sunita att smaka. Hon smuttar först misstänksamt på den kryddade drycken, men säger sen att den smakar gott, dricker ur och håller fram glaset när jag frågar om hon vill ha mer.

"Den är stark", säger jag, "Drick långsamt".

"Inte starkare än det vi dricker när det är bröllop hemma i Markapalle".

Jag vet att det dricks en hel del i byn när det är fest. Mest billig indisk whisky men också en del hembränt. I tidningarna läser man ofta om folk i byarna som dött efter att ha druckit hembränt som spetsats med metanol.

"Dricker kvinnorna också?"

"Männen dricker mest. Men vi kvinnor brukar också få smaka vid såna tillfällen. Bara då, annars dricker vi inte, det anses inte fint."

"Men nu dricker du fast det inte är fest".

"Det här är fest för mej…"

Jag ställer undan våra glas och tar hennes ansikte mellan mina händer och drar det närmare. Hennes läppar är mjuka och svarar villigt. Huden är varm innanför skjortan. Hon ligger på rygg nu, ler mot mig när jag fumlar med knapparna,

"Vill du?", säger jag när vi ligger omslingrade och nakna på fällen.

"Bara du lovar att vara försiktig. Det var så länge sen…"

Efteråt ligger vi skamlöst nakna i skenet av den svagt flammande brasan. Sunitas ögon är slutna.

"Vi skulle ha gjort det här för länge sen", mumlar jag. "Två förlorade år".

"Jag vet, och jag har längtat, men inte vågat..."

"Varför?"

"Det förstår du väl. Det passade sig inte och jag visste inte hur du skulle reagera. Kanske såg du ner på mej, du visade aldrig att du ville ha mej".

"Visst ville jag, men jag var rädd att skada ditt anseende. Rädd att skada vår vänskap också, den har betytt mycket för mej".

Hon nickar att hon håller med. Vi vet båda hur det är med byns nyfikna ögon och sladdrande tungor. Om någon sett oss skulle det ta bara några timmar tills hela byn hade fått höra vad som hänt. Hon skulle ha kallats hora och jag skulle ha skickats hem. Men nu i ensamheten i ett vinterödsligt sommarhus i den svenska skärgården finns inga ögon som ser oss.

Medan vi ligger så framför brasan ägnar jag en tacksam tanke åt Tina och Daniela som diskret har lämnat oss ensamma. Kanske inte helt osjälviskt. Ligger de också tillfredsställda och omslingrade framför en brasa i sin stuga på andra sidan ön?

Brasan börjar falna. Jag reser mig försiktigt och lägger på några pinnar. Lågorna flammar upp och lyser upp rummet. Sunita öppnar ögonen och lägger händerna över brösten som om hon plötsligt blivit medveten om sin nakenhet. Jag för undan händerna och kysser hennes bröst. Sen lägger jag mig på henne och leder hennes hand till min penis. Den är hård på nytt.

Två dagar och nätter får vi i stugvärmen. Och också stunder i bastun. Nu när vi har brutit ner den osynliga barriären vill hon prova allt. Vi är som lyckliga barn när vi hand i hand springer ut och rullar oss i snön efter baden. Sunitas mörkbruna kropp i bjärt kontrast mot pudervit nysnö.

Men underbart är kort. På söndagseftermiddagen tränger sig yttervärlden på i form av Daniela och Tina som dyker upp som en påminnelse om att det är dags att återvända till stan. Vi pälsar på oss och vandrar tillsammans över isen till ångbåtsbryggan i en pinande sydvästvind som har fört med sig blytunga moln och blötsnö. Isen sjunger i moll under våra fötter.

Det är ett slaskväder som känns som en dyster avslutning på en oförglömlig helg. Och som om busvädret inte vore nog finner jag ett meddelande i receptionen som säger att jag omgående måste ringa Paul Svensson.

Jag anar oråd, och när Paul kommer på tråden är beskedet grymt. Jag måste stanna i Sverige några dagar extra för överläggningar om ett nytt projekt i Tanzania som behöver förstärkning. De FN-experter som jag ska samarbeta med där nere väntas komma till Stockholm och är angelägna att bekanta sig med mig. Jag protesterar, men Paul är obeveklig.

"Inga men. Lika bra att du vänjer dej redan nu vid att ditt nya jobb innebär såna intrång i ditt privatliv".

Sunita måste alltså resa tillbaka ensam. Hennes visum är tidsbegränsat och dessutom skulle en ombokning av biljetten bli orimligt dyr. Jag våndas för hur hon ska ta denna oönskade vändning, detta snöpliga slut på vår resa. Men hon tar det med stoiskt lugn, så stoiskt att jag undrar om hon verkligen förstått vad jag har sagt.

"Kan du verkligen resa själv?"

"Så klart jag kan. Oroa dej inte…"

"Jag ser naturligtvis till att du kommer ombord på planet här i Sverige, men sen… du måste byta i både Frankfurt och New Delhi. Klarar du det på egen hand?"

"Jag får väl fråga, det var väl så du gjorde på hitvägen?"

Hennes självsäkerhet överraskar mig. Det borde den i och för sig inte göra. Det är ju faktiskt detta som hela biståndsprojektet handlar om att vi ska ge hjälp till självhjälp, skapa goda förutsättningar för dem vi hjälper att klara sig själva. Men här kommer den personliga relationen in och stör.

"Joo men…"

"Oroa dej inte, säger jag ju. Jag kan faktiskt klara mej på egen hand. Som du kanske minns så är jag inte en barnunge längre och jag klarar mej fram på engelska. Tack vare dej faktiskt".

Hon beledsagar det sagda med ett leende. Men jag anar att hon känner sig stött av min oro. Jag tar henne i famn och kysser henne.

"Nej, nån barnunge är du minsann inte… bara ibland som ute på ön när vi rullade runt i snön utanför bastun."

Hon skrattar till. Ögonen lyser vid påminnelsen om våra dagar och nätter på ön. Kanske går hennes tankar i samma riktning som mina, till våra svettglänsande nakna kroppar omslingrade i brasans sken, till promenaderna på isen hand i hand och till de hedonistiska bastubaden.

34

Planet gör en sväng ut över Bengaliska viken. Så går det in för landning på Dharampatnams flygplats. Under mig ser jag de välbekanta landmärkena. Två hindutempel med gyllene kupoler som glänser i solen och en moské med två minareter som står som pinnar upp mot skyn. Några kilometer bort, inne i diset och grönskan, ligger Markapalle och det väntande mötet med Sunita. Jag både längtar efter det och fasar för det. Tio dagar har gått och vi har inte haft någon kontakt sedan avskedskyssen och tårarna på Arlanda.

Mohan står med jeepen vid terminalbyggnaden och tar mitt bagage. På vägen mot Markapalle bubblar han över med allt som har hänt under de veckor jag varit borta. Smått och stort i en salig röra. Dipak, min tolk och vän, har fått barn, tyvärr en flicka. En ny medarbetare har börjat arbeta på kontoret som sekreterare åt Assar. Ashok har köpt en ny motorcykel. Vintermonsunen har varit besvärlig med stormar och översvämningar. Två fiskebåtar har gått under och minst åtta män drunknade. Ett svårt bakslag för vårt projekt i fiskebyn. Tempeldammen i Markapalle har svämmat över och måste repareras. Ett av Sunitas växthus blåste också sönder, men det är återställt nu.

Jag lyssnar med ett halvt öra för jag har svårt att engagera mig. Hummar lite då och då för att visa att jag lyssnar, men mina tankar är på annat håll. Det är så mycket som händer kring mig just nu. Det nya jobbet som jag ska sätta mig in i och alla projekt som ska avslutas eller lämnas över till någon annan innan jag far.

Men plötsligt säger Mohan något som får mig att vakna upp.

"Förresten har det kommit hem en man som arbetat i Gulfen och som visst har friat till Sunita. "

Jag rycker till och hoppas att Mohan inte ser min reaktion. Som tur är verkar han vara fullt upptagen av att krångla sig förbi ett par oxforor som tar upp mer än sin beskärda del av vägen. När vi till sist passerat dem har jag hunnit ordna anletsdragen.

"En man som friat till Sunita, säger du?"

"Jaa, det sägs så".

"Den där friaren, vad är det för en man?"

"En vän till Sunitas farbror Prashid. Dom har varit hemma hos Tara några gånger tillsammans och det sägs att Tara gillar honom".

"Jaha, och vad har Sunita svarat?"

Jag gör mitt bästa för att låta oengagerad fast mina känslor löper amok.

"Du vet hur det är, Bertil-ji. Det är inte hon som bestämmer. Det gör Prashid nu när gamle Arun inte längre är i livet".

Så är det nog tyvärr. Arrangerade äktenskap är tradition och fortfarande vanliga. Jag minns ryktena jag hörde före avresan. Och jag vet ju att i det rurala indiska samhället är det familjens äldste som bestämmer, i det här fallet alltså Prashid. Familjer och gårdar gifts ihop på ungefär samma sätt som i gamla tiders svenska bondesamhälle. Det sociala trycket är starkt och individen förväntas böja sig. Men jag har ändå svårt att tro att Sunita, den nya Sunita, ska finna sig i nåt sånt. Hon är ju både folkvald politiker och framgångsrik företagare. Att hon skulle tillåta sin oduglige farbror Prashid att bestämma över sin framtid känns overkligt. Det är svårt att tro att denna kvinna som nyss släppte loss sin sexualitet under våra dagar och nätter på ön i den svenska skärgården skulle acceptera en sådan inlåsning. Men vad har hon för val?

Jag vänder mig till Mohan för att få veta mer.

"Den här friaren, vem är han? Känner du honom?"

"Nej. Jag har aldrig pratat med honom. Men jag har sett honom flera gånger på sistone tillsammans med Prashid, både i Markapalle och på en bar i Dharampatnam. Han har en dyr motorcykel och det sägs att han har tjänat mycket pengar i Gulfen. Och hans familj äger visst en hel del mark i en by nere vid havet. Så det är nog ett bra parti för Sunita".

Tara har fått besked om att jag ska komma. Hon står på verandan och tar emot. Vi säger våra *namaste* och jag tar fram presenterna som jag köpt till henne och barnen. Jag säger inget om vad Mohan har berättat och hon antyder heller inte på minsta sätt att något hänt som jag behöver veta. Till sist måste jag ändå föra in samtalet på Sunita. Om det nu kan beskrivas som samtal det lilla vi förmår säga varandra med hjälp av de få ord vi har gemensamt.

"Sunita, var?"

"Sunita? Hon i Dharampatnam. Hon komma senare".

Med det får jag nöja mig. Jag ägnar mig förstrött åt måltiden som Tara lagat till. Det är mina favoriträtter, både dal och blomkålscurry serverat med ris och grönsaker. Indisk husmanskost av enklaste slag men en riktig festmåltid med Taras sätt att smaksätta. I vanliga fall skulle jag sluka maten, men nu har jag ingen aptit och petar bara lite i den.

Kvällen är redan långt liden, det är kolsvart för månen är ännu inte uppe, när Sunita kommer på tysta nakna fötter. Plötsligt står hon där nedanför verandan klädd som jag minns henne från den allra första tiden i en enkel bomullssarong och en kort blus som lämnar midjan bar. Hennes hy glänser i skenet av fotogenlampan när hon snabbt kommer uppför trappan och går rakt in i den skuggade delen av verandan där man inte kan se henne utifrån. Hon är uppenbarligen orolig för att någon ska se och skvallra.

Jag reser mig och går fram till henne, men hon glider undan, skakar på huvudet och ber mig skruva ner fotogenlampan. Hon gör en gest mot dörren.

"Någon kan se oss, kan vi gå in?"

Även inne i rummet håller hon sig på behörigt avstånd, sätter sig på yttersta stolkanten med händerna knutna i knät och är påtagligt besvärad.

"Något på tok?" säger jag fast jag redan vet att allting är på tok, i vart fall om det är så som Mohan sagt.

Hon dröjer med svaret. Jag känner att hon behöver en puff.

"Ångrar du det som hände mellan oss i Sverige?"

Hon skakar på huvudet och ler en smula men ögonen är sorgsna.

"Nej jag ångrar inget, absolut ingenting".

"Så vad är det då?"

Det kommer tårar i ögonen och underläppen darrar.

"Jag ska gifta mej".

Då är det alltså sant, det jag fått veta av Mohan. Men jag väljer att spela överraskad.

"Gifta dej? Det var minsann en överraskning..."

Jag reser mig och går över golvet till bordet där mitt whiskyglas står.

"Vill du också ha?"

Hon skakar på huvudet och pressar sen fram ett försiktigt leende.

"Det passar sig inte, inte här hemma i Markapalle".

"Vem är den lycklige? Någon jag känner?"

"Nej, ingen från byn..."

Sen berättar hon det jag redan vet. Men lägger till att det har skett utan hennes vetskap medan hon var i Sverige. Prashid och Tara och mannens familj har träffats och gjort upp. Ett arrangerat äktenskap som brukligt är. Ett avtal har ingåtts, närmast ett affärskontrakt även om inget har satts på pränt. Det Sunita berättar gör saken något bättre för mig. Det handlar alltså inte om känslor och det gör att jag även fortsättningsvis kan minnas våra kärleksstunder i den svenska skärgården som lika purvita som den snö vi tumlade runt i utanför bastun under vårt sybaritiska veckoslut.

"Så Tara och Prashid har bestämt detta utan din medverkan?"

"De har förstås frågat mej om jag vill..."

"Och du har sagt ja?"

"Vad skulle jag göra? Du och jag har ingen framtid. Du reser snart härifrån och jag har min plats här".

Det är den nakna sanningen. Jag har inget att erbjuda henne. I vart fall inget som tolereras i hennes värld.

Hon reser sig och går mot dörren.

"En sista kyss".

Hon skakar på huvudet och ler sorgset.

"Den har du redan fått".

Hon tar några steg nerför trappan och försvinner lika ljudlöst som hon kom in i nattens mörker bland trädgårdens mjukt svingande bananblad.

Vi undviker varandra. Jag känner att det är bäst så och förmodar att det är en känsla Sunita delar med mig. Men det geografiska avståndet mellan hennes värld och min är inte stort och det kan inte undvikas att vi ser varandra på håll. Om man nu ens kan tala om håll i en by där avstånd knappast existerar. Sunitas fält ligger strax intill vägen jag kör när jag ska in till kontoret i Dharampatnam och hon passerar min grind på väg till templet.

Sunita är också indirekt närvarande i mitt liv genom Tara som sköter sina sysslor som om ingenting hänt. Det har det väl heller inte sett ur hennes modersperspektiv. Vad hon tycker om det som hänt mellan Sunita och mig, om hon nu vet något, behåller hon för sig själv. Det ligger ju i hennes intresse att skydda sin dotters heder mot allt skvaller.

Det är ett enormt tomrum som Sunitas sorti ur mitt liv har lämnat. I två år har det varit självklart för henne att komma till mig med sina frågor och idéer. Och jag har lika självklart besökt hennes odlingar mer eller mindre dagligen. Allra mest saknar jag förstås lektionerna och samtalen på min veranda om kvällarna.

Det är svårt att fylla tomrummet. Om kvällarna terapiskriver jag brev till Tina och mina föräldrar och för första gången på månader skriver jag också ett brev till Eva. Jag skickar vykort till gamla kompisar som nog blir förvånade över att jag hör av mig efter två års total tystnad.

Det finns lyckligtvis massor med arbetsuppgifter som måste klaras av. Jag har fått en månad på mig att städa upp och att överlämna sådana projekt jag inte hinner slutföra till mina kollegor. Ibland dröjer jag mig kvar inne på kontoret och dricker en öl med kollegorna. Men det finns ingen där som jag kan dela mina tankar med.

Eva överraskar med ett faxmeddelande. Hon skriver att hon är glad att jag till sist har hört av mig och berättar att hon är på väg till Dhaka för att förhandla om köp av textilier till företaget som hennes man äger. Hon kan tänka sig att ta några dagar ledigt och besöka mig. Om det passar, tillägger hon. Jag svarar spontant att det passar alldeles utmärkt.

"Självklart är du välkommen. Det ska bli roligt att visa dej byn som jag levt i och det finns gott om plats i huset".

Efteråt, när faxmeddelandet redan skickats iväg, bryter kallsvetten fram. Jag inser att Evas besök kommer att såra Sunita och jag skäms över att det finns ett drag av hämnd i mitt agerande, en rent barnslig önskan att ge igen. Men jag bedövar mig med alkohol, stannar kvar på kontoret den här kvällen för att dricka tillsammans med min chef Assar och ett par andra kollegor. De har bevittnat mina bestyr vid faxmaskinen utan att kommentera, men jag ser i deras ansikten att de är nyfikna och att de oroas av mitt drickande. Det är ett beteende de aldrig tidigare sett. Jag försäkrar de andra att allt är okej och att jag är fullt kapabel att köra hem själv. Men Assar griper in och beordrar Mohan att ställa upp och skjutsa mig ut till Markapalle fast timmen är sen. Det är sannolikt ett klokt beslut. Jag kommer knappt innanför dörren förrän jag stupar i säng.

Tara tar emot informationen att jag väntar en gäst med stoiskt lugn. Inte heller när jag säger att det är en kvinna och att hon måste ta fram de finaste sängkläderna rör hon en min. Jag har en känsla av att hon rent av är nöjd med det beskedet. Att jag får besök av en kvinna från mitt eget land tolkar hon säkert som en försäkran om att jag inte kommer att störa Sunitas äktenskapsplaner. Inte mer än jag redan gjort. Åtminstone tror jag att det är så hon tänker. För nog anar hon väl vad som hänt mellan Sunita och mig under resan?

35

Eva är sitt gamla jag när hon stiger av planet på flygplatsen i Dharampatnam. Hon är klädd i jeans och långskjorta, inte i nån damig elegans som när vi sågs senast i Stockholm. Hon kommer spontant i min famn, vilket Mohan säkert kommer att rapportera på kontoret och också i byn.

I jeepen talar hon entusiastiskt om sitt uppdrag i Bangladesh, säger att det känns bra att byta ut ett grådaskigt London mot en miljö som sprakar av färg och liv. Tillbaka på ruta ett, tänker jag. Full av energi, precis som hon var innan besvikelserna över de magra resultaten i Dhaka slog till och fick henne att ge upp.

"Jag skulle till och med kunna tänka mej att ta ett uppdrag som biståndare igen. Jag var faktiskt ute i deltat och besökte en av mina gamla byar".

"Ett tillfälligt besök är en sak. Vänta tills du får se min by. Skulle du verkligen kunna leva utan elektricitet och utan telefon igen? Har du glömt sånt?"

"Just nu känns det så i alla fall. Jag kanske skulle kunna ta ett eller annat kortare uppdrag. Ett miljöombyte skulle göra mej gott.".

"Och vad skulle din man säga?"

"Han skulle väl se det som en chans att göra en eller annan extra golfresa till spanska solkusten med polarna".

"Och den här avstickaren till mej, hur förklarar du den för honom".

"Jag frågar inte vad han gör i Malaga".

Hon säger det kort och avsnoppande. Sen kommer den fråga jag befarat.

"Och du själv? Hur har du det med din lilla dam? Jag hörde att du och hon har varit i Stockholm tillsammans..."

"Ett numera avslutat kapitel".

"Sååå?"

"Hon ska faktiskt gifta sej, och det är som du kanske kan ana inte med mej".

"Det var som tusan. Berätta!"

Jag gör en menande huvudrörelse mot Mohan i framsätet. Vi talar visserligen på svenska, men jag anar att han efter sina många år i tjänst hos svenskar har snappat upp en del, kanske tillräckligt mycket för att förstå vad vi talar om.

"Vi tar det senare".

Detta *senare* får vänta till efter middagen. Det finns inte utrymme för något seriöst samtal om min relation till Sunita så länge Tara är kvar och på sina bara breda fötter tassar omkring i huset och trugar oss att äta mer.

Tara har verkligen ansträngt sig. Hon har som jag bett henne anrättat två av mina favoriträtter – dal och gobi aloo, en gryta med linser och en med blomkål och potatis. Men dessutom har hon på eget initiativ lagat till en icke-vegetarisk rätt, tandoorikyckling, vilket innebär att hon måsta ha gjort sig besväret att skicka någon att handla inne i stan, för den enda animaliska föda som finns att köpa på marknaden i Markapalle är fisk.

Taras omsorger om gästen överraskar mig. Det handlar inte bara om den utsökta maten. Hon har också satt upp nya gardiner i gästrummet och bäddat med ett lakanset som också ser ut att vara nytt. Dessutom har hon ställt samman två sängar så att de bildar en dubbelbädd. På ett bord vid fönstret står en vas med blommor. Jag kan inte annat än ana kvinnlig list. Syftet är helt uppenbart att få mig att tänka mindre på Sunita och mer på denna andra kvinna som har dykt upp så lägligt. Taras leende när hon hälsade Eva välkommen och visade henne in i gästrummet förstärker det intrycket.

Det är alltså först när mörkret sänkt sig och Tara gått och vi sitter med var sin drink på verandan som jag blir i tillfälle att berätta för Eva vad som hänt. Både under besöket i Sverige och efter hemkomsten. Jag rundar av med att upplysa om att Tara vid det här laget säkert har avlagt rapport till sin dotter om Evas ankomst.

"Och hur kommer Sunita att reagera på det?"

Jag rycker på axlarna.

"Behöver jag ta såna hänsyn? Det är ju hon som har övergett mej, inte tvärtom".

"Det är väl bara delvis sant. Om det är som du berättade nyss så hade hon väl inget val".

"Hon kunde i alla fall ha väntat tills jag åkt."

"Skulle hennes släktingar ha godtagit det? Och den tilltänkte brudgummen, skulle han ha varit beredd att vänta? Tänk efter själv hur korkat det är det du säger. *Vi skjuter upp bröllopet tills min förre älskare har åkt.*"

"Okej, men nu är det som det är och du är här, så låt oss prata om nåt annat…"

Men Eva släpper inte greppet.

"Och jag då? Är jag här för att trösta dej eller för att hjälpa dej hämnas?"

Typiskt Eva. En fråga som är så rakt på att den smärtar, men den är samtidigt klargörande och heller inte fel. Det gör extra ont och jag svarar med samma mynt.

"Det var ditt förslag... Missförstå mej rätt, jag är glad att du är här, men det handlar inte bara om mina relationer utan också om dina, eller hur?"

Hon lägger sin hand på min och ler, men det är ett glädjelöst leende. Kanske resignerat. Det får mig att tänka på vad hon sagt tidigare, under färden i jeepen, om relationen med den golfande mannen.

Hon reser sig upp och sträcker fram händerna mot mig, drar upp mig ur stolen.

"Nog om detta. Kom så går vi ut i trädgården. Jag behöver frisk luft".

Vi går med armarna kring varandras midjor ut i den ljumma natten. Hon lutar sitt huvud mot min axel, en beröring som slätar över misstämningen från nyss.

"Förlåt, det jag sa där inne var inte illa ment. Du vet hur jag är. Jag är glad att jag är här. Jag har saknat dej. Samma för dej, hoppas jag".

Jag nickat stumt. Det som behöver sägas har sagts. Vi är två vilsna människor som behöver varandra, om än tillfälligt. Hon är ett stöd och en tröst.

Vi är båda hungriga efter alla månader vi har varit ifrån varandra. Ute i trädgården möts vi i en omfamning. Mina händer vandrar innanför det tunna tyget i hennes t-shirt. Så blir jag varse eldflugorna som gnistrar i ett buskage som ett slags allseende ögon och hör också det dova ljudet av avlägsna trummor som tränger igenom palmernas sus. Påminnelser om att vi inte är ensamma. Jag leder henne tillbaka mot huset och in i gästrummet som Sunitas mor har ställt i ordning för vår kärleksnatt.

Det blir allt tydligare att Eva är olycklig i sitt äktenskap. Medan vi ligger nakna och tillfredsställda i sängen biktar hon sig.

"Det känns som att vi lever två parallella liv. Oliver har sin golf, sin klubb och sitt företag. Ungefär i den ordningen. I den mån det finns plats för mej så är det som dekorativt bihang på dom middagar vi arrangerar och dom vi bjuds in till. Väldigt många såna och rätt flashiga tillställningar, men inte särskilt intressanta. Ett typiskt brittiskt övremedelklassumgänge. Mest affärsfolk och advokater. Ibland dekorerat med nån från kulturlivet för att ge lite glans åt tillställningen."

"Och däremellan, vad gör du då?"

"Existerar, vegeterar, shoppar".

Hon skrattar till, ett glädjelöst skratt, innan hon fortsätter.

"Men jag ska inte klaga. Jag gick in i det med öppna ögon. Det kändes rätt, i alla fall som jag kände det då. Och Oliver är generös. Jag har ett eget kreditkort utan gräns, som fylls på vid behov."

"Är det allt du gör, räcker det?"

"Nja, inte nåt vidare. Det är därför jag har tjatat mej till att få göra en del inköpsresor för hans företag. Den här till Dhaka är den första, men jag hoppas på fler."

"Inga barn på gång?"

Hon skakar energiskt på huvudet.

"När skulle Oliver ha tid med nåt sånt? Förresten säger han att det räcker med dom ungar han redan har med sina tidigare fruar. Inte så att han ser så mycket av dom, men deras privatskolor kostar en slant."

"Så du lever i celibat?"

"Inte nödvändigtvis, men tillfällena är få. Både inom och utanför äktenskapet."

Evas besök är kort, bara tre dagar. Den sista dagen tar jag henne med till stranden. Jag visar henne fiskebyn där vi har viss verksamhet och efteråt går vi hand i hand ett stycke bort för att få vara ifred när vi badar. Stranden ser öde ut men det dröjer inte länge förrän vi är omringade av en massa ungar. Varifrån de kommer är ovisst, men det är så det är. Ingen plats, hur öde den än ser ut, ligger mer än ett stenkast från närmaste hus.

Vi bestämmer oss för att ignorera de nyfikna ungarna men medan vi badar stöter det till en del vuxna män som ogenerat kommenterar Evas bikini. Det känns besvärande och obehagligt. Vi börjar tala om att packa ihop. Men just som vi har bestämt oss kommer en man på motorcykel och schasar bort de nyfikna. Sen kommer han fram till oss. Först när han fått av sig hjälm och glasögon känner jag igen honom som mannen som är Sunitas tilltänkte. Jag befarar det värsta, men mannen ler och hälsar artigt medan han närmar sig.

"Jag beklagar obehaget och hoppas ni kan ursäkta deras beteende. Människorna i det här området är hemskt oartiga, men ni måste förstå att dom aldrig förr har sett en kvinna i baddräkt…"

Han sträcker fram en hand och jag tar den. Sen vänder han sig mot Eva och för samman händerna till ett namaste.

"Mitt namn är Sanjay Madan och jag bor här i byn alldeles ovanför stranden. Jag äger ett stycke mark där." Jag säger mitt namn och fyller på med att Eva är en vän från Sverige. Sen lägger jag till att jag har sett honom i Markapalle, byn där jag bor.

"Det sägs att du har varit där för att fria".

Han vaggar med huvudet och ler brett.

"Ja Sunita Sen, som du ju känner, har gett mej sitt ja. Hennes farbror har också gett sitt medgivande. Nu väntar vi bara på att astrologerna och prästerna i templet ska bestämma en lyckosam dag för bröllopet. Som du vet är det viktigt med rätt stjärnbild för att ett äktenskap ska bli långt och lyckligt".

Vi skakar hand igen och han sparkar igång sin motorcykel. Eva brister ut i ett klingande skratt när motorcykeln kommit utom hörhåll.

"Så det där var mannen som brädade dej..."

Åter den där sarkastiska tonen. Jag bestämmer mig för att svälja förtreten och svarar med en likgiltig ton.

"Ett klipp för en fattig änka förmodar jag. Lite överårig och överviktig kanske men han äger ju både mark och motorcykel och det sägs att han har tjänat ihop en rätt hygglig sudd i Gulfen".

"Kanske bra att han fick se oss två tillsammans", lägger jag till. "Bra för Sunita i alla fall".

På vägen tillbaka stannar jag jeepen i närheten av Sunitas planteringar. Jag pekar på växthusen och bevattningsanordningarna och på den mark som hon har köpt nyligen och som hon redan har fått att grönska.

"Du skulle ha sett hur eländigt det såg ut för två år sen. Åtminstone ett lyckat projekt på pluskontot".

"Tack vara dej, förmodar jag".

"Joo, det kan väl inte förnekas. Sunita har lyckats bra, men tyvärr har hon inte fått några efterföljare. Inte någon som kan mäta sej med henne i alla fall".

Eva pekar på några krökta ryggar ute på fältet.

"Och dom där som sliter där ute i solgasset, vilka är dom?"

"Daglönare som jobbar åt henne förmodar jag".

"Och vilken hjälp har du gett dom?".

"Alla hade samma möjlighet som Sunita, men dom där ute på fältet tog den inte. Det enda positiva för deras del är att nu får dom jobb hemma i byn istället för att trava iväg flera kilometer bort för att få sin inkomst".

"Är det allt, och är du nöjd med det?"

"Inte alls nöjd. Självklart inte. Men som sagt, något lite spiller väl över till dom arma satarna som sliter där ute i solgasset".

"Så du har numera anammat den beramade teorin om *trickle down*?"

"Inte alls, men vafan ska man göra. Man kan ju inte tvinga dom att förbättra sina liv".

"Jag vet. Det var därför jag gav upp. Slår man huvudet i väggen tillräckligt ofta så gör man det. Då är till och med ett äktenskap med en sån som Oliver att föredra".

36

Beskedet om datum för min hemresa har kommit. Plats-
chefen Assar Nygren har visserligen stretat emot och
sagt att han vill behålla mig några månader till eftersom
min ersättare inte kommit igång på riktigt än, men di-
rektionen i Stockholm har satt en absolut deadline. Jag
har fått två veckor på mig, inte en dag mer, att avsluta
verksamheten i Indien och att och packa ihop.

Som det har blivit känns det faktiskt enbart skönt.
Brahminen i templet och astrologerna har till sist enats
om en lämplig tid för bröllopet mellan Sunita och hennes
friare Sanjay Madan. Det ska ske om tre veckor. Jag hin-
ner alltså iväg dessförinnan.

Det som en vet det vet snart alla i en by som Markapalle.
I det här fallet går det också en nästan direkt linje från
mig till Sunita via Tara. Ändå känner jag att jag vill be-
rätta själv, inte minst för att visa att jag vill se henne som
vän trots det som hänt.

Jag söker upp henne ute i hennes odlingar, en plats
där vi kan tala ostört men ändå inom synhåll för alla i
byn. Inga elaka tungor ska kunna vagga med sladder om
att vi ses i smyg, inget ska kunna skada hennes bröllops-
planer. Hon stannar upp i arbetet och kommer emot mig.
Vi står ett par meter ifrån varandra, hon har en sekatör i
handen. En av dem som jag köpte med mig som gåva till
henne från Sverige.

"Jag har hört", säger hon.

"Jag hoppas du förstår. Det har inget med oss att göra,
inget med ditt bröllop heller".

"Det är nog bäst det som sker, ödet har bestämt..."

"Kanske Lakshmi", föreslår jag.

Hennes ansikte spricker upp.

"Så du accepterar hennes kraft till slut?"

"Hon och mina chefer tycks samarbeta väl. Jag hoppas du får det bra, Sunita".

"Du också Bertil-ji..."

Jag ser tårar i hennes ögon. Hon drar med baksidan av handen över ansiktet. Det efterlämnar en rand av jord. Ungefär som det var i begynnelsen, den där första dagen när hon visade mig runt på sin lilla jordplätt.

En dag senare lämnar jag över två bröllopspresenter till Tara och ber henne att ta hand om dem till dagen för bröllopet. Den ena är en färgbild av Sunita på isen i den svenska skärgården som jag låtit förstora och rama in. Den andra är en bordsservis som har stått oanvänd i ett skåp. Det har aldrig blivit någon representationsmiddag i den magnifika matsalen i huset som jag nu ska lämna. Faktum är att Eva är den enda gäst jag haft i huset. Det är nog ingen som förväntat sig att en ungkarl ska stå för några middagsbjudningar. När jag har varit tvungen att representera så har det skett på en restaurang inne i stan. Jag vet inte om Sunita och hennes Sanjay kommer att använda servisen, men den ser i alla fall pampig ut.

Kvällen innan jag ska ge mig av sitter jag ensam på verandan och njuter av en sen sundowner. Solen har för länge sen gått ner. Tropiknatten är mörk och tät. Till och med eldflugorna tycks ha tagit time out.

Då kommer Sunita fram ur skuggorna. Hon rör sig snabbt och tyst genom den svagt månbelysta öppningen framför verandan. Jag reser mig och öppnar munnen, men hon lägger ett finger på sina läppar och skyndar in i skuggan på verandan. Sen kommer en tyst viskning.

"Kan jag komma in?"

Ett ögonblick senare står vi inne i huset med armarna slingrade kring varandra.

"Är du säker på att ingen såg dej? Vad kommer Tara att säga?"

"Tara vet och förstår. Jag har berättat..."

"Och?"

"Så länge ingen annan får veta är det inget problem".

Våra läppar möts, mina händer är innanför hennes blus. Jag smeker hennes bröst, pressar vårtorna mellan mina fingrar.

"Jag har längtat efter det här", säger hon. "Det har varit en plåga att se dej varje dag utan att kunna träffa dej".

"Och hur tror du det har varit för mej?"

Hon tar initiativet, löser upp knuten som håller sarongen på plats.

"Kom".

Hon drar mig mot sovrummet. Det slår mig att där har hon aldrig tidigare varit. Mer än två förlorade år för den förbannade konvenansens skull.

När jag vaknar i gryningen är Sunita borta. Vagt minns jag hennes läppar mot min kind, frasandet av tyget i hennes sarong och en dörr som öppnades och stängdes. Kvar är bara den omisskännliga doften i kudden och minnet av hennes mjuka varma kropp under kärleksakten.

Knappt är jag uppe och ute ur duschen förrän Mohan bankar på dörren.

"Dags att åka Bertil-ji. Planet väntar inte..."

Många bybor kommer för att ta farväl. Några har presenter med sig. Den jag uppskattar mest är Ashoks miniatyrmodell av den nya pump som han har uppfunnit och börjat massproducera i sin verkstad. De flesta av välgångsönskarna är lågkastiga som förhoppningsvis har fått det något lite bättre tack vare mitt arbete. Från den rikare delen kommer bara en representant från byrådet som håller tal. De andra i den delen av byn är väl snarast glada att jag försvinner. Kanske hoppas de på att allt ska återgå till vad det var före min ankomst.

I hopen ser jag också Tara och barnen. Tara visar inte på minsta sätt att hon vet något om Sunitas och min sista kärleksnatt. Hennes ansikte är helt uttryckslöst när hon säger att Sunita hälsar och beklagar att hon har blivit tvungen att åka till stan i ett viktigt ärende.

Jag nickar och säger att jag förstår. Hon har ju både sina affärer och sitt politiska uppdrag att sköta.

Epilog

Landskapet som växer fram under oss medan planet börjar inflygningen känns främmande. Det är klart väder, bara ett lätt dis. Genom flygplansfönstret söker jag gamla välkända landmärken men finner dem inte. Allt är annorlunda och obekant. Så dyker en glittrande tempelkupol upp. Det måste vara den i Markapalle. Den ger mig en fixpunkt att utgå ifrån, men det hjälper inte mycket. Vägarna går inte som jag minns dem. De har rätats ut och breddats. Den slingrande kustvägen där det var långt mellan bilarna och tätt mellan oxhororna har ersatts av en fyrfilig motorväg fylld med bilar, bussar och långtradare. Planet gör en sväng ut över havet. Stranden där fiskeläget låg har också förändrats. De enkla hyddorna har rivits för att ge plats åt hotell och bungalows och swimmingpooler. Inga fiskebåtar i sikte, bara ett par turistbåtar som är på väg ut från en brygga vid det största hotellet. Planet är nu nere på så låg höjd att jag ser färgglada parasoller och människor som rör sig på stranden. Det är nog på ett av de där hotellen som Jennifer har bokat rum åt oss.

"Så annorlunda allt är", säger jag för mig själv, men uppenbarligen högt nog för att min dotter ska höra.

"Men snälla pappa, självklart har allt förändrats. Det har ju gått mer än tjugo år sen du var här. Förresten borde du vara nöjd med att det har hänt saker. Det var väl det som var hela vitsen med att du åkte hit ut den där gången. Du ville ju förändra världen."

Jennifer har förstås rätt. Vi har tidigare inte pratat så mycket om mitt arbete, men hon har suttit med på en del av de intervjuer jag gett under det här besöket och har på

247

så sätt snappat upp en del av mina funderingar om bistånd och utveckling. Hon har hört de friserade svar jag gav på journalisternas frågor i samband med den stora internationella konferensen i New Delhi där jag var en av huvudtalarna. Men hon har också suttit med och lyssnat till de mera fritt svingande reflexioner jag utväxlade med min gamle vän och trätobroder Rajiv Bannerjee.

Det är nog det jag sa till Rajiv efter ett par whiskypinnar som är upphov till hennes invändning nu. Vi lever i en föränderlig värld och jag är på gott och ont medansvarig till denna utveckling.

Flygplatsen i Dharampatnam har också förändrats. Den har fått ett internationellt stuk med två landningsbanor och en ny terminal med sektioner för såväl inrikes- som utrikesflyg. För att utländska turister inte ska behöva vricka tungan heter den nu Dharam Airport

"Men kom nu då, pappa!"

Jenny är ivrig att komma av planet. Hon har inhämtat att hotellet ligger vid en lång strand och att där finns allt vad en utländsk turist kan önska sig. Vi har grälat lite om priset på rummen. Jag baxnade när jag såg siffrorna. Inte så att de tär alltför mycket på mitt bankkonto. Som hög diplomat i FN-tjänst har jag mitt på det torra. Men 5 000 rupier per natt är mer än dubbelt så mycket som en indisk daglönare tjänar per månad och om jag minns rätt var det vad jag betalade i årshyra för min stora villa under åren i Markapalle.

En ung man från hotellet möter upp med en limousin. Han heter Raja och talar utmärkt engelska.

"Hotellet ligger bara några minuter bort. Mycket komfortabelt. I morgon rekommenderar jag en utflykt…"

248

Jag slutar lyssna, lutar mig bakåt och sluter ögonen. Det har varit en hektisk vecka och jag ser fram emot några dagars total avkoppling för att ladda batterierna. Jenny har säkert andra prioriteringar, har kvar sin nyfikenhet och är nog ivrig att ta för sig av allt det som den entusiastiske chauffören föreslår. Fiskeutflykter, tempelbesök, dansföreställningar.

"Hör du pappa, det finns hur mycket som helst att göra."

"Vi får väl se hur mycket vi orkar med".

Fel pronomen. Frågan är hur mycket *jag* orkar med. Dessutom undrar jag om det går att jämka samman våra olika prioriteringar. Jag har egentligen bara två. Den viktigaste är att spåra upp och återse Sunita, det vill säga om det skulle vara passande. Vad vet jag om hennes förhållande idag. Vi har inte haft någon kontakt på många år. Jag vet faktiskt inte ens om hon lever. Den andra prioriteringen är en nostalgitripp ut till Markapalle för att återse huset som jag bodde i och där Jenny blev till. Om det nu står kvar.

Hotellet ligger på den strand där det fiskeläge låg som jag ofta besökte under min tid som biståndare i området. Men från balkongen på vår svit syns varken fiskare eller hyddor, bara en lång sandstrand med det ena hotellet efter det andra. Kring poolen åtta våningar nedanför mig råder samma aktiviteter som på de flesta andra strandhotell jag besökt under mitt kringflackande liv. Folk slappar i sina solstolar eller ligger i poolen och läskar sig med drinkar. Vindsurfare konkurrerar med simmare i vågorna. Jenny är redan där nere, säkert utsträckt i en av solsängarna som skymtar fram mellan parasollerna.

Jag hoppas hon ska få en bra semestervecka, även om mitt sällskap inte är särskilt roligt. Jag har för mycket i huvudet, framförallt erbjudandet från statsministern att ta plats i hans regering när han ombildar den för att ge den mer energi inför nästa års val. Han har gett mig fjorton dagars betänketid. Sju är redan avverkade.

Beslutet är avgörande för min framtid. Ska jag avbryta min karriär inom FN-familjen, där jag har en stark ställning som konfliktlösare och förhandlare för att istället ägna mig åt svensk inrikespolitik? Det känns som ett steg neråt men det som talar för ett spårbyte är att jag nu har kommit in i den medelålder där ett ständigt kringflackande från en tidzon till en annan börjar kännas tungt. Min läkare har rått mig att trappa ner. Den erbjudna posten som biståndsminister är i och för sig ingen sinekur och den innebär förstås också en hel del resande, men inte fullt så mycket. Jag kan säkert räkna med långa perioder hemma i Sverige.

När jag kommer ner till lobbyn står det en ny receptionist där. En ung vacker kvinna, påtagligt ljus i hyn, kanske från någonstans i norra Indien. Tara står det på namnskylten som är fäst på sarin, namnet på Sunitas mor. Det får mig att studera ansiktet lite extra. Dragen verkar bekanta, påminner om Tina som ung, tänker jag. Kan det vara barnet som Sunita skrev om i sitt sista brev som står framför mig nu. Åldern tycks stämma, jag gissar att den unga kvinnan är strax över tjugo. Så viftar jag bort tanken, gör ett försök i den riktningen i alla fall. Hur stor är egentligen sannolikheten att just den här unga kvinnan skulle kunna vara Sunitas och mitt kärleksbarn? Egentligen vet jag ju inte ens om det finns något sådant barn, allt Sunita skrev i brevet var att hon och Sanjay var glada över att de så snabbt fått tillökning i familjen. Inte ett ord om att barnet skulle vara mitt och inget om dess kön. Men tanken vill inte gå i väg.

"Tara är ett vackert namn", säger jag.

"Jag har det efter mormor", säger hon.

Jag har fler frågor på tungan men andra gäster kommer för att hämta sina nycklar och ställa frågor.

Jag går ut i solen för att söka rätt på Jennifer. Där råder inga tvivel om faderskapet. Eva har varit helt öppen med att Jennifer är mitt barn. Handlingar som bevittnats av en advokat hittades i hennes bankfack när hon och mannen dog i en helikopterolycka och elvaåriga Jennifer förenades med mig och min dåvarande fru Annika. Dåvarande därför att äktenskapet inte klarade av att hantera tillkomsten av ett elvaårigt barn.

Efter skilsmässan från Annika har det i huvudsak varit min syster Tina och hennes Daniela som gett Jennifer den trygghet hon så väl behövde när hon rycktes upp ur den engelska miljön för att transplanteras in i det svenska samhället hos en far som hon tidigare inte kände till. En far som därtill sällan fanns på plats. Den där ministerposten som dinglar framför mig kan kanske innebära att jag sent omsider kan bli bofast nog att agera tillgänglig far. Den här Indienresan är ett försök att bygga upp en relation mellan oss och hittills har det fungerat bra.

Jenny är på väg upp ur vågorna när jag kommer. En blond väldigt svensk tjej i en bikini som jag i egenskap av far finner lite väl vågad. Men den uppskattas av de unga männen på stranden som upphör med sitt bolldattande för att ta för sig av detta ögongodis. Jenny går ogenerat förbi, styr stegen tillbaka mot sin solsäng. Kanske svänger hon lite extra på höfterna. Så får hon syn på mig och vinkar glatt.

"Jag väntade på dej, så sen du är. Ska du inte bada?"

"Jag blev fast där inne vid receptionen… "

"Och flirtade med den nya receptionisten förstås, jättesnygg tjej".

"Inte flirtade, pratade lite bara".

Jag har på tungan att säga att hon påminner mig om någon men avstår. Istället säger jag:

"Om det är okej med dej så skulle jag i morgon vilja åka ut till den där byn där jag bodde och se om huset står kvar. Du är förstås välkommen att följa med..."

"Åk du. Jag stannar hellre här och bronsar. Kanske går jag på marknaden och shoppar lite. Tara, hon i receptionen, säger att man kan göra massor med fynd där".

Raja hämtar mig tidigt nästa dag. Han känner till templet i Markapalle. Det har blivit en vallfärdsplats för hinduiska pilgrimer för det finns en staty av gudinnan Lakshmi där, som många söker hjälp hos.

Templet glittrar i solen. Dess gyllene kupol som jag såg under inflygningen har uppenbarligen restaurerats. Raja säger att pilgrimernas gåvor har bekostat de nya lager av bladguld som har lagts ovanpå de tidigare. Vägen fram till byn har också rustats upp. Den har rätats ut, breddats och asfalterats. Nya hus har vuxit upp och en myllrande affärsgata leder från den gamla marknadsplatsen fram till templet. Tehuset och boden som sålde mjöl och socker har fått ge plats för butiker med kläder och tingeltangel. Krämarna tycks ha tagit över.

Det är svårt att orientera sig i detta nya och annorlunda Markapalle, men med Rajas hjälp kommer jag till slut fram till huset där jag bodde. Till min förvåning ser jag att det nu är kringgärdat av en mur. Vid porten sitter en vakt på en stol med ett Enfieldgevär lutat mot benen. Han reser sig och ser misstänksamt på mig när jag kliver ur bilen.

"Vem bor här?" frågar jag.

"Madam ministern Sen".

Svaret får mig att rycka till.

"Sunita Sen?"

"Ja, det är så madam ministern heter. Men har ni aviserat er ankomst? Hon är en mycket upptagen person."

Vakten låter mycket avvisande, men till sist lyckas jag ändå övertala honom att tillkalla någon som kan överlämna mitt visitkort. Jag hoppas att min titel *UNDP Senior Representative* ska öppna dörren för mig. Medan vi väntar försöker jag med hjälp av Raja som tolk reda ut vad för slags minister hon är. Men vi hinner inte få något svar förrän betjänten återvänder med ett besked om att madam ministern tar emot.

Hon står på trappan och ler mot mig.

Samma leende som jag minns från förr, från tiden i byn och än mer från dagarna på ön i den vintriga svenska skärgården. Men hon är förstås liksom jag drygt tjugo år äldre nu och jag ser ett och annat grått hårstrå.

"Jag hoppades du skulle komma. Tara, min dotter, ringde och förvarnade..."

Min dotter säger hon, inte vår.

"Tara på hotellet?"

"Ja, hon som jag skrev och berättade om. Kom in! Välkommen tillbaka, ska jag väl säga."

Hon leder vägen in i huset. Dess inre har fått ett lyft. Möblerna är tunga och ser dyra ut. En staty av Lakshmi, åtminstone tror jag det är hon, står vid ena kortväggen. En AC ger behaglig svalka.

Jag bjuds att slå mig ner i en tung fåtölj, helt olik de enkla korgmöbler jag levde med. En kvinnlig hjälpreda kommer med en bricka med förfriskningar, en tillbringare med en dryck som jag känner igen som en lokal brygd. Men det här är första gången jag får den serverad med is. När jag nämner det ler Sunita:

"Vi har elektricitet nu. Som minister har jag kunnat påverka dragningen av ledningar hit ut till Markapalle".

"Ja, mycket har hänt", inleder jag lite tafatt. "Du är en betydelsefull person nu, Sunita."

"Det var du som tryckte på startknappen".

"Joo, det må så vara. Men du tog chansen, det var många som inte gjorde det. Som till exempel tiggarna där borta vid templet."

Hon slår ut med händerna i en gest som väl ska illustrera hjälplöshet. En gest och ett svar som jag har mött många gånger under mina år i biståndsvärlden. En flitigt använd ursäkt för att lämna de fattiga och mest utsatta åt sitt öde. Jag erinrar mig Paul Svenssons ord om att man inte kan rädda hela världen, men i alla fall en del av den.

Madam ministern Sunita Sen är ett exempel på det. Hon är mer än enbart räddad. Hon har klättrat många pinnhål, men hur många fattiga har hon fått med sig? Men såna tankar behåller jag för mig själv. Jag vill inte störa vårt återseende med något som kan verka en uppläxning. Vilken rätt har jag till det förresten?

Min kommentar till hennes likgiltiga gest blir därför bara en plattityd.

"Man kan kanske ge dem en andra chans. Som minister har du väl den möjligheten."

Det får räcka. Istället för jag över samtalet på människor jag minns. Jag frågar efter Tara och Ashok och några av de andra.

"Mamma dog för några år sen, men Ashok lever och har ett stort företag nu, fler än hundra anställda, tror jag. Vi ses ibland. Jag har sett till att han har fått en del entreprenader. Han bor förresten inne i Dharampatnam nu och äger ett stort hus där".

Så kommer jag med den fråga som jag tvekat inför.

"Och din man?"

"Han dog ganska ung, bara två år efter vårt giftermål. Hans lungor hade förstörts av oljearbetet i Gulfen".

"Och du har inte gift om dej?"

"Två äktenskap räcker".

"Och dina barn?

"Tara har du ju träffat. Hon studerar till journalist i Hyderabad men jobbar lite på hotellet som vi äger under ferierna. Min äldsta dotter Sonia som du kanske minns är gift med en läkare och bor sen många år tillbaka i Mumbai. Hon har två barn och ett tredje är på väg. Och Karan är direktör för hotellkedjan som vi äger. Han är fortfarande ogift och lär väl förbli så".

Hon säger det sista med en suck. Sen ler hon sorgset och lägger till:

"Men det är hans liv. Jag tog ju mitt liv i mina egna händer".

Hon vill veta vad jag gjort med mitt liv. Jag berättar om mitt arbete inom först svenskt bistånd och sedan inom UNDP och om konferensen i New Delhi som jag just deltagit i och nämner den erbjudna ministerposten.

Till sist berättar jag också om Jennifer och om Eva. När jag gör det kan jag inte undvika att kasta en blick mot dörren till gästrummet där Jennifer blev till och sen också mot mitt eget sovrum där Sunita och jag tillbringade den där sista natten tillsammans. Jag hoppas att hon inte märker mina ögons vandring.

Hon beklagar att hon tyvärr inte är i tillfälle att bjuda på middag. Senare samma dag ska hon flyga tillbaka till Hyderabad. Det är där, i delstatens huvudstad, hon bor och verkar som delstatsminister. Huset i Markapalle är bara hennes privata hem, dit hon återvänder så ofta tillfälle bjuds. Med ett leende på läpparna säger hon:

"Vilken tur att Lakshmi såg till att jag var hemma när du kom".

Vi tar vårt farväl. Ingen kram, bara ett avmätt namaste inför ögonen på nyfikna tjänare och bybor som har samlats vid grinden. Heller ingen antydan om att det skulle kunna bli någon fortsättning.

Jag ber Raja att köra direkt tillbaka till hotellet, något besök i det berömda templet är jag inte intresserad av. Det enda som intresserar mig nu är mina två döttrar, som båda finns på hotellet.

Sunita har visserligen inte bekräftat att Tara är vårt kärleksbarn, men jag känner mig alltmer säker på att så är fallet. Den unga kvinnan i receptionen är påfallande lik min syster Tina och hennes hy är så ljus att jag är säker på att den mörkhyade Sanjay Madan inte kan vara hennes far.

Jag finner dem i glatt samspråk vid ett bord i hotellbaren. Två tjejer med en flaska champagne i en ishink. Jag undrar om de har förstått att de är systrar och om det är det de firar. Men så är det tydligen inte. Inte än i alla fall. Och jag vet inte om jag ska berätta. Om jag har rätt att göra det. Samtalet med Sunita nådde inte så långt. Och någon fortsättning på det är inte i sikte. Hon måste återvända till sitt, och jag ska snart hem till mitt.

"Vet du, pappa. Tara och jag är födda samma år och på samma dag. Är det inte märkligt. Nästan som tvillingar. Visst är väl det värt att fira?"

"Absolut, men om ni två ursäktar mej så tänker jag dra mej tillbaka en stund för att vila. Jag har en del att fundera över..."